Roddy Doyle

Typisch irisch

Erzählungen

Aus dem Englischen
von Renate Orth-Guttmann

Carl Hanser Verlag

Die englische Originalausgabe erschien 2007
unter dem Titel *The Deportees* bei Jonathan Cape in London.

Die Originalerzählungen wurden alle erstmals in *Metro Eireann* veröffent-
licht. »Rate mal, wer zum Essen kommt« erschien zudem in einer leicht
veränderten Form unter dem Titel »The Dinner« im *New Yorker.* »Die
Deportees«, »Der Neue«, »Der Kinderwagen«, »Heim nach Harlem«
und »Ich verstehe« erschienen auch in *McSweeneys.*

1 2 3 4 5   15 14 13 12 11

ISBN 978-3-446-23631-8
© Roddy Doyle 2007
Alle Rechte der deutschen Ausgabe
© Carl Hanser Verlag München 2011
Satz: Satz für Satz. Barbara Reischmann, Leutkirch
Druck und Bindung: Friedrich Pustet, Regensburg
Printed in Germany

Gewidmet den Schülern und Lehrern
der Greendale Community School (1975–2007)

If your name is
        Timothy
        or Pat
So long as you come from Ireland
There's a welcome
        on
        the
        mat.

Und heißt du
        Tim
        oder auch Pat,
Solange du aus Irland kommst:
        Willkommen hier,
        ob früh, ob spät!

Vorwort

Angefangen hat es vielleicht mit *Riverdance*. Eine Raub-
kopie des Videos machte in den Zimmern und Baracken
von Lagos die Runde, und Tausende von Nigerianern, in
Wallung geraten durch den Anblick dieser langen, schnur-
geraden Linie irischer und irisch-amerikanischer Beine –
ta-tap-tap, tappy-tap –, packten ihre Koffer und kamen nach
Irland. *Bitte. Das wollen wir auch können. Bringt es uns bei.*
In Wirklichkeit war es wohl komplizierter. Es ging um Jobs
und die EU und Infrastruktur und kluge Entscheidungen
und Zufälle. Es ging um Ausbildung und Energie und Wörter wie »Steuer« und »Vergünstigung« und was passiert,
wenn man die beiden zusammenbringt. Es ging auch um
Musik und Tanz und Literatur und Fußball. Irgendwann
Mitte der neunziger Jahre muss es passiert sein. In dem
einen Land legte ich mich schlafen und in einem anderen
wachte ich wieder auf.
So kam es einem erst mal vor. Es war gewöhnungsbedürf-
tig. 1990 hatte ich einen Roman – *Fish & Chips* – über einen
arbeitslosen Gipser geschrieben. Fünf, sechs Jahre später
gab es keine arbeitslosen Gipser mehr. Wieder ein paar
Jahre danach schienen sämtliche Gipser aus Osteuropa zu
kommen. 1994 und 1995 schrieb ich *Die Frau, die gegen Türen
rannte*. Die Ich-Erzählerin war eine Paula Spencer, die in
Büros putzen ging, zusammen mit anderen Frauen aus der

Arbeiterklasse. Zehn Jahre später schrieb ich *Paula Spencer*. Paula putzte immer noch in Büros, aber jetzt war sie die einzige Frau unter lauter Männern aus Rumänien und Nigeria. 1986 schrieb ich *Die Commitments*. In diesem Roman prägt ein gewisser Jimmy Rabbitte einen Satz, der ziemlich berühmt wurde: Die Iren sind die Nigger Europas. Zwanzig Jahre später leben Tausende von Afrikanern in Irland, und würde ich das Buch heute schreiben, würde ich diesen Ausspruch nicht verwenden. Es würde mir gar nicht einfallen, denn Irland ist eines der reichsten Länder Europas geworden, und so eine Aussage wäre völlig sinnlos.

Im April 2000 begannen zwei in Dublin lebende nigerianische Journalisten, Abel Ugba und Chinedu Onyejelem, mit der Herausgabe einer multikulturellen Zeitschrift, die sie *Metro Eireann* nannten. Ich las in der *Irish Times* einen Artikel über die beiden und bekam Lust, sie kennenzulernen. Im dritten oder vierten Jahr unseres neuen nationalen Wohlstands las und hörte man schon Lobgesänge auf die gute alte Zeit, ehe wir so materialistisch geworden waren, auf die glücklichen Tage, als mehr Menschen Irland verließen als hier geboren wurden, als wir uns nicht trauten, jemanden zu fragen, was für eine Arbeit er hatte, weil er vielleicht »Gar keine« hätte antworten müssen, als wir unsere Pennies und unsere alten Kleider nach Afrika schickten, aber noch nie einen leibhaftigen Afrikaner zu Gesicht bekommen hatten. Begriffe wie »Rassist« und »Rassismus« lagen in der Luft, und Geschichten machten die Runde. Eine Afrikanerin, die einen nagelneuen Kinderwagen vom Sozialamt bekommen hatte, ließ ihn an der Bushaltestelle stehen, weil es ihr zu mühsam war, ihn in den Bus zu heben, und sie ja jederzeit einen neuen bekommen konnte. Ein Mann guckte über seine Gartenmauer und sah, wie ne-

benan eine Bande von Muslimen ein irisches Schaf schlach-
tete. Eine Polin mietete eine Wohnung, und noch ehe der
Vermieter die Kaution hatte zur Bank bringen können, war
aus der Wohnung schon ein Bordell geworden – mit ihr,
ihren sieben Schwestern und ihrem Vetter, dem Zuhälter.
Diese drei Geschichten und andere hatte ich von Taxifah-
rern gehört, und es reizte mich, selber ein paar zu erfinden.
Ich traf mich mit Abel Ugba und fragte ihn, ob ich für *Metro
Eireann* schreiben könne, und während des Gesprächs kam
mir die Idee zu der ersten Geschichte. Die Tochter eines
Iren bringt einen nigerianischen Freund mit nach Hause –
das reichte, damit ich loslegen konnte. Abel schlug mir
achthundert Worte im Monat vor, die Zeitschrift erschien
monatlich (inzwischen wöchentlich). Mein Titel »Rate mal,
wer zum Essen kommt« stand fest, noch ehe ich wieder zu
Hause war. Inzwischen sind es acht Geschichten geworden. Eine Liebesgeschichte, eine Horrorgeschichte, eine
Art Fortsetzung der *Commitments*. Fast alle haben eins gemeinsam: Jemand, der in Irland geboren ist, lernt jemanden
kennen, der hergekommen ist, um hier zu leben. Liebe und
Horror; Aufregung und Ausbeutung; Freundschaft und
Missverständnisse. Die Plots und Möglichkeiten sind – fast
buchstäblich – grenzenlos. Heute ist einer von zehn Ein-
wohnern in Irland nicht im Land geboren. Um das Thema – ein Neuer trifft auf einen Alteingesessenen – kommt
man nicht mehr herum. Wer in einen Dubliner Bus steigt
und unbedingt neben einem echten Dubliner sitzen will,
einem, der in Dublin geboren und aufgewachsen ist, wird
wohl die ganze Fahrt über stehen müssen.
Die Geschichten sind alle achthundert Worte lang, und
diese Beschränkung macht für mich – unter anderem –
den Reiz der Sache aus. Ich habe mal was über einen Mann

aus einer amerikanischen Nachmittags-Fernsehsoap gelesen, der nach oben ging, um seinen Tennisschläger zu holen, und nicht mehr herunterkam. Niemand vermisste ihn, niemand fragte nach ihm, das Leben ging weiter. Bei den Geschichten in diesem Buch geht es manchmal zu wie in dieser Tennisschläger-Geschichte. Figuren verschwinden, weil ich sie vergessen habe. Fragen werden gestellt und manchmal nicht beantwortet. Keine der Geschichten ist systematisch geplant und aufgebaut. Ich schicke sie an den Redakteur von *Metro Eireann*, Chinedu Onyejelem, und oft habe ich keinen Schimmer, wie es weitergehen soll, und mache mir auch nicht groß Gedanken darüber, bis der nächste Termin vor der Tür steht, und das ist dann jeden Monat ein kleiner Schock. Ich führe ein sehr ruhiges Leben; ich liebe diese monatliche Schrecksekunde.

Dublin, Dezember 2006
www.metroeireann.com

Rate mal, wer zum Essen kommt

1 Larry Linnane liebte seine Töchter

Larry Linnane fand es schön, Töchter zu haben. Sie waren ein großer Gewinn und brachten ihm jede Menge Spaß.

Das zweite Kind war ein Junge, und auch das war toll – einen Sohn zu haben, den er zum Fußball fahren konnte –, U7, U8, U9 undundund, bis Laurence sagte, er würde wahrscheinlich besser spielen, wenn Larry zu Hause bliebe.

Und auch das war in Ordnung, die Aufmüpfigkeit, die zum Erwachsenwerden gehört, auch wenn Larry so tat, als wenn er ein kleines bisschen gekränkt wäre, und ehrlich gesagt, war er das auch. Aber er kam schnell drüber weg, denn Mona, seine Frau, hatte ihm zum Trost einen Crunchie-Riegel gekauft, und dann hatten sie sich vor dem Fernseher geliebt, weil das Haus seit Jahren zum ersten Mal leer war.

Das hatte sich dann so eingespielt – das mit dem Sex, nicht mit den Crunchies –, wenn Laurence ein Match hatte, besonders bei Auswärtsspielen, und besonders schön war es, wenn draußen der Regen fiel und er sich vorstellte, wie Laurence in Finglas West oder Ballybrack nass bis auf die Haut wurde, während er mit Mona unter sich oder an richtig guten Tagen über sich auf der Couch lag.

– Nicht schlecht für fünfundvierzig! rief Larry einmal, als plötzlich die Tür knallte. Ihnen blieb gerade noch genug

Zeit, sich aufzurappeln und anzuziehen und sich mit hochgezogenen Reißverschlüssen über ein Kreuzworträtsel zu beugen, als drei der vier Töchter hereinstürmten.

Sie hatten sich geweigert, den Mädels zu verraten, warum sie so lachten und gar nicht mehr aufhören konnten.

– Wir haben an den armen Laurence gedacht, der sich da draußen nass regnen lässt, sagte Mona.

Aber so richtig zum Lachen brachten Larry dann seine Töchter.

Angeblich sind ja die Töchter die Ruhigeren, aber wer so was erzählt, hat keine Ahnung. Seine Rasselbande – herrje, seit Stephanie, die Älteste, zur Welt gekommen war, hatte es keine Minute, keine Sekunde Ruhe und Frieden im Haus gegeben, und mit den dreien nach Laurence war es immer schlimmer geworden. Tracy, Vanessa, Nicole, eine nach der anderen, jede noch verrückter und noch lauter.

– Luder!

– Schlampe!

– Selber Schlampe, du Biest.

Geschrei, Gebrüll, Treppen-Runtergeschubse, An-den-Haaren-Gezerre. Mit einem Wort: innige Freundschaft. Und Larry genoss jede Minute. Die Kämpfe und Versöhnungen, die kaputten Barbiepuppen, das geklaute Haarspray – Larry saß in seiner Ecke, guckte zu wie ein Schiri, der von beiden Seiten bestochen worden ist, und kriegte jeden Hieb, jede Umarmung mit.

Inzwischen war Larry fünfzig, aus den Mädels waren junge Frauen geworden, prachtvolle, üppige, gutaussehende Frauen, die es nicht eilig hatten, auszuziehen, was Larry nur recht war, denn sie verwöhnten ihn nach Strich und Faden.

– Möchtest du einen Keks zu deinem Tee, Da?

– Aber immer.

– Sind aber nur einfache.

– Macht nichts, Schätzchen, sagte Larry. – Gib mir einfach zwei, wenn die mit Schokolade aus sind.

Sie waren ständig am Bügeln und protestierten nie, wenn das eine oder andere von Larrys Hemden aus Versehen auf ihrem Stapel landete. Wie gut das Haus roch! Frische Wäsche und jede Menge Sprays kämpften um die Lufthoheit. Larry konnte einen fahrenlassen, sooft er wollte – und das tat er am Wochenende auch –, ohne dass jemand was merkte oder sich beschwerte.

Aber das wirklich Wichtige waren ja nicht der Tee und die Bügelwäsche und die Freiheit, ungestraft einen fahrenzulassen. Das Schöne war, dass die Mädels ihm die Welt ins Haus brachten. Jeden Morgen beim Frühstück und abends beim Essen, ehe sie wieder ausgingen, redeten und schrien sie durcheinander und Mona mittendrin.

– Da ist nur der Red Bull dran schuld, hat er gesagt. – »Nennst du das etwa eine Gehaltserhöhung?« hab ich gesagt.

– Die Träger haben mich umgebracht!

– Ich überlege mir, Aktien von Esat zu kaufen, hab ich das schon erzählt?

– Schau morgen mal bei Nicearse.com rein.

Ihre Stimmen erinnerten Larry an den Artane-Kreisel – irrer, dröhnender Verkehr, der von allen Seiten auf einen einstürmt. Er liebte dieses Stimmengewirr, so wie er den Artane-Kreisel liebte. Jedes Mal, wenn Larry auf den Kreisel auffuhr oder vom Kreisel runterfuhr, fühlte er sich modern, erfolgreich, irisch. Und genauso fühlte er sich, wenn er seinen Töchtern zuhörte. Sie hatten – er und Mona – unabhängige junge Menschen aus ihnen machen wollen, und das waren sie jetzt. Und er vertraute ihnen. Hundertprozentig. Besonders stolz war er auf sich, wenn sie über Sex sprachen. Denn das war der eigentliche Test – ein Dad, der zuhört, wenn seine Töchter über ihre Unterleibsprobleme sprechen – und das taten sie ganz ungehemmt – und über ihr Sexleben, selbstbewusst, freimütig und – ja – obszön. Und Larry bestand die Prüfung mit wehenden Fahnen. Nichts, was seine Töchter jemals sagten oder taten, schockierte ihn.

Bis Stephanie den Schwarzen mitbrachte.

2 Ein schwarzer Mann am Küchentisch

Es war Juni, der erste wirklich schöne Sommertag. Nicole streckte beim Essen die Beine aus der Küchentür, um noch was von dem bisschen Sonne zu haben, ehe die Nachbarwand sie ihr wegnahm. Alle vier Töchter hatten Sonnenbrillen im Haar. Selbst Laurence, der Sohn, trug Sonnenbrille, so eine wie Edgar Davids, der niederländische Fußballer. Bei Edgar Davids wirkte sie imposant, bedrohlich, ja sexy, bei Laurence jammervoll. Er sah aus wie ein Eintagsküken, das man gerade aus dem Nest geschubst hat. Der Junge konnte einem leid tun.

Und deshalb hatte Larry an dem Abend das Gerede der Mädels nicht mitgekriegt – weil er überlegte, wie er Laurence auf nette Art dazu bringen konnte, die Sonnenbrille wieder ins Geschäft zurückzubringen. Er hatte nichts von dem gewohnten Fragen und Frotzeln, den gutartigen Quälereien und Geständnissen gehört, die er so mochte.

Er überlegte, ob Laurence die Quittung für die Brille wohl noch hatte, als er Vanessa fragen hörte: – Wovon lebt er denn?

– Er ist Buchhalter, sagte Stephanie.

Larry richtete sich auf. Eine seiner Töchter und ein mieser kleiner Buchhalter? Kam überhaupt nicht in Frage.

– Oder wäre es, sagte Stephanie, wenn er denn arbeiten dürfte.

– Was soll das heißen? fragte Larry.

Sie guckten ihn alle an. Die Feindseligkeit und Furcht in seiner Stimme hatten sogar ihn schockiert.

– Sie lassen ihn nicht arbeiten, sagte Stephanie.

– Wer?

– Keine Ahnung. Die Regierung.

– Warum nicht?

– Weil sie ihm noch kein Asyl gewährt haben.

– Flüchtling?

– Ich denke schon.

– Wo ist er her?

– Nigeria.

Larry wartete, aber keine der Frauen schnappte überrascht nach Luft. Nicht mal Mona. Warum hatte er nicht genauer hingehört? Vielleicht redeten sie ja gar nicht von Stephanies Freund, vielleicht hatte sie den Mann noch nie getroffen.

Aber Vanessa belehrte ihn eines Besseren.

– Den solltest du sehen, Dad. Er ist phantastisch.

Und die anderen nickten bestätigend.

– Umwerfend.

– Eine Wucht.

Was ihn aufregte, war nicht die Tatsache, dass Stephanie den Schwarzen mitbringen würde, sondern die Vorstellung, dass er irgendwo da draußen existierte, dass sie ihn kennengelernt und mit ihm getanzt und Gott weiß was gemacht hatte. Und doch, wenn sie ihm einen leibhaftigen Schwarzen auf den Tisch geknallt hätte – seine Verblüffung, Wut und Hilflosigkeit hätten nicht größer sein können.

Er stand auf.

– Er ist *nicht* phantastisch, brüllte er.

Nicole fing an zu lachen, hörte aber schnell wieder auf.

– Er ist nicht phantastisch oder sonst was. Nicht in diesem Haus!

Er merkte, dass er immer noch stand, aber er wollte sich nicht setzen. Er konnte nicht.

– Was hast du denn? fragte Mona.

Er guckte in die sechs Gesichter, die zu ihm hochsahen, auf die Pointe warteten. Sie herbeisehnten. Erschrockene Gesichter, ratlos und wütend.

Es gab nichts, was er hätte sagen können. Nichts Harmloses, nichts Beruhigendes oder auch nur Verständliches. Warum stand er eigentlich noch?

– Meinst du, weil er schwarz ist?

Larry verbot sich das Nicken. Er hätte nie gedacht, dass er mal nicken würde: Ja, ich hab was gegen die Hautfarbe eines anderen Mannes. Scham rieb sich jetzt an seiner Wut.

– Phil Lynott war schwarz, Schatz, sagte Mona.

Phil Lynott hatte ›Whiskey in the Jar‹ gesungen, als Larry und Mona mitten im Tanz innegehalten hatten, um sich zum ersten Mal zu küssen.

Er fand seine Sprache wieder.

– Phil Lynott war Ire! Aus Crumlin. Ein zivilisierter Mensch, verdammt noch mal.

Jetzt stand Stephanie vor ihm, tränenüberströmt, und er verstand kein Wort von dem, was sie ihm ins Gesicht schrie. Nicht mal sehen konnte er sie mehr, denn auch seine Tränen drängten hervor. Und er hätte viel darum gegeben, wenn er die Uhr bis zu dem Punkt hätte zurückdrehen können, ehe das alles passiert war, wenn er sich hätte hinsetzen und ruhig zuhören können.

Mona rettete ihn mal wieder.

– Wir müssen ihn kennenlernen, verkündete sie, nachdem sie mit der Bratpfanne auf den Tisch gehauen hatte.

– Nein, sagte Larry.

– Doch, Larry, sagte sie, und natürlich hatte sie recht. Wenn er weiter Nein sagte, würden sie das Haus verlassen, alle seine Töchter. Es war das, was er von ihnen erwartet hätte. ›Stand up for your rights‹, das hatte er ihnen jeden Morgen auf den Schulweg mitgegeben. ›Get up, stand up. Don't give up the fight.‹

Jetzt war das Haus leer. Mona hatte einen brüchigen Frieden erzwungen. Larry und Stephanie hatten sich umarmt, mit einem Riesenabstand zwischen sich. Die anderen Mädels waren mit ihr ins Pub gezogen. Jetzt würden sie über ihn reden. Rassist. Arschloch. Rassist. Schwein. Seine Tasse war leer, er hatte gar nicht gemerkt, dass er getrunken hatte.

– Es könnte schlimmer sein, Schatz, sagte Mona.

Larry sah sie an.

– Stell dir vor, er wäre Immobilienmakler, sagte sie.

3 Aids, Krieg und mehr

– Ben, sagte Mona eine Spur ungeduldig.

– Ben?

– Ja. Hat sich nicht geändert, seit du zum letzten Mal gefragt hast.

– Es ist nur … mit ausländischen Namen tu ich mich einfach schwer, sagte Larry.

Und Mona knallte die Tür zu. Larry sah, wie sie mit einer Mordswut, die eigentlich ihm galt, die Heckenschere schwang.

Eine Woche war vergangen seit dem Krach mit Stephanie, seit der Einladung an den Schwarzen – dessen Namen er ständig vergaß. Echt.

– Ben.

Und heute Abend sollte er kommen. Ben. Larry sah auf die Uhr. In drei oder vier Stunden.

Er sah nach draußen zu Mona.

Ihr ging es nicht anders als ihm, sie war besorgt, nervös. Nicht nur er hatte nachts wachgelegen. Sie war aufgestanden, war nach unten getappt. Die da draußen herumfuhrwerkte, war keine glückliche Frau.

Es war eine Woche der Höflichkeiten gewesen, des Lächelns und lastenden Schweigens. Zum ersten Mal seit Jahren hörte er Besteck auf den Tellern klappern. Er zermarterte sich das Hirn, um was zu sagen, was Nettes, was beweisen sollte, dass er kein Scheinheiliger war.

– Kennt er Kanu? fragte er Stephanie. Und konnte selber nicht fassen, dass er so was gesagt hatte.

– Wen? fragte Stephanie.

– Den Fußballer, sagte Larry. Jetzt steckte er fest. – Der ist Nigerianer. Spielt für Arsenal.

– Keine Ahnung, sagte Stephanie. – Kennst du Roy Keane?

– Nein.

– Na also.

Und dann lächelte sie eine Spur entschuldigend, sie hatte ihn nicht blamieren wollen. Und er hatte auch gelächelt. Alle hatten sie gelächelt. Trotzdem war es so mit die schlimmste Woche seines Lebens gewesen. Die ganze Zeit hatte er nachdenken und sich harte Fragen stellen müssen.

Er fragte sich ständig was – wo hab ich meine Schlüssel hingelegt? Nehme ich jetzt den letzten Haferkeks oder lasse ich ihn für Mona? –, aber es war lange her, seit er dabei schamrot geworden war, und das war ihm in der letzten Woche andauernd passiert.

Er war kein Rassist. Nein, bestimmt nicht. Bildete er sich jedenfalls ein. Wenn er zum Beispiel einem Fußballer zuguckte, sah er nicht die Haut, sondern das Können. Paul McGrath, schwarz und der Hammer. Gary Breen, weiß und eine Pfeife. Mit der Musik war es genauso. Phil Lynott – total genial. Neil Diamond – total Scheiße. Und mit der Politik. Mandela – ein Held, Ahern, eine Tüte heiße Luft. Und mit Frauen. Naomi Campbell – mein lieber Mann …

Er hatte keinen rassistischen Knochen, keinen rassistischen Muskel im Leib, da war nichts, was ihm befahl, anders über Stevie Wonder oder Thierry Henry zu denken, weil sie schwarz waren. Und das funktionierte auch umgekehrt. Gary Breen als Schwarzer – immer noch eine Pfeife, aber nicht mehr als das. Naomi Campbell – als Weiße wahrscheinlich immer noch zum Niederknien, aber als Schwarze besser. Bertie Ahern als Schwarzer – Larry musste seit einer Woche zum ersten Mal lachen.

Aber dann – warum eigentlich? Warum wollte er keinen Flüchtling in der Familie?

Also erst mal wegen Aids, dieser großen Plage Afrikas. Und dann – ja, nicht direkt wegen der Armut selbst, sondern weil das alles so gewaltig war. Da waren die Bilder von *Live Aid*, die Tausende und Abertausende von Menschen, die Fliegen auf ihren Gesichtern, die toten Kids. Herzzerreißend, aber – was war das für eine Gesellschaft? Was waren das für Leute, die von so einem Ort kamen? Und die vielen Bürgerkriege – Macheten und Maschinengewehre und

Menschen mit brennenden Autoreifen um den Hals, die ganze Brutalität. Schön, der Mann war Buchhalter, aber er kam nun mal von dort. Und warum war er weggegangen, was passte ihm nicht an Nigeria? Am Ende war er ein Gangster wie Al Pacino in *Scarface*, wo sie ihn aus Kuba rauswerfen. Oder einer dieser religiösen Fanatiker oder schon verheiratet, zum zweiten oder dritten Mal womöglich? Und sie würden es nie erfahren, es war zu weit weg. Zu anders, das war es. Zu undurchschaubar und zu bedrohlich für seine Tochter.

– Ben, sagte er leise. – Tag auch, Ben. Tolles Wetter. Erinnert dich sicher an zu Hause.

Konnte er das sagen? Warum eigentlich nicht? Aber er wollte den Mann nicht kränken oder Ärger mit den Frauen kriegen. Er würde höflich sein. Fair. Der Mann – Ben – würde ihm sympathisch sein, er würde ihm die Hand schütteln und sie lange genug festhalten, um ihm zu zeigen, dass er nichts gegen seine Haut hatte.

Und dann?

Er hatte seine Antworten, seine Einwände parat – Aids, Krieg und mehr. Aber wie konnte er die aufzählen, wenn sie beim Essen saßen? Und was noch wichtiger war – wie konnte er das tun, wenn er insgeheim nicht sicher war, ob es seine wirklichen Einwände waren?

Larry war ein ehrlicher Mann, aber es war lange her, dass er es hatte beweisen müssen.

Er sah auf die Uhr.

Die Zeit schlich, und das konnte Larry nur recht sein.

Er hatte eine Scheißangst. Er fürchtete sich vor dem Essen und vor dem, was dabei passieren würde.

4 Das riecht ja phantastisch

Es klingelte.

Verdammt, er steckte mit einem Bein in der Unterhose, das andere hing im Freien. Larry hatte den Schwarzen – Ben – unten an der Tür begrüßen wollen. »Hallo, Ben« – nicht »Tag auch« hatte er beschlossen – »tolles Wetter, erinnert dich bestimmt an zu Hause«. Stattdessen fand er hier oben im Schlafzimmer nicht in die Wäsche. So hatte er sich das nicht vorgestellt. Mona und die Mädels sollten nicht denken, dass er dem Mann aus dem Weg gehen wollte, dass er unhöflich war oder einfach keine Ahnung hatte.

– Ganz ruhig, ganz ruhig, redete er seinen Fingern zu, die sich abmühten, das Hemd zuzuknöpfen.

Er hatte sich gegen einen Anzug entschieden. Der junge Mann kam wahrscheinlich im Joggingdress, also würde Larry sich einen Tick besser anziehen, gerade so viel, um als der Ältere, als solider Bürger, als strenger, aber gerechter Vater rüberzukommen. Die gute Hose also und ein sauberes Hemd, keinen Schlips. Und die schwarzen Schuhe – wo waren die verdammten Dinger?

Unter dem verdammten Bett. Genau in der Mitte, so dass er nicht rankam. Für eine Sekunde – oder nicht mal so viel – sah er Mona vor sich, wie sie in die Hocke ging und mit dem Besenstiel die Schuhe weiter nach hinten schob. Dann gab er sich einen Ruck. Du spinnst ja, sagte er sich. Er zog die Turnschuhe an, die würden es tun. Fast neu, noch weiß.

Er musterte sich kurz im Kleiderschrankspiegel.

So würde es gehen. Er zupfte sich das Eckchen Klopapier vom Kinn, das geronnene Blut ging mit weg. Jetzt also los.

Die Treppe runter. Ins Wohnzimmer. Da standen sie alle dicht beieinander. Zuerst sah er die Mädels, Stephanie und Vanessa und – wo war der Schwarze? Vielleicht hatte vorhin jemand anders geklingelt? Aber dann trat Tracy zur Seite, und da war er.

Im Anzug, verdammt.

Dem besten, elegantesten Anzug, den Larry je aus der Nähe gesehen hatte. Klein, sehr, sehr schwarz, und im Anzug völlig zu Hause. Die Wand hinter ihm wirkte richtig dreckig.

– Tag auch, Ben, sagte Larry.

Verdammt, jetzt hatte er doch »Tag auch« gesagt.

Er machte die zwei, drei Schritte, um ihm die Hand zu schütteln.

Die erste schwarze Hand, die Larry je geschüttelt hatte. Er kam sich weltläufig vor. Ist doch nichts dabei, eine schwarze Hand zu schütteln. Er schaute nicht mal hin.

Er hatte einen wie Eddie Murphy erwartet, ohne das Grinsen und den Glanz. Aber der hier war eher ein Typ Sidney Poitier. Plötzlich hatte Larry das Gefühl, selber auf dem Prüfstand zu sein.

– Tolles Wetter, was? Erinnert dich bestimmt an zu Hause.

Und dann hörte er es. Regen, der hinter ihm ans Fenster pladderte. Er sah hin. In Strömen lief er an der Scheibe runter.

Wo war das hergekommen? Als er sich oben rasiert hatte, war schönstes Wetter gewesen. Er hielt immer noch die schwarze Hand gefasst. In der Umklammerung hatte sich Schweiß gebildet, Larrys Schweiß. Durchgefallen, dachte er.

Aber die Mädels lachten, Mona, sogar Laurence lachte. Sie dachten, Larry hätte einen Witz gemacht, und waren ihm dankbar. Weil er das Eis gebrochen und dafür gesorgt hatte, dass der Mann sich wie zu Hause fühlte. Sekundenlang vergaß Larry, warum sie hier waren. Er wollte nur, dass sie ihn alle liebten. Besonders der Schwarze im Anzug.

Er wollte gerade sagen: »Willkommen in Irland«, als ihm wieder einfiel, worum es eigentlich ging. Erst jetzt guckte er sich den Mann richtig an und versuchte den religiösen Fanatiker zu sehen, den Aidsinfizierten, den Gangster, den Bigamisten.

Aber alles, was er sah, war ein ziemlich kleiner, gutaussehender, intelligenter Mann, der seinen Blick unverwandt erwiderte. Wieder hatte Larry das plötzliche dringende Bedürfnis, ihm zu imponieren, es war ein Bauchgefühl, eine jähe Sehnsucht, von ihm gemocht zu werden.

Aber der Geruch rettete ihn.

Zu süß für Aftershave, nicht süß genug für Mona oder die Mädels. Er kam von Ben. Er hatte dieses Zeug an sich. Männerparfüm.

Heilige Scheiße.

Larry ließ die Hand los.

Larry hatte seine Regeln. Wenn er mit Mona ausging, hielt er ihr die Tür auf. Immer. Er ließ sich von keiner Frau die Haare schneiden. Nie. Sachen, die rochen – Aftershave, Bay Rum, parfümiertes Talkum –, ließ er nicht an sich ran. Ein Mann, den man riechen konnte, hatte was zu verbergen, das stand für Larry fest.

Und was hatte der Typ da zu verbergen? Larry sah ihn scharf an, um ihm zu signalisieren, dass er Bescheid wusste. Der Anzug hatte ihn nicht täuschen können. Der Anzug nicht und …

Dann machte Mona den Mund auf.

– Das riecht ja phantastisch, sagte sie.

Und alle Mädels nickten wie die Wackeldackel, die sich irgendwelche Armleuchter auf die Hutablage im Auto stellten.

Und Ben lächelte und wandte sich von Larry ab.

5 Tolle Knollen

Roastbeef, gekochte Wexfordkartoffeln, Soße, so sattbraun, dass man sich damit die Haare hätte färben können – alles Leibgerichte, und alles, was Larry roch, war das Parfüm von dem Schwarzen. Aber das ging in Ordnung, dadurch blieb Larry – fokussiert, genau, so nannte man das.

– Bestens, sagte er zu Mona und deutete mit der Gabel auf den Teller.

Der Schwarze verdrückte Kartoffeln, als wenn er in Gorey geboren und aufgewachsen wäre. Sein Teller war nie leer. Er steckte sich eine Kartoffel in den Mund, und schon holte Mona oder Stephanie ihm die nächste aus der Schüssel, und da kam kein Protest, jedes Mal nur ein leises Danke.

– Habt ihr in Nigeria solche Kartoffeln? fragte Larry.

– Nein, sagte Ben.

– Grandios, nicht?

Ben sah Larry an, und Larry war sich sicher: Der Typ war helle, der wusste, dass man an einem irischen Tisch nicht über irische Kartoffeln meckert, zumal im Sommer, selbst wenn der Mann, dem der Tisch gehört, in seinem Leben noch nie selber eine Kartoffel ausgegraben hat.

– Sie sind köstlich, sagte Ben. – Danke.

– Bedank dich bei der Küchenchefin, sagte Larry.

– Er tut ja nichts anderes, seit er zur Tür reingekommen ist, sagte Mona.

– Gehört sich auch so, sagte Larry.

Und deutete wieder auf den Teller.

– Große Klasse, sagte er und sah Ben an. – Stimmt's?

– Komm, hör schon auf, Dad, sagte Tracy, und zu Ben gewandt: Jeden Sommer dasselbe, er kann sich gar nicht einkriegen wegen der neuen Kartoffeln.

– Das ist sein Kampf für die irische Freiheit, sagte Mona. – Die Verteidigung der Kartoffel.

Larry lächelte. Notgedrungen.

– Was essen sie bei euch drüben in Nigeria, Ben? fragte er.

– Was sie kriegen können, sagte Laurence.

Und damit war der große Krach da.

Wegen dem, was Laurence gesagt hatte, klar, aber auch, weil er überhaupt was gesagt hatte. Soweit Larry wusste, war es das erste Mal, dass Laurence den Mund aufmachte, seit er Weihnachten die Diele vollgekotzt und »'tschuldigung« genuschelt hatte. Bis Larry den Satz seines Sohnes so richtig erfasst hatte, wurde Laurence schon von fünf wohlgebauten Frauen vermöbelt – seinen vier liebenden Schwestern und seiner Mutter.

– War doch bloß Spaß.

– Bei mir auch, sagte Stephanie und trommelte mit dem Dessertlöffel auf seinem Schädel rum.

– Entschuldige dich!

– Tut mir leid.

– So, dass du es auch meinst.

Laurence hatte sich zu Boden gelassen und versuchte zur Tür zu robben.

– Bitte, sagte Ben.

Er stand auf.

– Bitte. Ich akzeptiere die Entschuldigung.

Alle guckten ihn an.

– Ich bin diese Schmähungen inzwischen gewöhnt, sagte er.

– Aber nicht in meinem Haus, sagte Larry, und zu Laurence: – Steh auf, du Arschloch.

Und dann setzten sie sich wieder, auch Laurence. Laurence schielte zu Ben hin.

– Hab mir nichts dabei gedacht, sagte er.

Ben nickte.

– Ja. Nur … niemand denkt sich etwas dabei.

– Echt nicht, sagte Laurence.

– Ja.

Und Larry machte den Mund auf.

– Er meint es wirklich so.

– Ja.

Ben sah Larry an. Da war keine Spur von Dankbarkeit, kein Lächeln, kein Schulterzucken. Aber auch keine Wut und keine Kränkung, soweit Larry das sehen konnte. Und da wusste Larry, dass er Ben gut leiden konnte.

– Passiert das oft, Ben? fragte Mona. – Du weißt schon.

– Ja, sagte Ben. – Leider.

– Andauernd, sagte Stephanie. – Er braucht bloß auf die Straße zu gehen, da ruft ihm schon jemand was hinterher.

– Ist ja ätzend, sagte Larry.

– Und nicht nur Trottel wie der da, sagte Stephanie und deutete auf Laurence. – Ehrbar aussehende Leute. Ihr wisst schon. Anzugträger. Und Frauen mit Kindern.

– Mein Gott! Mona sah Ben an und wollte etwas sagen, aber ihr fielen nur Phrasen ein.

– Also ich kann mich nur im Namen des irischen Volkes entschuldigen, sagte Larry. – Die Iren sind warmherzige, friedliche Menschen, Ben.

– Denkst du, sagte Stephanie.

– Komm, lass mich ausreden, Schatz, sagte Larry. – 1985, bei dem Live-Aid-Konzert, Ben, haben die Iren mehr Geld gespendet als jedes andere Land der Welt. Das winzige Irland.

– Na und? sagte Stephanie. – Das sagt doch überhaupt nichts.

– Halt den Rand, Schätzchen, sagte Larry.

So langsam nervte sie ihn. Er versuchte zur Sache zu kommen, zu dem, was er Ben sagen wollte. Freundlich, aber bestimmt sagen wollte, ohne missverstanden zu werden.

– Aber sie haben Angst, Ben, sagte er.

– Ich lass mir von dir nicht den Mund verbieten, sagte Stephanie.

– Jetzt sei endlich still, sagte Larry.

– Du nimmst diese Wichser in Schutz …

– Bitte!

Ben war wieder aufgestanden.

– Bitte.

Er sah Stephanie an.

– Stephanie, dein Mangel an Respekt für deinen Vater schockiert mich.

– Gut gesagt, Ben, sagte Larry.

– Und deine Ausdrucksweise ebenso, sagte Ben und sah von Stephanie zu Larry. – Ich bin nicht bereit, mir solche schmutzigen Wörter anzuhören. Ich empfinde das als äußerst abstoßend.

Jetzt war auch Larry auf den Beinen.

– Du verdammt noch mal was?

Sie starrten sich an. Larry merkte, dass er zitterte. Sein Gesicht glühte. Er spürte, wie sein Herz das Blut direkt in seine Wangen und seine Achselhöhlen pumpte.

Und der Schwarze? Kein einziger Schweißtropfen. Konnten Schwarze rot werden? Bei dem da sah man jedenfalls nichts. Es war ungerecht. Larry kam sich dumm und wehrlos vor, er war wütend und verzweifelt. So wie der Schwarze ihn anguckte, hätte Larry ebenso gut ein Werbeplakat an einer Bushaltestelle sein können.

– Du verlässt sofort mein Haus, sagte Larry.

Es war raus, ehe er wusste, was er sagen würde.

– Wenn es das ist, was du willst, sagte Ben.

Es war zu spät, die Worte zurückzunehmen, sich hinzusetzen und noch mal neu anzufangen. Und Larrys Verzweiflung wuchs. Der Schwarze ging um den Tisch herum zur Tür.

Aber Mona streckte die Beine aus und schob sich auf ihrem Stuhl direkt vor Ben.

– Du bleibst, wo du bist, Ben, sagte sie.

– Aber, sagte Ben, offensichtlich bin ich nicht gern gesehen.

– Jetzt hör mal zu, Ben. Erstens: Du *bist* gern gesehen. Zweitens: Ich hab den ganzen Tag gebraucht, um unseren Nachtisch zu machen, den hab ich mir beim *Naked Chef* abgeguckt. Jamie Oliver, du weißt schon…

– Hoffentlich ist das alles, was du dir beim Naked Chef abgeguckt hast, sagte Tracy.

– Klappe! Mona guckte wieder Ben an. – Du wirst deshalb hier nicht weggehen, ehe du deinen Anteil verdrückt hast. Und drittens: Du steigst jetzt ganz rasch von deinem hohen

Ross runter, damit wir uns beim Kaffee nett unterhalten können. Okay?

Ben guckte Mona an.

– Was gibt's als Nachtisch?

– Schokoladenpudding.

– Mit Sahne?

– Logo.

– Dann bleibe ich.

– Bravo.

– Hab ich gar nichts zu sagen? fragte Larry.

Er hätte die Frage auch selber beantworten können.

– Nein, sagte Mona.

Aber Larrys Wut war verraucht und sein Hirn wieder in die Gänge gekommen. Mona hatte ihn gerettet. Und er hatte den Schokoladenpudding gesehen.

Er setzte sich.

Ben setzte sich.

Stephanie ging in die Küche, um den Pudding zu holen, und Mona versuchte die Kluft zwischen Larry und Ben zu überbrücken, die den Tisch in zwei Hälften zu teilen schien.

– Hast du noch Familie in Nigeria, Ben? fragte sie.

– Ja. Meine Mutter ist vor ein paar Jahren gestorben. Letzte Woche waren es drei Jahre.

– Das tut mir leid, sagte Mona.

Larry wollte dasselbe sagen, kriegte es aber nicht raus.

– Mein Vater wohnt in dem Haus einer meiner Schwestern, sagte Ben.

– Wo? fragte Mona.

– Kaduna.

– Nie gehört. Ich kenne nur Lagos.

Ben zuckte lächelnd die Schultern.

– Aber du hast sicher auch nicht viel über Irland gewusst, ehe du hergekommen bist, was? sagte Mona.

– Nein, sagte Ben. – Das ist richtig. Ich hatte von Dublin gehört. Und natürlich von Belfast. Bomben und Unruhen und Dr. Ian Paisley. Und ich wusste, dass eine gewisse Dana den Eurovision Song Contest gewonnen hatte.

Sie lachten, auch Larry und Laurence.

– Wo hast du denn das aufgeschnappt?

– Ich weiß es nicht, sagte Ben.

Stephanie kam mit dem Nachtisch und setzte ihn vorsichtig auf den Tisch.

– Jetzt seht euch das mal an.

Sie lehnten sich alle bewundernd zurück, um das Prachtstück gebührend zu würdigen. Mona stand auf. Sie schnitt den Pudding in acht Scheiben. Mit Dreieck und Zirkel hätte sie ihn nicht gerechter aufteilen können. Sie legte eine Portion auf jeden Teller. Die Teller gingen von Schwester zu Schwester zu Bruder zu Schwester zu dem schwarzen Gast zu Schwester zu Dad, den letzten Teller behielt Mona und setzte sich. Alle griffen nach den Gabeln.

– Mal sehen, ob er so gut schmeckt wie er aussieht, sagte Larry.

– Hast du sonst noch Angehörige, Ben? fragte Mona.

– Ja, sagte Ben. – Ich habe einen Bruder.

– Jünger, älter?

– Älter, sagte Ben. – Köstlich. Vielen Dank.

Und er lächelte Mona zu.

– Ich bin froh, dass ich geblieben bin.

Plötzlich roch Larry keine Schokolade mehr, sondern nur noch das Parfüm von dem Schwarzen.

Der flirtet doch tatsächlich mit meiner Alten, dachte er.

Versucht's mit der ganzen Familie zu treiben, der Mistkerl.

– Was macht dein Bruder? fragte Mona.

– Er ist Arzt, sagte Ben. – Das heißt, er will Arzt werden. Er wird in Kürze sein Studium wiederaufnehmen.

– Warum hat er aufgehört? fragte Larry.

– Larry, sagte Mona warnend und sah wieder zu Ben hin.

– Und Schwestern? fragte sie.

– Ich habe drei Schwestern. Zwei.

Ben sah auf einmal sehr jung aus. Er guckte auf den Tisch.

– Drei, sagte er. – Ich habe drei Schwestern.

– Was ist passiert? fragte Mona.

Ben schwieg einen Augenblick. Stephanie hob leicht die Schultern, sie wusste es nicht.

– Meine Schwester, sagte Ben. – Meine Schwester ist verschwunden.

Larry fror plötzlich.

7 Nur sie beide

Larry guckte zu Ben rüber.

Er sah Wut und Schmerz, ein Gesicht, das versuchte, sich zu beherrschen. Feuchte Augen, eine Andeutung von Schweiß auf der Stirn, Mühsal in jedem Atemzug.

– Es ist passiert, sagte Ben, es ist passiert, als ich Nigeria schon verlassen hatte.

Er schwieg.

Sie warteten.

– Ich bin kurz nach der Verhaftung meines Bruders weggegangen.

Larry wusste, was passiert war. Er wusste, was »verschwunden« bedeutete. Er hatte es vor Jahren mal im Fernsehen gesehen: Frauen, die in einem Vorort irgendwo in Südamerika jeden Morgen zu einer Müllhalde gegangen waren, um nach den Leichen ihrer Männer und Söhne zu suchen. Den Anfang der Sendung hatte er verpasst, er hatte nur so rumgezappt. Aber wie gebannt hatte er den Frauen zugesehen, die über Berge von dampfendem Müll stiegen. Eine hob ein Hemd auf, das Hemd ging von Hand zu Hand.

Sie warteten auf Ben.

Und Larry erinnerte sich daran, wie er kerzengerade dagesessen und die Sessellehnen umklammert hatte – hoffend und betend, dass keine der Frauen das Hemd erkennen würde. Und wie er sich dann auf einmal das Gegenteil gewünscht hatte, als er begriff, wie lange das alles schon ging. Es waren alte Frauen darunter, die nicht alt gewesen waren, als sie angefangen hatten, zur Müllhalde zu gehen, sich in Furcht und Bangen zu bücken, um im Abfall nach Beweisen zu wühlen. Ihr erster Gang, jeden Morgen, ein Leben lang.

Larry überlegte, ob er Ben etwas fragen sollte, vielleicht hätte ihm das geholfen. Aber seine Stimme – jede Stimme – hätte in diesem Augenblick nur weh getan. Sie mussten es Ben überlassen.

Der sah auf die Wand hinter Mona.

– Sie ist an einem Tag zur Arbeit gegangen, aber nicht dort angekommen. Und sie ist auch nicht wieder nach Hause gekommen.

– Was hat sie gemacht, Ben? fragte Mona. – Beruflich, meine ich.

– Sie war Lehrerin, sagte Ben.

– Wie hieß sie? fragte Stephanie.

– Jumi.

Sie warteten.

– Ich habe es erst viel später erfahren. Damals war ich in Deutschland. Ich hatte keinen Kontakt zu meiner Familie. Es war sehr schwierig.

Sie warteten. Ben schaute sie an, einen nach dem anderen.

– Irgendwo zwischen dem Haus meiner Mutter und der Schule. Jumi …

Er zuckte die Schultern.

– Hat deine Mutter damals noch gelebt? fragte Mona.

– Ja.

– Ach Gott, die Ärmste.

– Ja.

– Und sie haben keine Spur von ihr gefunden?

– Wenn du meine Familie meinst, sagte Ben, nein, sie haben nichts gefunden. Und die Behörden …

Wieder zuckte er die Schultern.

– Meine Schwester nahm kein Blatt vor den Mund, sagte er. – Das kann gefährlich sein. Mancherorts und zu mancher Zeit.

Das Schweigen hatte nichts Lastendes. Ben schaute in ihre Gesichter und sie erwiderten seinen Blick.

– Einfach so, sagte Larry leise.

– Ja, sagte Ben.

– Es tut mir wahnsinnig leid, Ben, sagte Larry.

Ben nickte. Zweimal.

– Danke.

Mona nahm Bens Hand, drückte sie und ließ sie wieder los.

– Wurde dein Bruder aus dem Gefängnis entlassen? fragte Vanessa.

– Ja, sagte Ben, er ist wieder ein freier Mann.

– Na immerhin …

– Ja.

Eine Weile sagte niemand was. Larry fiel nichts ein, was

sich nicht dämlich oder daneben angehört hätte, deshalb hielt er den Mund.

Nicht dass er nicht hätte reden wollen. Es drängte ihn zu reden – irgendwas, irgendwelchen Mist. Er hätte reden mögen und reden und reden, er wollte seine Kinder reden und lachen hören, das Zimmer mit ihrem Lärm füllend. Um zu zeigen, dass sie alle gesund und munter waren.

Aber da war nun Ben, dieser arme Kerl. Da waren seine Mutter, seine Schwester, sein Bruder. Was hätte Larry sagen sollen?

Mona sah ihn an.

Er nickte zu seinem leeren Teller.

– Große Klasse, sagte er.

– Ich hab noch einen, sagte Mona.

– Was?

– Der zweite steht im Kühlschrank, sagte Mona.

Alle guckten Mona an. Sie war doch die Beste, sie fand immer eine Lösung.

– Soll ich ihn holen? sagte Stephanie.

Alle schauten jetzt Ben an.

Es war seine Entscheidung.

Er merkte, dass sie ihn anguckten, sein Mund öffnete sich leicht und blieb so, ganz lange, als wäre er eine Aufnahme von sich selbst, die Augen auf Larry gerichtet.

Und dann wandte er sich an Mona.

– Jumi, sagte er, Jumi liebte ein Gericht, das wir *ogi* nennen. Es ist ein bisschen wie Schokolade. Also ja. Bitte.

Stephanie flitzte in die Küche. Und jetzt konnten sie wieder reden.

– Wird dein Bruder dort bleiben? fragte Tracy.

– Ja, sagte Ben. – Das ist seine Absicht. Er möchte nicht weg. Er ist optimistisch.

– Ist es sicher dort?

– Er glaubt schon.

– Warst du mal wieder da? fragte Mona.

– Nein, sagte Ben. – Ich würde gern hin.

– Und warum machst du's nicht? fragte Larry.

Und kassierte von irgendwoher einen Fußtritt.

8 Dieses afrikanische Zeugs

Von Laurence.

Laurence hatte ihn getreten.

– Was soll denn das? fragte Larry.

Genau aufs Schienbein.

– Entschuldige dich, sagte Laurence.

Es war Jahre her, seit jemand Larry getreten hatte.

– Für was? fragte er.

Siebenunddreißig musste er gewesen sein, als Moocher
Mooney ihm den Ball hatte abnehmen wollen.

– Du hast gesagt, er soll wieder nach Nigeria gehen, sagte
Laurence.

– Hab ich nicht.

Er guckte zu Ben rüber.

– Ehrlich nicht.

– Ich verstehe, sagte Ben.

– War doch nur eine Frage. Warum du inzwischen nicht
mehr da warst, das ist alles.

Er guckte Laurence an.

– Das ist alles.

– Die Reise wäre zu teuer, sagte Ben.

– Ja, klar, sagte Larry. – Natürlich.

Daran hatte er auch schon gedacht. Hätte eine Stange Geld

gekostet bis nach Lagos. Besonders für einen, der nichts verdiente.

– Und, sagte Ben, wenn ich Irland verlassen würde, wäre es schwierig für mich, wieder einzureisen.

– Aber, sagte Larry, entschuldige, wenn ich das so frage, wenn dein Bruder das macht, wenn er sich da wohl fühlt, und wenn er dort auf den Doktor studiert oder so …

Ben brachte die Frage für ihn zu Ende.

– Warum ich nicht zurückgehe?

– Verstehst du, wie ich's meine?

– Ich möchte hier leben, sagte Ben. – Fürs erste. Ich möchte, dass meine Kinder …

Larry guckte Stephanie an. Aber sie wurde nicht rot, schlug nicht die Augen nieder.

– … so leben, wie Kinder hier leben. Dass Komfort für sie selbstverständlich ist. Ich möchte Geld in der Tasche haben. Halten Sie das für unrecht?

– Nein, sagte Larry. – Ich wünsch dir viel Glück dabei. Ist das letzte Stück da übrig? fragte er Mona.

Er beugte sich vor, um die letzte Portion Pudding zu nehmen, sie konnte einem leid tun, wie sie so ganz allein auf dem Teller lag. Aber da hatte Mona sie schon auf ihr Messer gehoben, um sie Ben zu geben. Aber Stephanies Messer und Monas Messer trafen sich, und für ein, zwei Sekunden – höchstens – fochten Larrys Frau und seine Tochter um das Recht, Ben den Pudding auftun zu dürfen.

Er fiel auf Bens Teller.

– Danke, sagte Ben.

Er führte einen Bissen zum Munde, während sich vor ihm zwei gestandene Frauen bis aufs Blut bekämpften.

Nur dachten die gar nicht daran. Sie guckten sich an und grinsten verständnisinnig.

– Du willst also hier bleiben, sagte Larry zu Ben.

– Ja, sagte Ben.

Larry hatte die schlechte Angewohnheit, Sachen zu sagen, nur um nett zu sein, was er oft schon bereute, ehe es ganz raus war, deshalb beherrschte er sich.

Und dann, ehe jemand ihm zuvorkommen konnte, machte er doch den Mund auf.

– Nun, aus euch wird bestimmt ein sehr glückliches Paar, sagte er.

Und das kam vom Herzen. Er sah bereits seine Enkelkinder vor sich und musste heftig blinzeln, um die Tränen zurückzuhalten.

– Was redest du denn da? fragte Stephanie.

– Na ja, sagte Larry.

Er zuckte die Schultern. Was hätte er sonst sagen sollen? »Ihr habt meinen Segen« war zu förmlich. »Dann legt mal los« viel zu primitiv.

– Wir gehen nicht miteinander, sagte Stephanie.

– Was? sagte Larry. – Nach all dem?

– Was?

– Dem da, sagte Larry und nickte zum Tisch hin. – Dem Reden und allem.

Er sah zu Ben hin.

– Nicht dass du nicht gern gesehen wärst…

Und zurück zu Stephanie.

– Du gehst also gar nicht mit diesem armen Kerl? Er musste sich anstrengen, damit es nicht allzu traurig klang. – Warum nicht?

– Wir sind einfach gute Freunde, sagte Stephanie.

– Aber er ist … sagte Larry und dann nichts mehr. Hatte ja doch keinen Sinn.

Er zuckte wieder die Schultern.

– Tut mir leid.

– Dann geh *du* doch mit ihm, Dad, sagte Nicole.

– Du kannst mich mal gernhaben, sagte Larry.

Er war glücklich. Er war kein Rassist. Ihm gegenüber saß ein Schwarzer, und er wäre gern sein Schwiegervater geworden. Er wusste nicht recht warum, aber das spielte keine Rolle. Larry war mit sich zufrieden.

Ben stand auf.

– Ich muss gehen, sagte er. – Der Bus.

– Ich bring dich raus, sagte Larry.

Er wunderte sich ein bisschen, dass keine der Frauen ihnen folgte, nachdem Ben allen die Wangen geküsst und sich verabschiedet hatte.

Jetzt standen sie am Gartentor, nur sie zwei.

– Ja also, sagte Larry. – Ist gut gelaufen, find ich.

– Ja, sagte Ben.

– Tolle Mädels, nicht?

– Ja.

– Hör mal, sagte Larry.

Er sah über die Schulter in die leere Diele.

– Das Zeugs, das du da an dir hast.

– Ja? sagte Ben.

– Das Duftwasser, das Parfüm, was auch immer. Wie heißt das?

– *Towering Ebony*, sagte Ben.

– Bestens. Danke. Ähm –

Larry sah wieder über seine Schulter und dann auf Ben.

– Wo kriegt man so was?

– Es gibt mehrere Geschäfte in der Parnell Street.

– Ach ja, die all das afrikanische Zeugs verkaufen. Und könnte ich da ohne weiteres reingehen?

– Ja, natürlich.

– Bestens, sagte Larry. Ja, dann bis bald mal, Ben. War nett
dich kennenzulernen.
– Ja, sagte Ben. – Es heißt *Towering* …
– Merk ich mir, sagte Larry.
Sie lächelten einander zu.

Die Deportees

1 The Real Slim Shady

Jimmy Rabbitte wusste, wo die Musik spielte, da konnte ihm keiner was vormachen. Über Moby machte Jimmy schon dumme Sprüche, ehe die meisten Leute überhaupt angefangen hatten, ihn gut zu finden. Als er mal hörte, wie zwei Kids in der S-Bahn sich über Leftfield unterhielten, konnte er ihnen guten Gewissens sagen, dass sie Blödsinn verzapften, weil er wusste, dass er recht hatte. Jimmy wusste auch, dass es schon wieder cool war, sich für das letzte Album von Radiohead starkzumachen, weil es so schlecht war, tat es aber nicht. Dazu war es für die Mode einfach zu wichtig. Hiphop, Jungle, Country, Big Beat, Swing – Jimmy liebte und hasste das alles. Aber er war sechsunddreißig, hatte drei kleine Kinder und eine Frau, die im sechsten Monat und total unmusikalisch war.

Er stand vor der Badezimmertür und hörte zu, wie sie unter der Dusche sang. Einen Scheiß von The Corrs, diesen Song über das Vergeben, aber nicht Vergessen.

– Singst du das, weil's dir grad so eingefallen ist, oder weil du es magst? fragte Jimmy.

– Mach die Tür hinter dir zu, Slim, sagte Aoife und sang weiter diesen Mist.

Sie hatten siebenhundertdreißig Alben im Haus, und Jimmy

wusste von jedem einzelnen, wo es zu finden war. Die meisten hatte er selber gekauft. Zwölf waren Geschenke, und eins war bei ihrem Einzug im Haus gewesen. *Brothers in Arms* von den Dire Straits hatte auf dem Fußboden gelegen, und Jimmy hätte es da auch verdammt noch mal einfach liegen lassen. Aber Aoife hatte sich danach gebückt.
– Du, das ist gut.
Und die CD war immer noch da. Er wusste auch wo, mehr oder weniger versteckt zwischen Blues und Acid Jazz. Am liebsten hätte er das Album heimlich rausgeschmuggelt und entsorgt, aber er liebte Aoife und womöglich suchte sie es mal. Sie waren seit neun Jahren verheiratet, und in dieser Zeit hatte sie genau sechs CDs beigesteuert, Nick Caves *Murder Ballads* nicht gerechnet, die hatte er ihr zum Hochzeitstag geschenkt.
Aber eine von den sechsen war der *Titanic*-Soundtrack.
Jimmy hatte es abgelehnt, sie in die Abteilung Soundtracks zu stellen.
– Warum nicht?
– Die kriegt eine Abteilung für sich. Unter Sondermüll.
Sie hatte gelacht.
– Du bist doch ein Blödmann.
Und sie hatten sich auf dem Küchentisch geliebt, während Céline Dion den weiten Atlantik beritt.
Jetzt machte Jimmy die Badezimmertür zu und ging nach unten ins Wohnzimmer. Er stellte sich vor den Fernseher.
– Mag einer von euch The Corrs?
– Ja!
– Nicht geschenkt.
– Sseisse.
Er ging in die Küche und machte das Radio an. Lite FM. Echter Schrott.

44

Er drehte am Regler herum, bis er *Lieblingsstücke* gefunden hatte. Schon besser. Lambchop. ›Up with the People.‹ Klasse Musik, die keiner kennt. Jimmy machte die Küchentür zu und drehte die Lautstärke hoch. Nach Lambchop kam St. Germain – I WANT YOU TO GET TOGETHER: Und Jimmy legte sich auf dem Küchentisch lang.

Seit Monaten war er auf keinem Gig mehr gewesen. Seit Monaten. Früher andauernd. Da hatte er selber Gigs gemacht. Hatte Bands gemanagt, tolle Bands. Die Commitments zum Beispiel. (»Die beste irische Band ohne Album«– *d'side.* – »Scheißdreck« – *Northside News.*) Oder die Brassers. (»Sex und Gitarren« – *In Dublin.* – »Scheißdreck« – *Northside News.*) Eine Wahnsinnszeit, als vierundzwanzig Stunden nicht reichten, als Schlafen Zeitverschwendung war.

Jetzt hatte er die Kids, und an Schlaf war überhaupt nicht mehr zu denken. Er wachte nie in demselben Bett auf, eine Nacht hatte er sogar im Kinderbett verbracht, weil Mahalia, die Jüngste, nicht drinbleiben wollte.

– *Is nich* mein ssönes Bett, hatte sie gebrüllt, *das* mein ssönes Bett, und auf *sein* ssönes Bett gezeigt.

Jetzt war es nach Mitternacht. Er hatte sich die LP der *Marshal Mathers* angehört. Das war auch so ein Problem: Auf vielen Sachen, die er mochte, klebte ein Altersbeschränkungshinweis, deshalb musste er warten, bis die Kids schliefen.

Er ging leise ins Schlafzimmer. Ein Dielenbrett knarrte, und Aoife fing wieder mit dem Scheiß vom Vergessen und Vergeben an. Sie hatte auf ihn gewartet. Seit neun Jahren verheiratet, und sie pflaumten sich immer noch an. Er stieg ins Bett, schmiegte sich an ihren Rücken und überlegte, was sie wohl zuerst spüren würde, seinen Bauch oder seinen Ständer. Er hatte zugenommen und wusste nicht warum. Er aß praktisch nichts, und an sein letztes Bier konnte er sich kaum mehr erinnern, das war Wochen her, Monate. Himmelherrgott noch mal.

– Wie geht's dem Real Slim Shady? fragte Aoife.

– Kann nicht klagen, Alte.

– Warum der Seufzer? Alles in Ordnung?

– Doch, ja, nur –

Wow, das strampelt vielleicht, sagte sie.

Sie nahm Jimmys Hand und legte sie auf ihren Bauch. Er wartete auf den nächsten Tritt. Plötzlich war er total erledigt. Bald würden die Kinder kommen und auf ihnen rumklettern. Er versuchte wach zu bleiben. Ein Tritt, verdammt noch mal, noch einer. Er schlief ein und war wieder da. Hatte es getreten? Bleib wach, du Idiot.

– Ich denke daran, eine Band zu gründen, sagte Jimmy.

– Heiliger Strohsack, sagte Aoife.

2 Northside Deluxe

Aber was für eine Band? Das war die Frage.

Oder eigentlich nicht.

– Das ist nicht dein Ernst, sagte Aoife nach Jimmys Ansage.

Es blieb so lange still, dass das Baby bereits zweimal gegen Jimmys Hand getreten hatte und Jimmy sich hätte ohrfeigen mögen, weil er sein blödes Maul nicht hatte halten können.

– Oder doch? sagte Aoife.

Gute Frage.

– Mann, was der kicken kann, sagte Jimmy. – Wird später mal toll mit links schießen.

– Ich hab dich was gefragt, sagte Aoife.

– Ähm, eigentlich schon, sagte Jimmy.

– Warum?

– Also, sagte Jimmy.

Wieder ein Tritt.

– Du weißt ja – ich und die Musik. Du kennst mich doch.

– Warum jetzt? sagte Aoife.

– Ist mir grad so eingefallen.

– Stell dich nicht dümmer, als du bist, Jimmy. Warum *jetzt*?

– Weil du schwanger bist, meinst du?

– Diesmal kam der Tritt von der Mutter. Er tat nicht weh, aber das verriet Jimmy ihr nicht.

– Stevie Wonders Frau hat was Kleines erwartet, als er *Innervisions* aufgenommen hat, sagte er stattdessen.

Aoife reagierte nicht.

Sie liebte dieses Album. Das hatte sie jedenfalls immer gesagt. Wohlgemerkt – keiner war so verrückt auf Musik wie Jimmy. Vor Jahren hatte er mal Simon Le Bon in der Stadt getroffen, im Café en Seine – jedenfalls hatte der Typ behauptet, Simon le Bon zu sein –, und war fassungslos gewesen, dass Le Bon sich nicht mehr daran erinnern konnte, wie sein erstes Album hieß. War aber ganz gut so, denn Jimmy hatte ihm sagen wollen, dass es Mist war.

Noch immer kein Ton von Aoife.

– Jimmy küsste sie auf die Schulter und sang.

FORGIVEN, NOT FORGOTTEN. FORGIVEN –

– Jimmy, sagte Aoife.

– Ja, Alte?

– Raus aus dem Bett.

Er kletterte im Zimmer der Jungs ins Oberbett. Marvin, der Älteste, lag unten neben seinem Bruder, Jimmy Zwei, und bald würden beide zu Jimmy und Aoife ins Bett kommen, wie jede Nacht. Das war nichts Ungewöhnliches, er war nur ein bisschen früh dran. Und trotzdem war es heute anders. Zum ersten Mal hatte sie ihn rausgeworfen.

Er horchte. Weinte sie? Er war sich nicht sicher.

Gerade hörte er gar nichts mehr. Am nächsten Morgen würde er es ihr sagen. Er würde ihr eine Tasse Tee bringen und ihr sagen, dass er es nicht ernst gemeint hatte. Was irgendwie ja auch stimmte. Er wollte das alles wirklich nicht noch mal durchmachen.

So richtig deprimiert war er nur einmal im Leben gewesen – als die Commitments auseinandergegangen waren. Das war Jahre her, da kannte er Aoife noch gar nicht, aber es steckte ihm immer noch in den Knochen. Er war gerade dabei, ihren ersten Plattenvertrag mit Eejit Records auszuhandeln, und plötzlich flog ihm alles um die Ohren, überall Blut und verletzte Egos, keine Band, kein Plattenvertrag. Danach war er wochenlang nicht aus dem Haus gegangen, hatte mit niemandem gesprochen, keine Musik gehört, vor allem keinen Soul. Dass es mit den Brassers nicht geklappt hatte, war nicht so schmerzhaft gewesen. Ihr Sänger, Mickah Wallace, musste achtzehn Monate nach Mountjoy, weil er den Ford Capri seines Onkels geklaut hatte.

– Meine Ma hat ihn fertiggemacht, weil er zur Polizei gegangen ist, sagte Mickah. – Aber es war nicht seine Schuld, er hat nicht gewusst, dass ich die Karre geklaut hab.

– Warum hast du es gemacht?

– Hab nicht gewusst, dass es seine war, sagte Mickah. – Konnte ich denn riechen, dass er sich so 'ne Scheißblechkiste zulegt? Aber das mit der Band tut mir leid.

– Wir warten auf dich, sagte Jimmy.

– Will ich euch auch geraten haben, sagte Mickah.

Aber als Mickah rauskam – er hatte die vollen achtzehn Monate abgesessen, der erste Häftling in der Geschichte des

Freistaates, der seine volle Strafe verbüßt hatte –, wollte Jimmy drei Wochen später heiraten, und die Brassers waren nicht mal mehr Erinnerung.

Dann gab es da noch Northside Deluxe, Jimmys Boy Band. Jahre vor der Erfindung von Boyzone durch Louis Walsh kam Jimmy auf die Idee, fünf gutaussehende Jungs zusammenzutrommeln und Stars aus ihnen zu machen. Er ließ sie in seinem neuen Haus vorsingen, und Aoife wählte die Kandidaten aus. Am Ende des fünften Abends aber, nachdem hundertdreiundsiebzig junge Männer die Küche, in der noch kein Herd und kein Kühlschrank standen, betreten und wieder verlassen hatten, kam Jimmy notgedrungen zu dem Schluss, dass es auf der Northside von Dublin keinen einzigen annehmbar aussehenden jungen Kerl gab, geschweige denn fünf von der Sorte.

– Sie können einem schon leid tun, sagte er.

Aoife hatte sich Notizen gemacht.

– Zweiundneunzig haben ›I'm Too Sexy‹ gesungen, sagte sie.

Im Grunde hatte er also wirklich keine Lust, all das noch mal durchzumachen, die Blindgänger und das Ende mit Schrecken, er brauchte das nicht. Er hatte nicht die Zeit und nicht die Kraft dazu. Er war auch so glücklich und zufrieden.

Als Aoife am nächsten Morgen aufstand, saßen Jimmy und die Kids auf dem Küchenfußboden, umgeben von Hunderten von CDs.

Jimmy lächelte ihr zu und legte die Arme um seine Jungs.

– Dad gründet eine Band, sagte Marvin.

– Heiliger Strohsack, sagte Aoife.

3 Perücken im Fenster

Die letzten Tage waren schwierig gewesen.

Jimmy wollte nicht noch mal eine Band managen, ehrlich nicht. Das brachte nur Ärger, und außerdem hatte er keine geeignete Musik zu bieten, es gab praktisch nichts, wofür er sich begeistern konnte. Bei den Commitments war es Soul gewesen – James Brown zum Frühstück, Otis Redding zum Abendessen. Jimmy war, soweit er wusste, der erste, der einen Walkman besessen hatte, und er hatte absichtlich Busse wegfahren lassen, nur um ›Prisoner of Love‹ oder ›Down in the Valley‹ hören zu können, ohne die Lautstärke runterdrehen zu müssen, während er das Fahrgeld zahlte. Vieles von dem, was er heutzutage hörte, war ganz in Ordnung, aber nicht so, dass er sich hätte reinlegen, darin hätte baden können. Und trotzdem steckte ihm da was im Hinterkopf, was ihn ständig drängte: Mach's, tu's, los doch.

Aoife hatte ein schlechtes Gewissen, weil sie Jimmy seine Pläne vermiest hatte, und das ärgerte sie, weil sie gerade jetzt nicht hätte haben dürfen. Sie war im sechsten Monat, verdammt noch mal, und hatte Wassereinlagerungen wie ein Kamel. Es gab Tage, da konnte sie sich kaum bewegen, wenn der Schweiß wie Regen an ihr runterlief. Aber Jimmys Pläne und Spinnereien, sein Mundwerk, mit dem er Träume wahr werden ließ – eben das liebte sie so an ihm. Eine Stunde nach dem Kennenlernen hatte er ihr mit seinen Sprüchen buchstäblich schon den Schlüpfer ausgezogen.

Sie hätte ihn am liebsten umgebracht.

Sie gingen sich aus dem Weg.

Er spülte das Geschirr, sogar das unbenutzte. Er badete die Kids, bis sie schlapp und verschrumpelt waren. Er erzählte ihnen Gutenachtgeschichten, die nie aufhörten. Jimmy bemerkte, dass Aoife kurz ins Schlafzimmer sah, als sie sich gerade alle auf dem Elternbett zusammenkuschelten und die Kinder ihm zuhörten.

– Es war einmal ein Zwerg, begann Jimmy, der hieß P. J. und wollte Karriere als Bandmanager machen.

Er sah sie nicht lachen. Nicht mal lächeln.

Dann war sie weg.

Sie saß in der Küche und versuchte, an nichts zu denken.

Er kam dazu und gab sich die größte Mühe, im Vorbeigehen nicht an ihren Stuhl zu stoßen. Sie hörte, wie er Wasser in den Kessel laufen ließ.

– Tee?

– Ja. Danke.

Er setzte sich ans andere Tischende.

– Wie war's denn heute so bei dir? fragte er.

Sie lächelte. Sie konnte nicht anders. Sie sah ihn an, und er lächelte auch. Und sie weinte. Der blubbernde Kessel hörte sich genau so an, wie sie sich plötzlich fühlte. Glückliche Nässe und Erleichterung quollen aus ihr hervor. Sie streckte die Hand über den Tisch, und er nahm sie. Und sie war kurz davor, zu sagen: Los, gründe deine Band. Deshalb liebe ich dich ja.

Sie wischte sich mit der freien Hand die Augen und guckte ihn wieder an. Und ertappte ihn dabei, wie er auf das CD-Regal in der Ecke zwischen Kühlschrank und Wand sah.

– Jimmy?

– Ja, Alte? Entschuldige.

– Kannst du nicht mal für ein paar Sekunden mich angucken? Seh ich so schlimm aus?

– Nein, sagte Jimmy. – Du siehst phantastisch aus.

Sie stand auf.

– Hör zu, schrie sie ihn an. – Wenn du glaubst, dass du alles weißt, dann hast du dich gründlich geirrt. Als Stevie Wonders Frau was Kleines erwartete, hat er nicht *Innervisions* aufgenommen, sondern *Songs in the Key of Life,* und deinen Scheißtee kannst du dir sonst wohin stecken.

Aoife sagte nie Scheiß oder Scheiße.

Sie ließ ihn in der Küche sitzen. Zwanzig Minuten später umarmten sie sich und stritten sich wieder. Und das die ganze Woche über. Hin und her. Wahnsinn.

Am Freitag ging Jimmy die Parnell Street runter zur Tara Street Station. Er war auf dem Heimweg, der Wagen stand in der Werkstatt. Marvin und Jimmy Zwei hatten den Benzintank mit Erde aus dem Vorgarten gefüllt.

– Es war ein Experiment, sagte Marvin. – Benzin kommt aus dem Boden.

– Nicht aus irischem Boden, Marv, sagte Jimmy und rammte die Hände tief in die Taschen, um ihm nicht den Hals umzudrehen.

Im Schaufenster eines der afrikanischen Geschäfte in der Parnell Street fielen ihm die Perücken ins Auge, die dort in einer Reihe hingen. Er ging näher ran – er würde eine für Aoife kaufen, die pinkfarbene, aus Jux –, da lief jemand geradewegs in ihn hinein, so dass er hinfiel.

– 'tschuldigung!

Es war ein Rumäne, ein junger Kerl, registrierte Jimmy, während er mit dem Kopf auf die Bordsteinkante schlug und ein italienischer Fahrradkurier über seine Hand fuhr. Es musste ein Italiener sein, der schon länger in Dublin war.

– Fotzdämlicher Idiot, schrie er, während er weiter zur Marlborough Street raste.

Jimmys Schädel dröhnte, als er aufstand. Der kleine Rumäne und eine dicke afrikanische Frau halfen ihm. Auch seine Hand war übel zugerichtet und brachte ihn fast um vor Schmerz. Aber er strahlte.

Jimmy hatte seine Band.

4 Die Schwerarbeiter

»Brüder und Schwestern, willkommen in Irland«, tippte er mit einer Hand in seinen Laptop. »Wollt ihr, dass der Keltische Tiger nach eurer Musik tanzt? Dann seid ihr bei der Band Die Schwerarbeiter genau richtig. Meldet euch bei J. Rabbitte, 089-22524242 oder rabbitte@banjo.ie. Bewerbungen weißer Iren zwecklos.«

Konnte er das so schreiben? Warum eigentlich nicht? Es war seine Band, verdammt noch mal. Aber er löschte den letzten Satz. Ein, zwei altmodische irische Rocker würden sich mit den anderen auf der Bühne gut machen, besonders auf Tour im Ausland – Himmel, Jimmy hielt es kaum mehr am Küchentisch. Er las den Text noch mal. Er war für die Kleinanzeigen der *Hot Press* bestimmt, da war auch der Text für die Commitments erschienen.

Abends erzählte er alles der Familie – die Sache mit den Perücken und dem kleinen Rumänen und dem italienischen Arschloch auf dem Fahrrad.

– Woher weißt du, dass er Rumäne ist? fragte Aoife.

– Sein Pullover, sagte Jimmy.

Die Kids bewunderten die Reifenspuren, die über seinen linken Handrücken liefen.

– Muss ein echt gutes Fahrrad gewesen sein, sagte Marvin.

– Erste Sahne, sagte Jimmy.

Er ließ Marvin und Jimmy Zwei einen Flyer und ein Plakat im A4-Format entwerfen. Und während die Jungs sich ans

Kreative machten und Mahalia sie dabei piesackte, schob Jimmy Rubén Gonzáles ein und tanzte mit Aoife, den ungeborenen Rabbitte zwischen sich, vom Tisch zur Tür und wieder zurück.

– Wie ist das Wetter da drüben bei dir? fragte Jimmy.

– Herrlich, sagte Aoife. – Bestens. Aber jetzt muss ich mich erst mal setzen.

– Gefällt euch die Musik, Kinder? fragte Jimmy, als sie sich am Laptop vorbeidrehten.

– Mist, sagte Jimmy Zwei.

– Sseisse, sagte Mahalia.

Und Marvin widersprach nicht.

Aber Marvin war ein heller Kopf, darin kam er nach dem Vater.

– Wie kriegen wir die Leute dazu, dass sie stehen bleiben und das Zeug lesen? fragte Jimmy, als er sich über Marvins Schulter hinweg das Plakat ansah.

– Machen wir eben noch 'ne nackte Frau drauf, sagte Marvin.

– Kommt nicht in Frage, sagte Aoife.

– Dann eben 'n nackten Mann.

– Nein, sagte Aoife.

Sie gönnte sich eine Atempause. Nach dem Tanzen war sie fix und fertig. Außerdem war sie in das Katzenklo getreten. Der Kater, Babyface, war vor einem Monat gestorben – Lungenkrebs, das arme Vieh –, aber die Kinder hatten Aoife bis jetzt verboten, das Katzenklo zu entsorgen.

– Untersteht euch, sagte Aoife.

Aber während sie noch zeterte, hatte Marvin schon die Worte »nackte Tatsachen« abwechselnd in Rot und Blau als Leuchtrahmen um den Text gelegt. Jimmy nahm den Laptop und zeigte es Aoife.

– Ist das genehmigt?

– Okay.

Sie lachte und umarmte Marvin und Jimmy Zwei und Mahalias Phantasiefreund Darndale.

Die nächste *Hot Press* kam erst in drei Wochen raus. Aber Jimmy nutzte die Zwischenzeit schon mal, um am nächsten Samstag mit Marvin und Jimmy Zwei und Mahalia in der Kinderkarre die A4-Plakate auf Laternenmasten in Temple Bar und an die afrikanischen Läden in der Parnell Street zu kleben, an jedes Pub, an dem sie vorbeikamen, an die Türen der S-Bahnhöfe, überallhin, wo sie den Leuten in die Augen springen konnten. Sie hatten gerade ein Plakat auf den Bronzehintern von Molly Malone am Ende der Grafton Street gekleistert, als Jimmy den ersten Anruf bekam.

– Meins!

Mahalia wollte ihm das Handy nicht geben. Jimmy drückte ihr seine Schlüssel in die Hand und versprach ihr zwei Loop-the-Loops, eins für sie und eins für Darndale. Sie ließ das Telefon los.

– Hallo, sagte Jimmy.

– Nackte Tatsachen? fragte eine Männerstimme – aus der S-Bahn, vermutete Jimmy.

– Rabbitte Talent Management. Was kann ich für Sie tun?

– Interessier mich für die Band, sagte die Stimme.

Eine irische Stimme, halb Dublin, halb MTV.

– Was für ein Instrument spielen Sie? fragte Jimmy.

– Ich singe, spiele Gitarre, bisschen Schlagzeug.

– Mögen Sie die Corrs?

– Ja, cool.

– Dann können Sie mich mal. Jimmy gab Mahalia das Handy zurück.

Ein enttäuschender Auftakt, aber der Anfang war gemacht. Jetzt war ein Kaffee fällig.

– Wollt ihr Kuchen, Kinder?

– Ja!

– Cool!

– Großen Kuchen, sooo groß.

– Okay, sagte Jimmy. – Auf zu Bewley's. Touristen erschrecken.

Er hatte gerade den Buggy auf Kurs gebracht, als der zweite Anruf kam. Mahalia warf ihm das Handy zu.

– Danke, Schätzchen. Hallo?

– Ja, sagte die Stimme.

Jimmy wartete, aber mehr kam nicht.

– Rufen Sie wegen der Band an? fragte Jimmy.

– Ganz genau, sagte die Stimme.

Es war eine afrikanische Stimme, afrikanisch und Dublin Southside.

– Sind Sie interessiert? fragte Jimmy.

– Ja.

– Mögen Sie die Corrs?

– Sie stehen mir fern.

Das Telefon in Jimmys Hand zitterte.

– Was für ein Instrument spielen Sie?

– Mit wem spreche ich?

– Ähm. Jimmy Rabbitte.

– Mister Rabbitte, sagte die Stimme, ich bin mein eigenes Instrument.

Jimmy stemmte die Fäuste in die Luft.

– Dann sollten wir uns kennenlernen, sagte er.

– Ganz genau, sagte die Stimme.

5 Der King

Das Forum war eine Überraschung. Jimmy war schon dran vorbeigegangen und vorbeigefahren, aber nie drin gewesen. Es sah nicht aus wie ein Pub, mehr wie ein Café, und Jimmy fand, dass es davon in Dublin schon genug gab. Aber war man erst mal drinnen, war es ein richtig gutes Pub.

Der Barmann sah portugiesisch, die Bedienung spanisch, die Frau auf dem Hocker neben ihm chinesisch, das Bier, das vor ihm stand, vielversprechend aus, das neue Album von R.E.M., das über die Hi-Fi-Anlage kam, klang gut, allenfalls ein bisschen zu sehr wie ein Album von R.E.M. Afrikanische Stammgäste schwatzten und lachten, irische Stammgäste schwatzten und lachten. Jimmy probierte das Bier. Bestens – aber das konnte man schließlich auch verlangen, denn billig war es nicht.

– Mister Rabbitte, sagte die Stimme.

Jimmy drehte sich auf seinem Barhocker um und sah zu einem langen Schwarzen hoch.

– Sie sind Mister Rabbitte, sagte der Mann zu Jimmy.

– Ja, sagte Jimmy. – Das bin ich. Jimmy.

Sie schüttelten sich die Hand. Das Alter des Mannes war schlecht zu schätzen. Ende zwanzig, tippte Jimmy, konnte aber auch älter oder jünger sein. Ernstes Gesicht. Kein Lächeln.

– Sie wissen, wie ich heiße, sagte Jimmy. – Aber ich kenne Ihren Namen noch nicht.

– Robert.

Er sah Jimmy gerade ins Gesicht.

– King Robert.

Jimmy hielt sich gut. Er lachte nicht, grinste nicht mal.

– Ein Bier, Majestät?

Der Mann verzog keine Miene.

– Ja.

– Guinness?

– Ganz genau.

Jimmy bestellte das Bier bei dem lettischen Barmann, der als Verstärkung zu dem Portugiesen gestoßen war. Der Laden füllte sich langsam und war jetzt richtig schön in Schwung. Jimmy wandte sich wieder King Robert zu.

– Nebenbei gesagt, ist Ihr Englisch wirklich gut.

– Ihres auch, Mister Rabbitte. Sie sprechen es wie ein Einheimischer.

Jimmy riss die Augen auf.

– Ich werde jetzt singen, sagte King Robert.

Und da passierte es. Nach der Geburt seiner Kinder und vielleicht, aber nur vielleicht, nachdem er zum dritten Mal Sex gehabt hatte, war das der grandioseste, der verdammt beste Moment in Jimmys Leben. Ein Schwarzer, der zehn Zentimeter von ihm entfernt stand, machte den Mund auf und sang ›Many Rivers to Cross‹. Jimmy starb und fuhr geradewegs gen Himmel.

Und als er am dritten Tag wieder unten in Dublin angekommen war, hatte er die Ansätze zu einer Band. Er hatte King Robert als Sänger. Der Mann war vermutlich verrückt, aber er hatte seine Runde bezahlt und Jimmy mit seinem ›Many Rivers to Cross‹ drei wunderbare Minuten lang vergessen lassen, dass der nächstgelegene Fluss die Liffey war. Er hatte einen Drummer aus Moskau – den Namen hatte sich Jimmy irgendwo aufgeschrieben –, der in Trinity studierte und Jimmy am Telefon vorgespielt hatte. Eine Stunde später kam eine Frau aus New York dazu, die sagte, sie könne Bass spielen, Gitarre sei ihr aber lieber, am Telefon umwerfend klang und Jimmy versicherte, sie sei nicht weiß.

– Mögen Sie die Corrs? hatte er gefragt.

– Nein.

– Sie sind engagiert, sagte Jimmy.

– Das war's?

– Ja, sagte Jimmy. – Immer vorausgesetzt, dass Sie wirklich nicht weiß sind.

– So ein Gespräch habe ich bisher noch nie geführt, das muss ich schon sagen.

– Willkommen in Irland, Schätzchen, sagte Jimmy.

Drei hatte er fest, fehlten noch elf oder zwölf. So langsam konnte Jimmy seine Band sehen und hören. Und das Telefon stand nicht still.

– Schlagzeug.

– Bedaure, Freund, da kommst du zu spät. Wir haben schon einen russischen Drummer.

Am Ende des vierten Tages nach King Robert hatte er eine Djembe-Trommlerin aus Nigeria und eine junge Sängerin aus Spanien.

– Wie war ihre Stimme, fragte Aoife.

– Keine Ahnung, Alte. Aber sie heißt Rosalita.

– Na und?

– Springsteen hat ein Lied über sie geschrieben.

– Hat sie dir das erzählt?

– Nein, sagte Jimmy. – Ich ihr.

Aoifes Lachen klang ein bisschen scharf.

– War nur Quatsch, sagte Jimmy. – Sie heißt Agnes.

Und Aoife schlief ein.

Der letzte Neuzugang war vor einer halben Stunde gekommen, als Jimmy auf dem Bett lag, ein Gitarrist aus Roscommon.

– Magst du die Corrs?

– Arschsäcke.

– Magst du schwarze Musik?

– Ist der Bringer, Mann. Bis auf Rap, der ist Scheiße.

Jimmy lag neben Aoife. Er war viel zu aufgedreht zum Schlafen.

Aber er schlief fest, als das Handy auf seiner Brust klingelte, wo er es nach dem Gespräch mit dem Mann aus Roscommon abgelegt hatte.

Aoife gab ihm einen Rippenstoß.

– Jimmy?

– Wa-was is?

– Telefon. Jetzt hörte er es.

– Himmel noch mal. Entschuldige.

Es musste zwei oder drei Uhr früh sein.

– Hallo? sagte Jimmy.

Nichts.

– Hallo?

– Niggerlover.

– Wer ist es denn? fragte Aoife.

Mehr nicht. Kein Wort. Nur bedrohlicher leerer Raum am anderen Ende der Leitung und jemand, der dort wartete.

Jimmy schaltete das Handy aus.

– Wer war's?

– Nur die Mailbox, entschuldige.

– Na hör mal …

– Entschuldige.

Aoife schlief schon wieder.

Aber Jimmy konnte nicht schlafen.

6 Fingerfood

Jimmy hatte wegen des Anrufs nichts unternommen. Er war sauer und ein bisschen in Unruhe, aber was hätte er machen sollen? Von so was konnte man doch nicht sein Leben bestimmen lassen. Er hoffte, ja er war ziemlich sicher, dass es nicht noch mal passieren würde. Irgendein Arschloch, das nachts nichts Besseres zu tun hatte. Aber er passte auf, dass die Kids das Telefon nicht in die Hand bekamen. Sicherheitshalber.

– *Mein* Handy, sagte Mahalia.

– Meins, Schätzchen, sagte Jimmy. – Daddy braucht es für seine Arbeit.

– Ich will aber.

Da klingelte es zum Glück an der Haustür, und er konnte sich verdrücken.

Die Plakate hingen schon drei Wochen, und das Telefon stand immer noch nicht still. Auch die Anzeige in der *Hot Press* brachte was. Und in der Nachbarschaft hatte es sich herumgesprochen: Jimmy Rabbitte gründet eine Band. Sie kamen an die Tür.

Diesmal war es ein Junge um die fünfzehn.

– Ja? sagte Jimmy.

– Kann ich in Ihrer Band mitmachen?

– Wie heißt du?

– Pedro.

– Wer's glaubt, sagte Jimmy. – Wayne heißt du. Ich bin mit deinem Dad zur Schule gegangen.

– Kann ich trotzdem mitmachen?

– Leider nein, sagte Jimmy. – Grüß deinen Dad schön von mir.

Er machte die Tür zu.

Es klingelte wieder.

Noch einmal Pedro.

– Wollen Sie 'ne Mülltonne auf Rollen kaufen?

– Nein, danke, Wayne.

Netter Junge.

– Wenn du Lust hast, kannst du uns mit dem Equipment helfen, sagte Jimmy.

– Im Ernst?

– Ja.

– Klasse! Vielen Dank.

– Gern geschehen, sagte Jimmy.

Eigeninitiative bei jungen Leuten – das gefiel ihm. Es war doch ein tolles kleines Land, dachte Jimmy. Und er hatte seinen Spaß.

Es würde keine mitternächtlichen Anrufe mehr geben.

Er fuhr Marvin zu einem Spiel in Malahide, als er den Rumänen sah oder – viel wichtiger! – das Akkordeon, das der Rumäne auf dem Rücken hatte. Ein Typ in seinem Alter, der die irische Ausgabe der Obdachlosenzeitung *The Big Issue* an der Ampel in Coolock verkaufte, wenn die Autos bei Rot halten mussten. Jimmy kurbelte das Fenster runter.

– Willst du in einer Band mitspielen? fragte er.

– Willst du eine Zeitschrift kaufen? sagte der Mann.

– Wenn ich eine kaufe, kommst du dann in die Band?

– Klar. Mein Sohn auch.

Er zeigte auf einen Jungen, der an einer anderen Auto-schlange entlangging.

– Spielt Trompete. Sehr gut.

– Also schön, sagte Jimmy. – Warte, ich parke nur schnell.

– Was ist mit dem Match? fragte Marvin.

Er zog sich gerade auf der Rückbank um.

– Wir haben noch massig Zeit.

Tatsächlich kam alles gut hin. Er engagierte die beiden Dans, Vater und Sohn, und Marvin gewann zwei zu null, er schoss kein Tor, aber er spielte den Ball zu dem Typen, der den Ball zu dem Typen spielte, der das zweite Tor machte.

Komisch, dachte Jimmy abends. Er lag im Bett, das Handy war ausgeschaltet. Einen Iren mit Akkordeon hätte er über den Haufen gefahren. Bis er das Ding auf Dans Rücken gesehen hatte, hatte er mit Akkordeons und allem, was damit zusammenhing, nichts am Hut gehabt. Null. Aber als Dan ihm am Straßenrand, gleich hinter der Tayto-Fabrik, seinen rumänischen Gig vorgespielt hatte, war er hin und weg gewesen. Ihre Telefonnummer schon in der Tasche, hatte er den Dans seine gegeben, versprochen, dass er sich in den nächsten Tagen melden würde.

– Ich will jetzt mal die ganze Band zusammentrommeln, sagte Jimmy.

– Fein, sagte Aoife. Sie war schon am Einschlafen.

– Hier, sagte Jimmy.

– Fein.

– Ich hab an Fingerfood gedacht, sagte Jimmy.

– Fein.

– Würdest du dich darum kümmern, sagte Jimmy, oder –

Sie ließ einen Schrei los.

– Ich kann auch zu Marks & Spencer gehen, sagte Jimmy.

– Macht mir nichts aus.

– Jimmy!

– Ja, Alte?

– Das Baby.

– Was für ein Baby?

– Das Ba-by!

– O Himmel. Du meinst … das Baby kommt?

– Ja!

– Bisschen früh.

– Jimmy!!

– Schon gut, Schatz, ich hab alles im Griff.

Hatte er auch. Die Band, Akkordeons, Tourneen rund um die Welt und durch die Midlands – all das zählte nicht mehr. Er rief seine Eltern an und sah dann wieder nach Aoife. Sie war im Bett geblieben und hatte sich, nachdem es jetzt gleich ins Krankenhaus ging, wieder etwas beruhigt. Er setzte Teewasser auf, packte Aoifes Koffer, sauste durch Schlafzimmer und Badezimmer und ließ sich sagen, was sie brauchte und was nicht. Was wollte sie mit dem Scheiß-haartrockner? Aber er hielt den Mund und packte ihn ein.

Seine Eltern kamen.

– Hast du endlich die Fernbedienung reparieren lassen? fragte sein Dad.

– Red nicht so dumm daher, sagte seine Ma.

Sie standen an der Tür, als Jimmy Aoife ins Auto half.

– Mach dir keine Gedanken, wir kümmern uns hier um alles, sagte seine Ma.

Aoife lächelte ihnen zu, und dann waren sie auf dem Weg zum Rotunda Hospital.

– Wie geht's dir? fragte Jimmy.

– Okay, sagte Aoife.

– Kein Beinbruch, sagte Jimmy. – Das Treffen mit der Band kann ich absagen.

Sie sah ihn nur an, und er grinste.

– Aretha, wenn's ein Mädchen ist, sagte er.

– Kommt nicht in Frage. Andrea. FORGIVEN, NOT – o Himmel, halt an, Jimmy.

– Hier?

Fairview.

– Halt an.

– Wir sind doch gleich da.

– Halt an!!

7 The Tracks of My Tears

Smokey kam direkt unter der Fußgängerbrücke in Fairview
zur Welt. Nicht auszudenken, was er ohne Handy gemacht
hätte. Der Kopf war schon fast draußen – TAKE A GOOD
LOOK AT MY FACE –, als Jimmy den Rettungswagen
hörte, und plötzlich traute er sich zu, das Baby selber zu
holen. Er zitterte nicht mehr, er hatte alles im Griff, stand
bereit, das Köpfchen aufzufangen.

– Jimmy!

– Ich bin ja hier, Schatz.

– Jimmy!

– Sieht mir nach einem Jungen aus.

Aber da hechteten die Männer schon aus dem Rettungswagen, und halb auf der Busspur liegend, presste und
drückte Aoife ein letztes Mal, und Jimmy behielt recht –
es war ein Junge. Ein wunderschöner, roter, aufgebrachter
Junge, der sich weithin hörbar über den Zustand des öffentlichen Gesundheitswesens beschwerte. Für Jimmy war neben Aoife kein Platz mehr, so dass er sie nicht umarmen
und bewundern konnte, aber er lachte und johlte und
sprang über das Parkgeländer und winkte zu den Kids auf
der Fußgängerbrücke hoch.

– Was ist es denn? rief einer.

– Ein Junge.

– Gut gemacht, Mister.

– Kein Problem, sagte Jimmy. Und es kam von Herzen.

Er war wieder Papa geworden, ein Vater, und das war verdammt schön, war das, was er sich immer gewünscht hatte, wofür er auf der Welt war. Marvin, Jimmy Zwei, Mahalia und der Neue, von Jimmy praktisch eigenhändig auf die Welt geholt. Noch ein Junge, noch ein Star – Smokey.

– Brian, sagte Aoife.

– Wie? sagte Jimmy.

– Brian.

Das war im Krankenwagen, auf dem Weg zum Rotunda.

Schön, ihr Vater hieß Brian, ein guter, solider Name. Aber – Brian? Während der Krankenwagen scharf rechts auf die North Circular einbog, so dass es Jimmy vom Sitz schleuderte und das Baby brüllte, ging er seine Stax-, Chess-, Hi- und Atlantic-Alben durch, fand aber beim besten Willen keinen Brian. Keinen einzigen Drummer, nicht mal einen jämmerlichen Toningenieur oder Cover-Designer.

Aber er sagte nichts.

Dann waren sie da. Smokey wurde untersucht und gewogen. Sieben Pfund null null.

– Ein strammer Junge, sagte die philippinische Hebamme.

– Können Sie singen? fragte Jimmy.

– Jimmy, sagte Aoife.

Aber schon im Einschlafen lächelte sie ihm zu.

Vier Uhr morgens. AND ONCE MORE THE DAWNING JUST WOKE UP THE WANTIN' IN ME-EE, sang Jimmy, als er auf die Parnell Street hinaustrat. Klasse Stück. Der erste Country-Song, der ihm jemals gefallen hatte. Von Faron Young. Faron Young. Nicht *Brian* Young.

Aber es war alles toll. Die Möwen waren unterwegs und niemand sonst. Er hatte die Welt für sich. Den Wagen hatte er in Fairview stehenlassen, er wollte zu Fuß gehen.

In seiner Tasche klingelte das Handy. Das würde sein Dad sein. Er klappte es auf.

– Ein Junge, sagte er.

Und erinnerte sich zu spät an das lauernde Schweigen.

– Niggerlover.

Jimmy schlug der Länge nach hin, er lag auf dem Gehweg und weinte. Er konnte nicht mehr aufhören. Er war erschöpft, wütend, hilflos. Er weinte. Richtig erklären konnte er es nicht. Ein krankes Arschloch, das sich an diesen nächtlichen Anrufen aufgeilte, ein armseliger Sack, der sonst nichts und niemanden hatte, aber es half nichts, Jimmy konnte nicht aufhören. Dieses Böse da draußen, in einer Nacht wie dieser. Er besah sich die Fenster auf der anderen Straßenseite. Er suchte.

Das Handy klingelte wieder. Diesmal war es seine eigene Nummer.

– Na?

Sein Dad.

– Ein Junge, sieben Pfund, sagte Jimmy.

– Bestens, sagte sein Dad.

– Bin auf dem Heimweg, sagte Jimmy.

– Lass dir Zeit, sagte sein Dad.

Jimmy fühlte sich besser. Er ging in Richtung O'Connell Street.

Wieder das Handy. Wieder sein Dad. Jimmy kannte das schon.

– Was ich noch sagen wollte – bringst du eine Flasche Milch mit?

– Mach ich, sagte Jimmy. – Bis gleich.

Früher hatte ihn das rasend gemacht, dass mit hundertprozentiger Sicherheit sein Vater das letzte Wort behielt. Manchmal war es lustig, aber oft auch nicht, und es war ihm mächtig auf den Geist gegangen. Erst vor ein paar Jahren, als nacheinander seine eigenen Kinder auf die Welt kamen, hatte er kapiert: Es war Liebe.

Jetzt war wieder alles im Lot. Er war auch nicht mehr müde. Er war aufgekratzt und tatendurstig. Als die Kinder aufwachten, sagte er es ihnen.

– Na?

– Cool.

– Das neue Baby bin doch *ich*.

Er ging mit ihnen in den Zoo.

– Schau dir das junge Äffchen an, Mahalia.

– Nein!

Und während sie durch den Zoo liefen, bis es Zeit war, sie mit ihrem neuen Bruder bekannt zu machen, und Mahalia es strikt ablehnte, sich für irgendwen oder irgendetwas zu interessieren, was jünger als sechsundzwanzig war, machte Jimmy ein paar Anrufe.

– Also morgen Abend, okay?

– Ja, sagte King Robert.

– Und ihr werdet es finden?

– Aber ja, sagte Dan.

Er bekam sie alle zusammen.

– Hast du einen Namen für die Band? fragte die Frau aus New York, die nicht weiß war.

– Ja, schwindelte Jimmy.

Er hatte den Rest des Tages, um sich einen auszudenken.

8 Vigilante Man

Zum ersten Mal waren sie alle zusammen. In der Küche.

Jimmy Rabbitte, Manager.

Kenny Reynolds, Gitarre.

Gilbert Boro, Djembe-Trommel und Scream.

Agnes Bunuel, Gesang.

Kerri Sheppard, Gesang und Gitarre.

– Bin ich Ihnen schwarz genug, Mister Rabbitte? hatte sie gefragt, als Jimmy über die Kids hinweggestiegen war und ihr aufgemacht hatte.

– Klar doch, sagte Jimmy. – Komm rein.

In Wirklichkeit war sie gar nicht richtig schwarz, allerdings hatte sie Dreadlocks. Und sie war eine Wucht.

Dan Stefanescu, Akkordeon.

Dan Stefanescu junior, Trompete.

Leo Ivanov, Drums.

Als letzter kam King Robert. Marvin hatte aufgemacht, und die drei Kinder sahen mit großen Augen zu ihm hinauf.

– Hey, Mister, sagte Marvin.

Quatsch ihn bloß nicht wegen seiner Hautfarbe an, Marv, dachte Jimmy. Tu mir den Gefallen.

– Für wen sind Sie? fragte Marvin.

– Für wen? fragte King Robert.

– Für welche Mannschaft?

– Für die Bray Wanderers, sagte King Robert.

Und die Kids kugelten sich vor Lachen.

– Das dürfen Sie ihnen nicht übelnehmen, sagte Jimmy. – Kommen Sie rein. Haben Sie gut hergefunden?

– Ihre Instruktionen waren adäquat, Mister Rabbitte.

Es war still in der Küche, nur Dan und Dan junior redeten leise miteinander, und Kenny versuchte, sich mit Agnes zu unterhalten. Und es wurde noch stiller, als King Robert hinter Jimmy hereinkam. Er guckte sie alle scharf an, jeden einzelnen für eine lange Sekunde. Selbst Jimmy kam ins Schwitzen. Er ließ Wasser in den Kessel laufen und machte alle miteinander bekannt. Sie lächelten und nickten oder auch nicht. Er goss Kaffee und Tee in Tassen und Becher, dann versuchte er es mit einem alten Trick, der sich beim ersten Treffen der Commitments bewährt hatte. Er holte die Jaffa Cakes raus.

– Seelennahrung, sagte er.

Aber bei dieser Gesellschaft klappte das nicht. Die Dynamik war anders. Sie waren älter, waren Ausländer, das Land war zu wohlhabend geworden, sie hatten keinen Hunger – wer weiß, woran es lag. Kenny aus Roscommon war der einzige, der sich über die Kekse hermachte.

Eine Party sah anders aus. Jimmy fühlte sich sehr allein in der Küche. Der Funke sprang nicht über. Sie waren steif, nervös, wie auf dem Sprung. King Robert lehnte an der Wand, mit einem wohlbemessenen Abstand zu den anderen. Gilbert guckte auf die Hintertür. Da lief nichts, aber Jimmy gab noch nicht auf.

– Also, sagte er. – Die Musik.

Sie sahen ihn an.

– Woody Guthrie, sagte er.

– Wie bitte?

– Hört mal, sagte Jimmy.

Sie waren zu acht in der Küche, ihn nicht mitgezählt, aber das war noch keine komplette Band. Er brauchte einen Bass, mehr Sänger, er brauchte Reife und Schutz. Und den Glauben an sich selbst.

Er arbeitete dran.

Er spielte ihnen ›Vigilante Man‹ vor. Einen Guthrie-Song,

aber nicht von Guthrie gesungen, das hob er sich für später auf. Jimmy spielte ihnen die Version der Hindu Love Gods vor, die zu drei Vierteln aus R.E.M. plus Warren Zevon bestand und 1990 erschienen war, Jimmys fünfte CD überhaupt. ›Vigilante Man‹ war das letzte Stück.

HAVE YOU SEEN THAT VIGILANTE MAN?

Sie hörten zu. Und Jimmy sah, wie sie sich lockerten und in das Stück verliebten. Das war Musik, wie sie sie spielen wollten, so viel merkte er schon. Sie rollte und grollte, war wütend und selbstbewusst und haute den Feind in Stücke. Agnes schlug mit dem Fuß den Takt. Dan junior trommelte auf die Spülmaschine, Kenny auf seine Gürtelschnalle.

WHY WOULD A VIGILANTE MAN –

King Robert spitzte die Ohren, um den Text mitzukriegen.

CARRY A SAWED-OFF SHOTGUN IN HIS HAND –

Schluss.

HAVE YOU HEARD HIS NAME ALL OVER THIS LAND.

Und Jimmy gratulierte sich. Er hatte es wieder geschafft! Er hatte seine Band. Er hatte die Musik und den Namen. Er sah auf die Uhr. Halb acht. In zehn Minuten wollte seine Mutter kommen und auf die Kinder aufpassen, damit er schnell zu Aoife und Smokey ins Krankenhaus fahren konnte. Am nächsten Tag kamen sie nach Hause, er musste bei seinem Bruder Darren in Lucan noch das Kinderbett und ein paar Taschen mit Strampelhosen und so Zeugs holen. Und für die Pausenbrote der Kinder am nächsten Tag war nichts mehr im Kühlschrank, auf dem Rückweg also auch noch zum Einkaufen in den 24-Stunden-Supermarkt in der Malahide Road. Und sein Dad hatte was von einem Bierchen im Pub gesagt. Und vor all dem musste er Jimmy Zwei bei seinen Hausaufgaben in Irisch und Marvin in Mathe helfen.

Aber Jimmy war zufrieden mit sich. Diesmal war das Schweigen ganz gelöst.

– Das sind so die Sachen, die ihr spielen werdet, sagte Jimmy. – In Ordnung?

– Saugut, das mit dem Schießeisen, sagte Kenny.

Kerri, die Amerikanerin, wollte protestieren, aber da fing King Robert an zu singen.

OHHHH – HAVE YOU – SEE-EE-EEN THAT VIGIL-AN-TEE – MA-AN:

Und das war's. Die neun Leute in Jimmys Küche waren eins geworden.

– Und wie heißen wir nun? fragte Kerri.

– Die Deportees, sagte Jimmy.

– Astrein, Mann, sagte Kenny.

9 Dust Bowl Refugees

Es war kalt und feucht. Und billig.

– Nehm ich, sagte Jimmy.

Genaugenommen kostete es ihn gar nichts. Der ehemalige Friseursalon, *Colette's Unisex*, war ausgeräumt, bis auf die Waschbeckenträger, jede Menge Steckdosen, ein, zwei Poster und den Schimmel dahinter.

Ideal.

Seine Schwester Linda hatte den Raum entdeckt. Sie arbeitete bei einem Grundstücksmakler. Craig, ihr Boss und Liebhaber, hatte gesagt, Jimmy könne ihn nutzen, bis er es geschafft hatte, ihn an irgendeinen Trottel loszuschlagen.

– Muss ein anständiger Typ sein, dieser Craig, sagte Jimmy.

– Ein Wichser ist er, sagte Linda.

– Warum gehst du dann mit ihm?

– Och, im Grunde ist er ja ganz nett.

Einfach so waren sie also zu ihrem Proberaum gekommen, und einfach so probten sie auch, stürmten hinter King Robert her – WE-ELL, THEY CALL ME A DUST BOWL REFUGEE-EE –, während der Regen aufs Dach trommelte. Es war diesmal anders, nicht wie bei den Commitments.

– Warum machst du es? hatte Aoife ihn gefragt.

Drei Uhr morgens. Aoife stillte Smokey und hatte Jimmy aufgeweckt, um ein bisschen zu reden. Es war drei Wochen her, dass sie aus dem Krankenhaus gekommen war.

– Also ganz ehrlich, ich weiß es nicht genau, sagte Jimmy.

Er setzte sich auf.

– Aber eins kann ich dir sagen, diesmal ist es anders, ich hab's im Gefühl.

– Gut, sagte Aoife.

WE-ELL, I AM GOING WHERE THE WATER TASTES LIKE WINE. Diese Leute waren richtige Musiker, erwachsene Menschen. Selbst Dan junior hatte schon jahrelange Erfahrungen mit dem Leben und der Musik. Sie verstanden sich aufs Zuhören. Sie wussten, wie man einen Song angeht. AND I AIN'T GOING TO BE TREATED THIS WAY. Klar, manche hatten ein ziemlich ausgeprägtes Ego. Kerri war mit sieben Gitarren angekommen – LORD LORD – und King Robert hatte was gegen Woody Guthries Ausdrucksweise.

– Er ist ungebildet.

– Mag ja sein, Majestät, aber tu mir den Gefallen und sing trotzdem AIN'T. AM NOT passt hier einfach nicht.

Gilbert hatte schon eine Probe ausfallen lassen. Leo war der sanfteste, netteste Drummer, den Jimmy je erlebt hatte, und würde deshalb wahrscheinlich in Kürze ausflippen. Und Kenny war eine Gefahr für sich und andere, er bearbeitete, vor seinem Verstärker kniend, den Hals seiner Gitarre mit einem Billardstock. Aber das war in Ordnung, er wusste, warum er es machte, und die anderen respektierten das. Und Jimmy gefiel das Ganze. Eine gezähmte Wildheit war im Raum, die einen tollen Sound entstehen ließ.

Woody Guthrie pur hatte er ihnen gar nicht erst vorgespielt. Er legte direkt ›Blowing Down That Dusty Old Road‹ auf, einen alten Blues-Song in der Guthrie-Fassung von 1944, und er wusste, dass es funktionieren würde, dass sie die Möglichkeiten, die in dem Stück steckten, erkennen und ihren ganz eigenen Song daraus machen würden. WE-ELL, YOUR TWO-EURO SHOES HURT MY FEET. Folk kann gigantisch sein, sagte Jimmy, und sie verstanden ihn. AND I *AIN'T* GOING TO BE TREATED THIS WAY.

Über die *Hot Press* kriegte er seinen Bass. Noch eine Frau. Aus Dublin.

– Northside oder Southside, fragte Jimmy.

– Werd erwachsen.

Sie hieß Mary.

– Früher hab ich mich Vera Vagina genannt. Bei den Screaming Liverflukes. Wir haben auf dem Dandelion Market gespielt. U2 haben uns unterstützt, erinnerst du dich?

– Klar, schwindelte Jimmy. – Und schau dir die Arschlöcher heute an, was?

Sie zuckte die Schultern.

– Na ja …

Eine ehemalige Punkerin, zwei Kinder, der Mann Banker, das Haar noch immer lila und mit Gel hochgequält.

– Dabei fängt mittlerweile alles andere an zu hängen.

Sie war große Klasse, schaffte sich in die Musik rein, liebte die Gruppe. Schon beim dritten Mal war der Klang rund und voll. Keiner drängte nach vorn, keiner produzierte sich übermäßig. Agnes sang in jede zweite Zeile hinein – YE-ES, I'M LOOKING FOR A JOB WITH HHH-HONEST PAY. Dan juniors Horn machte YES YES, NO am Ende jeder gesungenen Zeile, das Akkordeon seines Vaters klagte unter Lachen und Weinen AND I *AIN'T* GOING TO BE TREATED THIS WAY.

Jimmy schloss den Unisex-Salon ab, verabschiedete sich von den anderen und machte sich auf den Weg zur Stammkneipe seines Vaters.

Sein Dad hatte ihn auf Paddy Ward gebracht, einen Traveller, der in eine sesshafte Familie eingeheiratet hatte.

– Ab und zu vergisst er das, sagte Jimmys Dad, und geht auf Wanderschaft. Aber er ist einwandfrei.

Sie sahen Paddy Ward hereinkommen, langsam und bedächtig, ein schwerer, beeindruckender Mann mit unbändigem Haar und einem Sakko, das nicht billig gewesen war. Jimmys Dad begrüßte ihn.

– Wie geht's, Paddy?

– Kann nicht klagen, Jim.

– Das ist mein Sohn.

– Kenn ich doch.

– Hab gehört, dass du singen kannst, sagte Jimmy.

Paddy sagte nichts.

– Willst du bei einer Band mitmachen?

– Ich bin grad sechzig geworden, Sonny, sagte Paddy. – Du hast dir echt Zeit gelassen.

Und er sang.

›Nothing Compares 2 U.‹ In ganzer Länge.

Und wieder starb Jimmy vor Glück.

– Hast du was gegen Schwarze? fragte Jimmy.

– Kannste nicht erst mal hallo sagen, Jimmy?

– Hallo, Mickah. Hast du was gegen Schwarze?

– Nein, sagte Mickah Wallace.

– Bestens, sagte Jimmy. – Suchst du einen Job?

Mickah Wallace war inzwischen Familienvater. Er hatte drei Kids, die er heiß und innig liebte, ebenso wie die beiden Frauen, die sie ihm geboren hatten. Alle wohnten nah beieinander.

– Spart Benzin, sagte Mickah, als er und Jimmy sich seit Jahren zum ersten Mal wiedertrafen. Er hatte auf Mineralwasser umgestellt, Ballygowan. Er rauchte und trank nicht mehr.

– Ich sag nicht mal mehr Scheiße, sagte Mickah.

– Willst du den Job oder nicht?

– Ich hab einen Job, sagte Mickah. – Ich hab zwei Jobs, verdammt noch mal.

– Willst du noch einen?

Seit der Nacht, in der Smokey zur Welt gekommen war, hatte es keine Anrufe mehr gegeben, aber der erste Auftritt stand bevor, und Jimmy wollte nichts dem Zufall oder den Nazis überlassen. Mickah sollte ihm den Rücken freihalten.

– Was für'n Job? fragte Mickah.

– Das Übliche.

– Also nee, Jimmy, ich weiß nicht, irgendwie ist das Schnee von gestern.

Mickah arbeitete auf einem der neuen grünen Müllwagen.

– Du solltest mal sehen, was die für Zeug in die Tonnen tun, sagte er zu Jimmy. – Wie recycelst du einen toten Hund, um Himmels willen?

Und er war Fahrer bei Celtic Tandoori, dem Imbiss mit Lieferservice. Fat Gandhi, der Besitzer, der eigentlich Eric Murphy hieß, beschäftigte ihn an drei Abenden in der Woche.

– Wir gehen in dieselbe Kirche, sagte Mickah. – Er ist in Ordnung.

Mickah war wiedergeborener Christ.

– Hat mich gerettet, Mann. Ich verdanke alles dem Herrn.

Jimmy erzählte ihm von den Deportees und dem Anrufer in der Nacht oder am frühen Morgen.

– Was würde der Herr dagegen tun, Mickah, fragte Jimmy.

– Ihn ungespitzt in den Boden rammen, sagte Mickah.

– Du machst es also?

– Okay.

THE NEW SHER-IFF WROTE ME A LET-TER.

Sie waren jetzt echt gut drauf und spielten, dass die Wände wackelten. COME UP AND SEE ME – DEAD OR ALIVE. Sie waren startklar.

Das war Paddy Ward, der da sang. King Robert hatte ihm nur widerstrebend den Platz hinter dem Mikro überlassen, aber jetzt hörte er zu und beobachtete Paddys Lippen.

I DON'T LIKE YOU-*RRRR* HARD ROCK HO-TEL. Paddy legte King Robert die Hand auf die Schulter, der King fiel ein, und sie brachten das Stück gemeinsam zu Ende – DEAD OR ALIVE – IT'S A HARD RO-OO-OAD.

Kenny hatte gemosert, als Paddy vor ein paar Tagen aufgekreuzt war.

– Ist er das, was ich glaube? hatte Kenny gefragt.

Jimmy hatte so was erwartet.

– Ein Traveller, ja. Die Nomaden Irlands. Hast du damit ein Problem, Ken?

– Ähm –

– Wär nämlich schade, wenn wir dich verlieren würden.

– Nee, klar. Ist nur irgendwie – ungewöhnlich. Ein Traveller. In 'ner Band.

– Schau dich um, Kenny, sagte Jimmy. – Es *ist* eine ungewöhnliche Band, und das ist auch der verdammte Sinn der Sache. Also, bist du dabei?

– Klar doch. Ja. Danke.

Jimmy beobachtete Kenny. Er spielte sich in einen eigenen Himmel rein. Kerri gab den Rhythmus vor, Kenny durfte davondriften. Und er kam mit seiner Gitarre weiter als jeder Traveller in seinem Hiace.

Sie hatten jetzt acht Guthrie-Songs und noch ein paar Sachen, um den Gig zu komplettieren – ›Get Up Stand Up‹ – das hatte Gilbert ausgesucht; ›Life During Wartime‹ – Vorschlag von Kerri; ›Inner City Blues‹ – King Robert. Es war phantastisch, nur Djembe und Gesang – MAKE ME *WANT* TO HOLL-ERRR.

– Want to, erläuterte King Robert, nicht wanna. Mister Marvin Gaye war ein Genie, aber seine Ausdrucksweise, das muss ich leider sagen, lässt zu wünschen übrig.

›Hotel California‹ kam von Dan, ›La Vida Loca‹ von Dan junior, und etwas ganz Besonderes von Agnes.

I'M – SEEENG-ING IN THE RAIN – I'M SEEENG-ING IN THE RAI-NNN – IT'S A WON-DERFUL FEE-LEENG – I'M HAHHH:

– Verdammt gut, sagte Kenny.

Er war ein bisschen in Agnes verliebt. Er selbst hatte ›Smells Like Teen Spirit‹ vorgeschlagen.

– Kann ja wohl nicht dein Ernst sein, sagte Jimmy.

– Warum nicht? sagte Kenny.

Jimmy sah sich um.

– Und wer soll's singen?

Ehe sie aufbegehren konnten, trat Paddy Ward vor.

– Dafür bin ich der richtige Mann.

Und Paddy, gerade sechzig geworden, schnappte sich das Mike. Er kannte den Text, der plötzlich einen Sinn ergab. Marys Bass ging mit Paddy mit, und Boris holte sie ein und leistete ihnen Gesellschaft. Kenny schlug die beiden berühmten Töne an – DEH-DUHHH – und versteckte sich hinter seinen Haaren, um in Ruhe flennen zu können. Eine Stunde später hatten sie's geschafft. ›Smells Like Teen Spirit‹ gehörte ihnen, ein nagelneuer Song, und Kurt Cobain war ein irischer Traveller.

Sie saßen auf dem Fußboden, keuchend und schwitzend, lachten ein bisschen, und Jimmy machte seine Ansage.

– Ihr spielt am Mittwoch.

– Fußball oder Musik? fragte Paddy.

Sie lachten, wollten aber schnell mehr wissen.

– Und wo?

– Ungewöhnliche Location, sagte Jimmy. – Aber gut für die Publicity.

– Wo?

Ja, also, sagte Jimmy. – Ihr wisst doch, wo die Liffey ist?

11 Bürgerkrieg

Es war eine einzige Katastrophe.

Sie spielten auf einem Floß unter der neuen Fußgängerbrücke, als Warm-up-Act für eine gesponserte Schwimmveranstaltung, die ausfiel, weil in Lucan angeblich Ratten ins Wasser gepinkelt hatten.

– Weilsche Krankheit. Jimmy hatte den Organisator am Handy, den Mann einer Cousine. – Wird durch Rattenurin übertragen. Anämie, Bindehautentzündung, Nasenbluten, Gelbsucht. Und das ist erst der Anfang.

Jimmy stand auf der Brücke und versuchte, ein Seil festzuhalten. An dessen Ende war eine aufblasbare Heinecken-Flasche befestigt, ein riesiges grünes Teil, das ständig gegen das Floß stieß. Leos Hi-Hat war schon ins Wasser gefallen. Und noch nie hatte Jimmy den Wind hier so hohe Wellen schlagen sehen.

– Rattenurin? Meine Fresse, wenn du die Pisse aus der Liffey rausfiltern würdest, wär ja nichts mehr übrig.

– Ich versteh dich schon, sagte der Mann der Cousine, aber das Risiko können wir nicht eingehen.

– Du hast gut reden, sitzt zu Hause, während wir hier auf diesem Scheißfloß sind.

– Ich bin auf der Arbeit.

– Was auch immer.

– Tut mir leid, Jim, aber die Ärzte raten dringend vom Kontakt mit dem Flusswasser ab.

– Komm her und hol dir ein Glas, du Knalltüte.

Jimmy steckte das Handy ein und konzentrierte sich auf das Seil. Die Heineken-Flasche fiel schon wieder über das Floß her. Mickah bewachte auf der Südseite der Brücke ihre Sachen, sie hatten zwei junge Kerle erwischt, die versucht hatten, Kerris Ersatzgitarren in den Fluss zu schmeißen. Jimmy guckte sich das Floß an. Es lag an der Kaimauer, unter dem Liffey Boardwalk, und hob und senkte sich mit den Wellen. Paddy hatte sich hingekniet und versuchte sich irgendwo festzuhalten. Leo lag über seinem Schlagzeug, das Spielen hatte er aufgegeben. Agnes streckte sich nach dem Geländer des Boardwalk und versuchte hochzuklettern. Der Gig war im Eimer, obgleich King Robert es noch nicht zugeben wollte – WE-ELL, THEY CALL

ME A DUST BOWL REFUGEE-EE –, und Jimmy hatte ein Problem.

Er half der Band und ihren Instrumenten über die Kaimauer, zurück auf festen Boden.

– Gut gemacht. Großartig wart ihr.

Als Reaktion kamen nur giftige Blicke aus verschwiemelten Augen und unmissverständliche, von Seekrankheit verwässerte Worte.

– Mag ich nicht, solche Konzerte, sagte Dan der Ältere, und wischte sich die Augen.

– Tut mir leid, Dan, sagte Jimmy.

– Ja, sagte Dan. – Mir auch.

Und dann machten sich die beiden Dans, einer auf den anderen gestützt, schleunigst davon. King Robert hatte sich schon verzogen, Jimmy war gar nicht mehr dazu gekommen, mit ihm zu reden. Paddy ließ sich in ein Taxi fallen. Und Kerri versohlte Jimmy.

– Mit dem Schulterriemen ihrer Gitarre, sagte Jimmy später im Bett zu Aoife. – Immer auf die Beine.

– Zeig mal, sagte Aoife.

– Da gibt's wirklich nichts zu sehen.

– Zeig's trotzdem, sagte Aoife. – Au.

Smokey hatte ihr gerade in die Brustwarze gebissen.

– Hey, Brian, nicht so wild, sagte sie.

– Genau wie sein Dad, sagte Jimmy.

– Das musste ja kommen, sagte Aoife. – Und was machst du jetzt?

– Keine Ahnung, Alte, sagte Jimmy. – Was meinst du?

– Ruf sie alle an, entschuldige dich und sag, sie sollen dir noch eine Chance geben.

– Kommt nicht in Frage.

Aber er machte es dann doch. Am nächsten Tag meldete er

sich auf der Arbeit krank und versuchte, alle zu erreichen. Das war leichter gesagt als getan. Manche hatten kein Telefon, und Leo und Gilbert wohnten nicht da, wo sie eigentlich hätten wohnen sollen. Und da Jimmy sowieso zu Hause bleiben musste, fuhr Aoife in die Stadt – ihr erster Ausflug, seit Smokey auf der Welt war – und ließ Jimmy die Kinder hüten.

– Da wird dir das Blaumachen schon vergehen, sagte sie und holte ihm die Wagenschlüssel aus der Tasche.

– Chips, sagte Mahalia. – Gleich!

Sie ließen ihn alle ausreden – Mary, Kerri, Paddy, die Dans, Agnes. Sie waren alle bereit, es noch mal zu versuchen.

– Aber diesmal unter einem verdammten Dach, Mann, sagte Kenny.

Und Jimmy kam wieder in Schwung. Später, als es dunkel geworden war, ging er los, um Gilbert aufzuspüren. Der Afrikaner, der in dessen früherer Wohnung an die Tür kam, guckte Jimmy lange an, dann schickte er ihn zu einem Wohnblock in einer Nebenstraße der North Circular.

– Wann ist das nächste Konzert? fragte Gilbert.

– Weiß ich noch nicht.

– Vor Freitag? fragte Gilbert.

– Glaub ich kaum, sagte Jimmy. – Warum?

– Ich werde ausgewiesen.

– Nein, sagte Aoife, als Jimmy sie fragte, ob Gilbert eine Weile bei ihnen wohnen könne.

– Er ist nett, sagte Jimmy.

– Nein.

– Er wird dir gefallen.

– Nein.

– Seine ganze Familie ist im Bürgerkrieg umgekommen, sagte Jimmy.

– In Nigeria ist kein Bürgerkrieg. Du solltest dich schämen, Jimmy Rabbitte.

– Okay, okay. Ich sag's ihm.

Er stieg aus dem Bett.

– Himmel noch mal, Jimmy, hat das nicht Zeit bis morgen früh?

– Nicht wirklich, sagte Jimmy. – Er ist oben auf dem Speicher.

12 Fat Gandhis Garten

Jimmy behielt recht. Aoife fand Gilbert nett. Sie machte ihm ein Brot mit Schinkenspeck, dazu eins für sich und keins für Jimmy – waren nur noch zwei Scheiben da, tut mir leid –, als Jimmy ihn vom Speicher holte.

– War's kalt da oben? fragte sie ihn.

– Nein. Es war ganz angenehm.

– Da siehst du's, sagte Jimmy.

– Halt den Rand, sagte Aoife. – Er hat Ihnen hoffentlich nichts berechnet? fragte sie Gilbert.

– Nein, sagte Gilbert.

– Würd ich ihm glatt zutrauen, sagte Aoife.

– Du bist gemein, sagte Jimmy. – Isst du den Rest von dem Schinkenbrot noch?

Mickah besorgte ihnen den nächsten Auftritt. Sein Freund Fat Gandhi, Besitzer von Celtic Tandoori und wie er wiedergeborener Christ, bereitete eine Party zum einundzwanzigsten Geburtstag seiner Tochter vor und hatte es aufgegeben, nach einer Band zu suchen, die ihm garantieren konnte, nur anständige Songs zu spielen.

– Ich lass die doch nicht in mein Haus, damit sie Sachen

vom Teufel und von Blowjobs singen können, sagte er zu Mickah, als er die Bestellung noch mal überprüfte. – Jetzt hab ich dir zu viele Samosataschen reingetan. Es hilft nichts, ich werde fünfhundert für einen Discjockey hinblättern müssen.

– Ich hab eine Band für dich, Bruder, sagte Mickah. – 'ne Art Gospelgruppe.

– Wie viel? fragte Gandhi.

– Vierhundertneunundneunzig, sagte Mickah.

Nun waren sie also wieder Die Deportees und auf Tour, drei Meilen Richtung Norden, nach Sutton und in den Garten von Fat Gandhi. Gilbert wohnte inzwischen bei Jimmy. Er schlief auf der Couch und war jeden Morgen vor den Kindern auf. Er machte ihnen die Schulbrote und schummelte Sachen in die Lunchboxen, die sie von Aoife nie gekriegt hätten.

– Was ist bei dir drin?

– Zwei Dosen Cola und ein Lanky-Larry-Riegel.

Die Kinder liebten ihn.

– Noch mal, sagte Mahalia.

Gilbert schlug sich mit dem Spatel an den Kopf.

– Noch mal!

Sie hatten Marvin und Jimmy Zwei die Situation erklärt.

– Und wenn es klingelt, muss er vielleicht manchmal auf den Speicher.

– Pronto, sagte Marvin. – Wie Anne Frank.

– So ähnlich, sagte Jimmy. – Nur dass es hoffentlich besser ausgeht.

– Und dass ihr keinem was sagt, mahnte Aoife.

– Wir sind ja nicht blöd.

– Brav, sagte Jimmy. – Ich bin stolz auf euch. Hier.

Er steckte die Hand in die Tasche.

– Lass man, Dad, sagte Jimmy Zwei. – Die Runde überneh-
men wir.

Das Gandhi-Grundstück ging, groß wie ein mittlerer Supermarkt, bis runter zum Meer.

– Donnerwetter, sagte Dan der Ältere.

– Unwesentlich kleiner als Nigeria, sagte Gilbert.

Gilbert hatte eine Sonnenbrille auf und trug eine silberne
Perücke, die Aoife für den Polterabend ihrer Schwester gekauft hatte.

– Hey, Rabbitte, sagte Kenny. – Du hast gesagt, dass wir
keine Gigs im Freien mehr machen.

– Machen wir auch nicht, sagte Jimmy. – Guck mal.

Das Zirkuszelt sahen sie erst jetzt.

Sie schleppten ihr Zeug ums Haus herum, gefolgt und an-
geknurrt von Fat Gandhis Hund, der Johannes der Täufer
hieß. Sie hatten aufgebaut und standen auf Sperrholzplat-
ten, die nicht richtig aneinanderpassten, vor der Tanzfläche,
als die ersten Gäste ins Zelt guckten.

– Komische Leute da drin, hörten sie eine Stimme hinter
der Klappe.

Gandhi selbst steckte den Kopf hinein.

– Wer von euch will Samosataschen?

– Bestens, danke.

Gandhi sah Mickah an.

– Warum sind die so angezogen, Michael?

Sie trugen alle Latzhosen und Fedorahüte und unge-
schnürte Laufschuhe oder Doc Martens.

– Ist eben ihr Look, sagte Mickah.

– Ach so, sagte Gandhi.

Jimmy hatte alte Koffer gekauft und mit Aufklebern be-
pflastert – Lagos, Dublin, Minsk, Kalifornien, Budapest und
Trim. Die Koffer waren vor den Mikrofonständern gesta-

pelt. Mickah hängte gerade das Transparent BOUND FOR GLORY auf, das Marvin und Jimmy Zwei gemalt hatten.

So langsam füllte sich das Zelt. Zuerst kamen die Verwandten, Tanten und Onkel und eine Oma, die von Gandhis Frau mit dem Rollstuhl reingefahren wurde.

– Sie werden es hassen, sagte Mickah.

Dann das Geburtstagskind mit muffiger Miene, und ihre Freunde, die bald in der Überzahl waren.

– Und die werden es auch hassen, sagte Mickah.

– Du hältst gefälligst die Klappe.

Sie standen da und starrten die Deportees an, ohne eine Miene zu verziehen. Es war plötzlich sehr heiß im Zelt.

– Bringen wir's hinter uns, sagte Jimmy.

Er nickte King Robert zu, aber ehe der sich das Mikrofon greifen konnte, hatte Fat Gandhi es sich geschnappt.

– Herr, wir danken dir für diesen Tag, sagte Fat Gandhi. – Wir danken dir dafür, dass du uns Orla geschenkt hast, und für die Freude, die sie uns an jedem Tag dieser einundzwanzig wundervollen Jahre bereitet hat.

Gandhi lächelte dem Geburtstagskind zu, aber das starrte nur auf die Sperrholzbretter.

– Und wir danken dir für Orlas Schwestern, Sinéad, Ruth, Miriam und Mary.

Auch die guckten nach unten.

– Wir danken dir für das Essen und die Erfrischungen. Und nicht zuletzt, Herr, danken wir dir für die talentierten jungen Leute hinter mir, die – nun –, die von überallher gekommen sind, um uns zu unterhalten und zu inspirieren. Und ich bin sicher, sie werden ihr Bestes geben. Amen.

Er gab King Robert das Mikrofon.

– Und jetzt seid ihr dran.

– Ganz genau, sagte King Robert.

13 Drogen und Christen

King Robert hatte das Mikrofon von Fat Gandhi übernommen.

Sie waren bereit, nervös und brannten darauf, sich mit der Stille anzulegen, die den Sauerstoff aus dem Zelt saugte. King Robert hob den Arm und ließ ihn fallen. Leo bearbeitete sein Schlagzeug, und die Welt ging unter, die Toten standen auf, und Satan betrat das Zelt. Das war jedenfalls Gandhis Eindruck – und dann sah er, wie Johannes der Täufer aus der Basstrommel fiel.

Während Gandhi den Köter ins Haus brachte, wo er versuchen wollte, ihn mit einer Mischung aus Pal-Hundefutter und Paracetamol ruhigzustellen, machte King Robert den nächsten Anlauf. Er hob den Arm und ließ ihn fallen.

Und sie waren Die Deportees.

HAVE YOU SEEN THAT VIGILANTE MAN?

Sie stürzten sich in den Song. Paddy stellte sich neben King Robert ans Mike.

HAVE YOU SEE-EE-EN THAT VIG-IL-AH-HANTI MAN?

Der Schall drückte die Zeltwände nach außen. Eine der Tanten ließ ihr Glas fallen. Jimmy sah, wie es auf der Tanzfläche landete, aber er hörte nichts klirren. Er sah in die Gesichter, auf die Füße.

Sie waren auf der Gewinnerstraße.

HAVE YOU SEE-EE-EN THAT VIG-IL-AH-ANTIMA-AN–

Füße stampften, keiner stürmte zum Ausgang. Sie waren neugierig, den einen oder anderen hatte das Stück schon gepackt. Auch Agnes sang jetzt.

CAN YOU HEAR HIS NAME ALL OV-ER THIS LAND –

Herrgott noch mal, sie waren gut, sie waren echt. Sie sahen

so aus, spielten so, wie Jimmy Rabbittes Band aussehen musste, spielen musste. Kerri machte in Supersex da oben, übrigens auch Mary – auf eine nette Art, ihrem Alter entsprechend. Die Latzhose stand ihr – und die Wut auch.

WHY WOULD A VIGILANTE MAN –

Aber warum die Wut?

WHY WOULD A –

VIG-IL-AH-HANTI MAN –

Jimmy fand die Antwort unmittelbar neben ihr – den Geist von Kurt Cobain. Kenny wirbelte herum, war gefährlich, war am Durchdrehen. Jimmy suchte seinen Blick, aber der war weit entrückt. Er hatte was genommen.

CARRY A SAWED-OFF SHOTGUN IN HIS HAND –

Er zuckte und zappelte, ohne dass man einen Schweißtropfen sah. Er stieß gegen die beiden Dans, die Trompete flog in hohem Bogen. O Gott, dachte Jimmy, und wir haben doch gerade erst angefangen.

HAVE YOU HEARD HIS NAME ALL OVER THIS LAND.

Die Band war am Auseinanderfallen.

Er holte Mickah.

– Hilf uns mit Kenny. Beide packten sie ihn. Er wehrte sich nicht, die Bühne war winzig, mit ein paar Schritten waren sie mit ihm draußen.

Jimmy hielt Kennys Kopf fest.

– Kenny! Kenny! Was hast du genommen?

– Was?

– Was hast du genommen? Komm, sag schon.

Jimmy drückte Kennys Kopf nach unten.

– Wir müssen ihn zum Spucken bringen.

– Warum? fragte Kenny.

– Damit das verdammte Zeug wieder rauskommt.

– Was für Zeug?

Jimmy ließ Kenny los.

– Hast du etwa nichts genommen?

– Nein.

– Und warum bist du grad eben ausgeflippt?

– Weil ich Spaß gehabt hab. Tut mir leid.

– Ist schon okay, sagte Jimmy. – Nur, halt dich ein bisschen zurück, du bist da oben nicht allein.

– Ja, danke, sagte Kenny und rannte zurück ins Zelt. Jimmy und Mickah folgten ihm und kriegten noch das nächste Stück mit, das die Band angefangen hatte. Ein paar Tanten und Onkel verzogen sich, aber das war in Ordnung, jetzt hatten die Jüngeren Platz. Flaschen kamen zum Vorschein, komischer Tabak, Hände fanden sich, Gesichter fanden und drückten sich. Das Geburtstagskind zog den Pullover aus und warf ihn an die Decke. Im Zelt war nichts Christliches mehr.

SOO – LONG –

IT'S BEEN GOOD TO KNOW YEH –

Musik zum Tanzen.

THIS DUSTY OLD DUSTY IS HITTING MY HOME –

Das hatte er nicht geahnt, als ihm Woody Guthrie eingefallen war, zehn Minuten vor dem ersten Treffen der Band, zwei Tage nach Smokeys Geburt. Aber genau das war es.

AND I'VE GOT TO BE DRIFTING AH-LONG –

Musik zum Tanzen. Alles, was diese Band spielte, war Musik zum Tanzen. Sie waren glücklich, sexy; sie waren aufgedreht und irisch.

I JUMPED THE GULLY – dröhnte Paddy.

Agnes und King Robert fielen ein.

WE-EE – SHA-LL BE FREE-EE –

I JUMPED THE ROSEBUSH –

WE-EE – SH-ALL BE FREE-EE –

Jimmy juchzte, er konnte nicht anders.

ACROSS THE PLOUGHED GROUND –

WE-EE SHA-LL BE FREE-EE –

Jetzt sangen sie alle.

WHE-EH-EN THE GOOD LORD SETS YOU –

FREE-EE-EE –

Freunde und Cousins und Cousinen hatten zu einem Spiel mit Abklatschen einen Kreis um das Geburtstagskind gebildet, als Fat Gandhi gebückt das Zelt betrat. Die Kinnlade fiel ihm runter.

Und Agnes trat ans Mikrofon.

THERE'S –

Sie hörten auf zu klatschen.

A –

Das Geburtstagskind hielt inne.

Es war ein Song, den sie alle kannten, aber nicht benennen konnten. Bis auf Jimmy.

›Somewhere‹, sagte er zu Mickah. – Aus *West Side Story*.

– Gute Nummer, Bruder, sagte Mickah.

– Gefällt's dir?

– Nein.

Gandhi sah zur Bühne hoch. Sein Kiefer stand immer noch offen. Er hatte sich gerade verliebt.

14 Spirit of the Nation

Agnes hatte das Mikro in der Hand, ihre Hände zitterten, die Augen waren geschlossen.

THERE'S –

A –

Es war wunderschön, aber Fat Gandhi sah nicht sie an,

hörte nicht ihr zu. Sein Kiefer war noch immer wie gelähmt. Mit ihrer Stimme und ihrem Song hatte Agnes die Tanten wieder ins Zelt gelockt. Aber Gandhi merkte das gar nicht, und es kümmerte ihn auch nicht. Er hatte sich verliebt. In Gilbert.

Gandhi wusste genau: Homosexualität war Sünde. Er wusste es, seit er vor zehn Jahren Erleuchtung erlangt und schnell begriffen hatte, dass seine lautstarke Hinwendung zum Christentum sehr gut fürs Geschäft war. Die meisten Leute ödete er damit an, manchen machte er Angst, aber dank dieser eigenartigen Frömmigkeit war Gandhi plötzlich ehrbar geworden, ein Mann, auf den man sich verlassen konnte, der die Welt ernst nahm. Und deshalb nahm er sie seinerseits so, wie sie war: Golf ohne körperliche Anstrengung.

Agnes zitterte nicht mehr so sehr. Sie genoss die Worte, die auseinanderstrebten und wieder zusammenfanden. SOME-WHERE. Die Augen hatte sie immer noch geschlossen, aber sie wusste, dass alle zu ihr hinsahen, als sie ihnen sagte, dass es einen Platz für jeden gab, irgendwo auf der Welt.

Gandhi hatte seither keinen Mann mehr angeguckt. Und nun war es passiert, er war wieder verliebt. Wie nur einmal mit siebzehn. Die Liebe seines Lebens, hatte er seitdem gedacht, ein Student aus Lyon, ein hochgewachsener Junge, der Tischtennis spielte wie ein genialer Irrer und nur dann schwitzte, wenn es ihm passte. Und aus dem Nichts heraus war es jetzt wieder da. Das Gefühl, die Sehnsucht. Das Glück und der Jammer.

Gilbert ließ die Drums flüstern. Ihr Rhythmus hüllte Agnes ein, als sie endlich die Augen aufmachte.

SOME – WHERRRR-E:

Sie verstummte. Es war vorbei.

Stille. Gilbert rückte die silberne Perücke zurecht.

Gandhi klatschte als erster, er musste etwas tun. Er schlug so heftig die Hände zusammen, dass er seine Zähne und die Zähne aller Zuhörer zum Klappern brachte. Das Zelt war voller Begeisterungsschreie und Applaus. Gilbert und Leo trommelten, zwangen der Menge einen Rhythmus auf. Und Paddy trat ans Mikro.

LOTS OF FOLKS BACK EAST THEY SAY –

Gandhi wusste: Ein Christ kann nicht einfach seine Familie im Stich lassen.

IS LEAVIN' HOME EVERY DAY –

Und sich mit einem Mann, irgendeinem Mann davonmachen, geschweige denn diesem Mann da mit der silbernen Perücke.

BEATIN' THE HARD AND DUSTY WAY –

Er steckte fest.

TO THE 'PUBLIC OF IRELAND LIY-INE –

Aber nicht lange.

Gandhi verkörperte mit seiner ganzen massigen Gestalt den Geist des neuen Irland. Wie gewonnen, so zerronnen, damals war damals, und heute ist verdammt noch mal heute. Und eben heute ließ Fat Gandhi seine Religion sausen.

Aber er sagte es keinem.

Und das war gut so, denn das Geburtstagskind, seine Tochter, fand, dass Gilbert der zweitbestaussehende Mann im Zelt war.

King Robert nahm den Text von Paddy auf.

ACROSS THE DES-ERT SANDS THEY ROLL –

Dan der Ältere steuerte ein paar schnelle Takte *Lawrence von Arabien* auf dem Akkordeon bei.

GET-TING OUT OF THAT OLD-DD DUST BOWL –

Gilbert stieß einen Schrei aus.

THEY THINK THEY ARE GO-ING-GG TO THE SUG-
AR BOWL –

Fat Gandhi und das Geburtstagskind schrien zurück.

BUT HERE IS WHAT THEY FIND –

Paddy trat wieder ans Mike. Kenny kam unter seinen Haaren hervor und sah, wie die kleine Schwester des Geburts-
tagskinds ihn anstarrte.

NOW THE GARDA AT THE POINT OF EN-TRY SAY-
YYY – YOU'RE NUMBER FOUR-TEEN THOUS-AND
FOR THE –

DAY-YY-YY –

Jimmy sah die Blicke, die sich trafen, aber so schnell kam er
gar nicht nach. Paddy, Agnes und King Robert zusammen –
das klang einfach riesig.

OHHH –

IF YOU AIN'T GOT THE DOH-RAY-MEEE – FOLKS –

IF YOU AIN'T GOT THE DOH-RAY –

MEEEEE –

Und Kenny rief über die Schulter von Agnes hinweg:

– Damit sind Scheißeuros gemeint, Alter!

Die kleine Schwester blinzelte Kenny zu. Noch nie hatte
sie jemand »Alter« genannt.

WHY – YOU'D BETTER GO BACK TO BEAUTIFUL
GHAN-A –

OKLAHOMA, POLAND, GEORGIA, AFRIK-AAA –

Jimmy wurde zu Boden gerissen, eine tanzende Tante folgte und landete auf seiner Brust.

BALLYFERMOT'S A GARDEN OF EEE-DEN –

Und da wollte sie nicht mehr runter.

A PARA-DISE TO LIVE IN OR – SEE-EEEEE –

Gilbert ließ den nächsten Schrei los.

BUT – BELIEVE IT OR – NOT –

Das Geburtstagskind trug Gilberts Perücke. Jimmy rettete sein Handy, es summte und biss ihm in den Hintern.
YOU WON'T FIND IT SO – HOT –
Er legte das Handy ans Ohr, ehe die Zunge der Tante dorthin finden konnte.
– Meine Fresse! Hallo!
– Niggerlover.
Jimmy streckte lachend das Handy in die Luft.
IF YOU AIN'T GOT THE DOH-RAY –
MEEE-EEE –
Er lachte immer noch, als er aufstand und sich das Ohr abtrocknete. Und sah, wie Kerri the Yank Paddy das Mikrofon abnahm.

15 I'm Checking Out, Go'om Bye

– Hallo-o? sagte Kerry ins Mikro.
– Hallo, sagten sämtliche Männer im Zelt bis auf Jimmy und vielleicht zehn andere.
Diesmal fing Dan junior an – DOO DEH DEH – und sie stimmten alle ein.
– Hallo-o, sagte Kerri. – Ist da Harlem sieben sieben sieben elf?
– Ja!
– John? sagte Kerri. – Bist du das?
Dan junior nahm seinen Fedorahut ab und hängte ihn über sein Horn.
WA-UH-WAH-AAAH –
Und Kerri sang.
I THOUGHT I'D PHONE YOU –
I HOPE YOU AIN'T SICK –

DOO DEH DEH –

COS I'M CHECKIN' OUT –

GO'OM BYE –

Es war toll, grandios, besser als Jimmy je erwartet hätte.

NICE TO HAVE KNOWN YOU-OU YOU WERE – MY BIG
KICK –

DOO DEH DEH –

Von Woody Guthrie hatte er jetzt erst mal genug, so viel
Staub konnte einem nach einer Weile ganz schön auf den
Senkel gehen.

BUT I'M CHECKIN' OUT –

GO'OM BYE.

Das war das Tolle an dieser Band: Sie konnten alles spielen
und ihr eigenes Ding daraus machen. Ob Kindervers, Re-
bellenlied, richtig gute Songs, sentimentalen Kitsch von
Westlife oder Mariah Carey – sie packten es an und machten daraus drei, vier Minuten swingendes, rockendes reines
Glück.

YOU TRIED AN OLD TRICK –

DOOH – DEH –

Sie konnten das Tempo eines Songs ganz herunterfahren
oder ihn lachend zum Leben erwecken.

YOU FOUND A NEW CHICK –

DOOH – DEH –

In diesem Moment waren sie nahtlos von Woody Guthrie
zu Duke Ellington übergegangen, und keiner hatte was gemerkt.

BUT I WAS TOO SLICK –

DOOH – DEH –

Sie fühlten sich sauwohl da oben. Und Jimmy wusste: Sie
würden bleiben.

I'M – IN – THE – KNOW –

YOU'VE – GOT – GO –

THE – CAKE – IS – ALL – GOIN' –

Jimmy hat recht behalten.

TOO BAD OUR BLISS –

Die Deportees werden zusammenbleiben.

HAS TO MISS OUT LIKE THIS –

Über viele Jahre, viele Platten.

I'M CHECKIN' OUT –

GO'OM BYE.

Sie werden immer besser und ziemlich bekannt werden. Sie werden durch Wales und Nigeria touren.

Einige werden die Band oder das Land verlassen, andere werden dazustoßen und manche zurückkommen. Leo wird wieder nach Moskau gehen. Kerri wird die zweite sein, die geht. Sie wird ein Kind bekommen, und noch eins, beides Mädchen, und wird regelmäßig Artikel für die *Irish Times* über die Freuden und Herausforderungen einer Hausfrau und Mutter schreiben. Kenny wird gehen und wiederkommen.

– War bloß bei der Scheißfrittenbude, Mann.

Gilbert wird nicht ausgewiesen werden. Er wird der Polizei mit knapper Not auf der Grand Canal Street entwischen, vor dem Standesamt. Ein Polizist wird schon nach dem Schoß seiner Jacke greifen, als er ausgebremst wird. Sein künftiger Schwiegervater wird sich mit seinem ganzen Gewicht auf die beiden stürzen und sie zu Boden reißen. Und Gilbert wird das Geburtstagskind heiraten. Jimmy wird Trauzeuge sein, und Fat Gandhi, mit selbst gestellter Kaution vorübergehend auf freiem Fuß, wird sie auf der Hochzeitsreise einen Monat lang durch unser großes kleines Land chauffieren.

– Habt ihr solche Berge in Nigeria, Gilbert?

– Nein.

– Ein Hammer, was?

– Ja.

YOU TRIED AN OLD TRICK –

Es wird nicht noch mehr kleine Rabbittes geben, Jimmy wird sich sterilisieren lassen.

YOU FOUND A NEW CHICK –

Ein Geburtstagsgeschenk von Aoife. Nicht ganz schmerzlos. Besonders als Mahalia, eine halbe Stunde nachdem er wieder zu Hause ist, die Box mit den *Pet Sounds*-CDs in seinen Schoß fallen lässt.

Aber er wird sich erholen. Er wird rechtzeitig wieder auf den Beinen sein, um seine Band zu ihrer ersten Aufnahme ins Studio zu begleiten, ein Überraschungshit für den World Cup, ›Irland vor, übers Tor – wieder mal! Scheißegal!‹ Mit Jimmys Anteil an den Tantiemen wird er sich einen halben Flachbildschirm kaufen und eine Schachtel Maltesers für Aoife.

– Ich liebe dich, Jimmy.

– Ich liebe dich auch, Alte.

– Was macht die Kriegsverletzung?

– Erträglich.

BUT I WAS TOO SLICK –

Ihr erstes Album wird ein großer Erfolg im Tschad sein und in Teilen von Texas verboten werden.

I'M – IN – THE – KNOW –

YOU'VE – GOT – TO – GO –

THE – CAKE – IS – ALL – GOIN' –

Marys Sohn, ein schmächtiger Junge, der Zeus heißt, wird an Kerris Stelle treten. Agnes wird über Weihnachten nach Sevilla fahren, wo sie zu Hause ist, und mit einem Drummer aus Cabra zurückkommen. King Robert wird in die Fianna Fáil, die Republikanische Partei, eintreten, wird der erste schwarze Alderman der Stadt werden und der erste Bürgermeister, der am Bloomsday ›Let's Stay Together‹ singt.

TOO BAD OUR BLISS –

Das zweite Album, *Dark Side of the Coombe*, wird ein Klassiker werden. Tom Waits wird einfliegen, um zusammen mit Paddy zu singen.

HAD TO END UP LIKE THIS –

Talvin Singh wird bei drei Stücken als Gast mitmachen, Aimee Mann zwei Stücke singen. Die beiden Dans werden mit dem Wu-Tang Clan spielen, und Lauryn Hill wird vorbeikommen. Bono wird eine Pizza mitbringen und Eminem seine Ma. Yo-Yo Ma wird den Tee machen und Jimmys Tag wird gerettet sein, wenn er die Studiotür aufmacht, Ronan Keating sieht und ihm sagt, er soll sich verpissen.

I'M CHECKIN' OUT –

GO'OM BYE-EEE.

Der Neue

1 Er ist sehr spät dran

Er setzt sich.

Er sitzt in der Klasse. Sein erster Tag.

Er ist spät dran.

Fünf Jahre zu spät.

Und das ist sehr spät, denkt er.

Er ist neun. Die anderen Kinder sind zusammen, seit sie vier sind. Er ist der Neue.

– Wir haben heute einen neuen Schüler bei uns, sagt die Lehrerin.

– Ja und? sagt ein Junge hinter ihm.

Andere Jungen und ein paar Mädels lachen. Er weiß nicht recht warum. Es gefällt ihm nicht.

– Also jetzt, sagt die Lehrerin.

Sie hat ihm gesagt, wie sie heißt, als der Mann ihn hergebracht hat, aber er hat den Namen vergessen. Er hat ihn nicht richtig verstanden.

– Hände hoch, sagt sie.

Um ihn herum recken Kinder die Hände in die Luft. Er macht es auch. Danach wird es ganz schnell ruhig.

– Gut, sagt die Lehrerdame. – Und jetzt.

Sie lächelt ihm zu. Er lächelt nicht. Die Kinder werden lachen, wenn er lächelt, glaubt er.

Die Lehrerin sagt seinen Namen.

– Steh auf, sagt sie.

Wieder sagt sie seinen Namen. Wieder lächelt sie. Er steht auf. Er guckt nur die Lehrerin an.

– Das ist Joseph. Sagt hallo.

– Hallo!

– HALLO!

– HALL-OHOHO!

– Hände hoch!

Die Kinder heben die Hände hoch. Er hebt auch die Hände hoch. Es wird still. Ein cleverer Trick, denkt er.

– Setz dich, Joseph.

Er setzt sich. Die Hände noch in der Luft.

– Also jetzt. Hände herunter.

Direkt hinter ihm klatschen zwei Hände auf das Pult. Das ist der Ja-und-Junge.

– Also jetzt, sagt die Lehrerin.

Sie sagt das ganz oft. Es muss ihr Lieblingsausspruch sein.

– Ich bin sicher, dass ihr alle Joseph sehr freundlich aufnehmen werdet. Nehmt die Mathematikbücher raus.

– Wo ist er her, Miss?

Ein Mädchen hat das gefragt, es sitzt vor Joseph, zwei Pulte weiter.

– Darüber sprechen wir später, sagt die Lehrerin. – Erst Mathe.

Das ist der erste Teil von ihrem Namen. Miss.

– Miss, Seth Quinn hat mein Buch aus dem Fenster geworfen.

– Hab ich nicht.

– Hast du doch.

– Also jetzt.

Joseph hält sein neues Buch ganz fest. Das hat er nicht erwartet, dass man hier Bücher aus dem Fenster wirft. Hat man die Leute gewarnt, die draußen vorbeigehen? Er weiß es nicht. Er hat viel zu lernen.

– Seth Quinn, geh runter und hol das Buch.

– Ich hab's nicht geworfen.

– Geh jetzt.

– Das ist gemein.

– Also jetzt.

Joseph guckt Seth Quinn an. Das ist nicht der Ja-und-Junge. Es ist ein anderer.

– Also jetzt. Seite 37.

Keiner versucht, Joseph sein Buch wegzunehmen. Und es fliegen auch keine Bücher mehr aus dem Fenster.

Er schlägt sein Buch auf. Seite 37.

Die Lehrerin redet sehr schnell. Er versteht die Zahlen, die sie an die Tafel schreibt. Er versteht die Wörter, die sie schreibt. LANGE TEILUNG. Aber er versteht nicht, was sie sagt, besonders wenn sie mit dem Gesicht zur Tafel steht. Er meldet sich nicht. Er guckt sich die Zahlen an der Tafel an. Keine große Sache.

Ein Finger bohrt sich in seinen Rücken. Der Ja-und-Junge. Joseph dreht sich nicht um.

– Ey, Live-Aid.

Joseph dreht sich nicht um.

– Live-Aid, flüstert der Ja-und-Junge. – Ey, Live-Aid. Wissen die bei euch, dass Weihnachten ist?

Sie haben Montag, den 10. Januar. Sechzehn Tage nach Weihnachten. Das ist ein sehr dummer Junge.

Aber Joseph weiß, dass es nicht um Weihnachten oder das richtige Datum geht. Er weiß, dass er aufpassen muss.

Der Finger stößt wieder zu. Heftiger. Sehr heftig.

– Christian Kelly!

– Was?

Das ist der Ja-und-Junge. Er heißt Christian Kelly.

– Ärgerst du Joseph?

– Nein.

– Ärgert er dich, Joseph?

Joseph schüttelt den Kopf. Er weiß, dass er was sagen muss.

– Nein.

– Ja, sicher.

Merkwürdig, diese Antwort, denkt er. Wieder ein Trick?

– Sitz gerade, damit ich dich sehen kann, Christian Kelly.

– Er hat Joseph in den Rücken gestoßen, Miss.

– Halt den Rand.

– Hat er aber.

– Leck mich.

– Also jetzt.

Die Miss guckt auf eine Stelle über Josephs Kopf. Es ist still im Klassenzimmer. Der Trick mit den Händen in der Luft ist nicht mehr nötig.

– Gott schenke mir Kraft, sagt sie.

Wofür denn, überlegt Joseph. Was hat sie vor? Besonders schwere Sachen stehen im Klassenzimmer nicht herum.

Sie guckt wieder auf die Stelle. Genau sechs Sekunden lang. Dann klopft sie mit einem Stück Kreide an die Tafel.

– Abschreiben.

Er wartet. Er beobachtet die anderen Kinder. Sie nehmen Hefte aus ihren Schultaschen. Sie schlagen die Hefte auf. Sie ziehen den Rand. Sie gucken auf die Tafel. Sie schreiben. Sie gucken wieder. Sie schreiben. Ein Mädchen am Nachbarpult nimmt eine Brille aus einer kleinen schwarzen Dose, die mit lautem Klicken aufgeht. Sie setzt die Brille auf. Sie guckt ihn an. Ihre Augen sind groß. Sie lächelt.

– Specky ist scharf auf dich.

Das ist Christian Kelly.

– Du bist tot.

2 Der Finger

Das ist der gefährliche Junge, der hinter Joseph sitzt. Dieser Junge hat Joseph gerade gesagt, dass er tot ist. Mit dieser Mitteilung muss Joseph nun ganz schnell fertig werden.

Er dreht sich nicht nach Christian Kelly um.

Miss hat die Zahlen von der Tafel gewischt. Sie schreibt neue Zahlen hin. Rechenaufgaben. Es sind zehn Aufgaben. Sie sind nicht schwer.

Was hat Christian Kelly gemeint? *Du bist tot.* Joseph denkt über diese Worte nach, und auch das ist nicht schwer. Klar, Joseph ist nicht tot. Christian Kelly muss also die Zukunft gemeint haben. *Du wirst tot sein.* Alle Jungs müssen erwachsen werden und früher oder später sterben – Joseph weiß das, er hat tote Männer und Jungen gesehen. Christian Kelly hat es offenbar als Drohung gemeint oder als Ankündigung: *Ich werde dich töten.* Aber Christian Kelly wird Joseph nicht ermorden, nur weil das Mädchen mit den vergrößerten Augen ihm zugelächelt hat. *Ich werde dir weh tun.* So hat Christian Kelly das gemeint.

Joseph hat diesen Christian Kelly noch nicht gesehen.

Sehr seltsam: Joseph muss sich vor einem Jungen in Acht nehmen, den er nicht gesehen hat. Vielleicht doch nicht so seltsam. Die Männer, die seinen Vater getötet haben, hat er auch nicht gesehen.

Das Mädchen mit den vergrößerten Augen lächelt Joseph

wieder zu. Diesmal sagt Christian Kelly nichts. Joseph guckt wieder in sein Schreibheft.

Er löst die siebente Aufgabe. 751 geteilt durch 15. Er kennt die Lösung schon viele Sekunden, ehe er sie aufschreibt. Was bei der neunten Aufgabe rauskommt – 761 geteilt durch 15 –, weiß er auch schon, aber er macht sich erst an die achte. Er ist zufrieden mit sich. Es ist viele Monate her, seit Joseph in einem Klassenzimmer gesessen hat. Es ist warm hier. Januar ist ein kalter Monat in diesem Land.

Christian Kelly wird ihm weh tun. Das hat er angekündigt. Joseph muss gewappnet sein.

– Fertig?

Das ist die Lehrerin. Die Frage geht an alle.

Joseph sieht auf. Viele Kinder beugen sich noch über ihre Hefte, ihre Nasen berühren fast das Papier.

– Etwas Beeilung bitte. Wir haben nicht den ganzen Tag Zeit.

– Ey.

Die Stimme hinter Joseph. Ziemlich leise.

Joseph dreht sich um. Ganz rasch. Er sieht diesen Christian Kelly.

– Nummer vier?

Joseph entscheidet sich schnell.

– Siebzehn, flüstert er.

– Du bist trotzdem tot. Und Nummer fünf?

– Siebzehn.

Er dreht sich wieder nach vorne, um die Tafel und die Lehrerin sehen zu können.

– Wie kann …

– Auch siebzehn.

– Hier wird nicht geschwatzt.

Joseph guckt auf die Tafel.

– Wehe, wenn nicht.

– Christian Kelly.

Das ist die Lehrerin.

– Was habe ich gesagt? fragt sie.

– Weiß nicht, sagt Christian Kelly.

– Hier wird nicht geschwatzt.

– Ich hab aber gar nicht …

– Macht einfach nur eure Aufgaben. Fertig, Joseph?

Joseph nickt.

– Brav. Also jetzt. Noch eine Minute.

Joseph zählt die Jungen und Mädchen. In der Klasse sitzen dreiundzwanzig Kinder. Einschließlich Joseph. Fünf Pulte sind frei.

– Ihr hattet Zeit genug. Jetzt. Legt die Stifte weg. Weg, sage ich.

Ein Junge sitzt sehr nah an der Tür. Im Gegensatz zu Joseph trägt er den Schulpullover. Wie Joseph ist er schwarz.

Ein Mädchen sitzt hinter Joseph, neben einer großen Karte dieses Landes. Sie ist auch schwarz. Sie sitzt neben der Landkarte. Ist sie Irin?

– Also jetzt. Wer meldet sich?

Die Lehrerin lächelt.

Kinder recken die Hände hoch.

– Miss. Miss. Miss. Miss.

Joseph meldet sich nicht.

– Die Schüchternen kommen später dran, sagt die Lehrerin. – Hazel O'Hara.

Die Hände senken sich. Ein paar Kinder stöhnen.

Das Mädchen mit den vergrößerten Augen nimmt die Brille ab und tut sie in die Dose. Es klickt. Sie steht auf.

– Das ist brav.

Sie geht nach vorn.

Wie sehen irische Kinder aus? Wie diese Hazel O'Hara?

Joseph ist sich nicht sicher. Hazels Haare sind fast weiß. Ihre Haut ist jetzt ganz rosarot, sie ist sehr zufrieden mit sich. Sie steht neben der Lehrerin und hat ein Stück weiße Kreide in der Hand.

– Jetzt, Hazel. Wirst du uns allen zeigen, wie Nummer eins geht?

Hazel O'Hara nickt.

– Dann los.

Christian Kelly sieht Hazel O'Hara nicht ähnlich.

– Ey.

Joseph sieht zu, wie Hazel O'Hara rechnet.

– Ey.

Hazel O'Hara rechnet rasch und präzise.

Joseph dreht sich um und guckt Christian Kelly an.

– Ja? flüstert er.

– Ich schenk dir was.

Christian Kelly hält Joseph einen Finger vor die Nase. Auf dem Finger klebt was. Da hört Joseph eine andere Stimme.

– Kelly hat Popel am Finger.

Joseph dreht sich zur Tafel. Er spürt den Finger auf seiner Schulter. Er hört Gelächter, er spürt, wie sich der Finger in seine Schulter bohrt.

Er packt zu.

Er zieht.

– Was ist hier los?

Christian Kelly liegt neben Joseph auf dem Boden. Joseph hält seinen Finger fest. Christian Kelly macht furchtbaren Krach.

Die Lehrerin hat Josephs Handgelenk gepackt.

– Loslassen. Sofort. Hände hoch. Alle!

Joseph lässt Christian Kellys Finger los. Er schaut auf Hazel O'Haras Lösung an der Tafel. Sie ist richtig.

3 Du bist endgültig tot

Joseph guckt auf die Tafel. Die Miss hält immer noch sein Handgelenk fest. In der Klasse ist es sehr laut.

Ein paar Jungen und Mädchen sind aufgestanden, andere beugen sich über das Pult ihrer Nachbarn. Sie wollen alle Christian Kelly sehen.

Christian Kelly liegt immer noch auf dem Boden. Er ist auch sehr laut.

– Mein Finger. Er hat mir den Finger gebrochen!

– Setz dich!

Das ist die Miss.

– Hände hoch.

Sie hat Josephs Handgelenk losgelassen. Die Kinder setzen sich. Hände recken sich in die Luft. Er guckt auf seine Hände. Er hebt sie hoch.

– Joseph?

Er guckt die Miss an. Sie kniet neben Christian Kelly, sie hält seinen Finger. Sie drückt am Gelenk herum. Christian Kelly brüllt.

– Nichts gebrochen, Christian, sagt sie. – Alles in Ordnung.

– Er tut weh!

– Glaub ich dir.

Sie steht auf, dabei fällt sie fast hintenüber. Sie streckt eine Hand nach hinten. Mit der anderen Hand hält sie ihren Rock fest.

Joseph hört eine Stimme hinter sich. Ein Flüstern. Vielleicht ist das Seth Quinn.

– Ich hab ihr Höschen gesehen.

Sie steht jetzt. Christian Kelly auch.

– Welche Farbe?

– Also jetzt, ruft die Miss.

Christian Kelly wischt sich mit dem Ärmel die Nase ab. Er guckt Joseph an. Joseph guckt ihn an. Es ist still in der Klasse.

– Na also, sagt Miss. – Hände runter. Gut. Joseph.

Joseph hört die Flüsterstimme.

– Gelb.

Joseph guckt die Miss an. Sie schaut auf jemanden hinter ihm. Und sie sagt wieder:

– Gott schenke mir Kraft.

Sehr leise sagt sie das. Sie wendet sich an Christian Kelly. Sie legt ihm eine Hand auf die Schulter.

– Setz dich, Christian.

Christian geht zu seinem Pult hinter Joseph. Joseph guckt ihn nicht an.

– Steh auf, Joseph.

Joseph gehorcht. Er steht auf.

– Erstens. Christian ist kein Engel. Stimmt's, Christian?

– Ich hab nichts gemacht.

Sie lächelt Christian zu. Dann sieht sie Joseph an.

– Du musst dich bei Christian entschuldigen, sagt sie.

– Warum? fragt Joseph.

Sie wirkt erstaunt. Sie holt langsam Luft.

– Weil du ihm weh getan hast.

Das ist nur fair, denkt Joseph.

– Ich entschuldige mich, sagt er.

– Er muss ihn dabei angucken, sagt ein Junge.

Die Miss lacht. Das überrascht Joseph.

– Da hat er recht, sagt sie.

Joseph dreht sich um. Er sieht Christian Kelly an. Christian Kelly sieht flüchtig Joseph an und dann auf sein Pult.

– Ich entschuldige mich, sagt Joseph.

– Er wollte dir nicht weh tun, sagt Miss.

– Das stimmt nicht, sagt Joseph.

– Na hör mal, sagt Miss.

Allgemeines Flüstern.

– Was hat er gesagt?

– Jetzt kann er was erleben.

– Guck, was sie für ein Gesicht macht.

– Also jetzt.

Joseph guckt sich das Gesicht von der Miss an. Es ist sehr rot.

– Da müssen wir wohl was machen, sagt sie.

Wie meint sie denn das?

– Nimm deine Tasche.

Joseph nimmt seine Schultasche. Steckt sein neues Mathebuch rein, das Heft und den Stift.

– Komm schon.

Wird er vertrieben? Er weiß es nicht. Er hört aufgeregte Stimmen.

– Sie schmeißt ihn raus.

– Schmeißt sie ihn raus?

Er folgt Miss nach vorn.

– Es wird am besten sein, wenn wir dich und Christian trennen, sagt sie.

Joseph ist sehr froh. Er kann bleiben. Und Christian Kelly wird nicht mehr hinter ihm sitzen.

Aber da gibt es noch Seth Quinn.

Ein Mädchen meldet sich. Ein dickes Mädchen.

– Er müsste neben Pamela sitzen.

Viele Mädchen lachen.

– Nein, sagt das schwarze Mädchen neben der Landkarte.

Joseph begreift: Das ist Pamela.

– Lasst die arme Pamela in Ruhe, sagt Miss. – Da.

Miss deutet auf einen Platz.

– Neben Hazel.

Joseph guckt das Mädchen an, das Hazel O'Hara heißt. Sie rückt beiseite, damit Joseph Platz hat. Sie hat die Brille auf. Ihre Augen sind sehr groß. Ihr Haar ist sehr weiß. Ihre Haut hingegen ist ganz rosarot.

– Guckt euch Hazel an, sagt das dicke Mädchen. – Sie wird ganz rot.

– Leck mich, sagt Hazel.

– Also jetzt.

Joseph setzt sich neben Hazel O'Hara.

– Hände hoch.

Joseph hebt die Hand. Er hört eine Stimme, die er kennt.

– Du bist endgültig tot.

Joseph guckt auf die Uhr. Sie ist rund und hängt an der Wand, über der Tür.

– Hör gar nicht auf den Drecksack, sagt Hazel O'Hara.

Es ist fünf Minuten nach zehn. Vor einer Stunde hat der Mann Joseph in die Klasse gebracht. Es war eine sehr ereignisreiche Stunde.

– Joseph?

Es ist die Miss.

– Ja? sagt Joseph.

– Ich bin noch nicht fertig mit dir, sagt Miss. – Bleib in der kleinen Pause da.

Was ist die kleine Pause? Joseph hat keine Ahnung. Die anderen Jungs im Heim haben ihm nichts von einer kleinen Pause erzählt.

– Jetzt aber endlich zu den Aufgaben an der Tafel, sagt Miss. – Wer war bei der letzten dran?

– Hazel.

– Richtig. Wer ist der nächste?

Hände heben sich. Ein paar Kinder stehen auf.

– Miss!

– Miss!

– Seth Quinn, sagt Miss.

– Ich hab mich nicht gemeldet.

– Los, Seth.

Joseph hört einen Stuhl schurren. Er dreht sich nicht um.

4 Milch

Seth Quinn geht nach vorn. Er ist ein kleiner zorniger Junge
mit rasiertem Kopf und roter Nase. Er ist an der Tafel, aber
er kann nicht still stehen.

– So, Seth, sagt die Miss.

– Was?

– Mach du Nummer drei für uns.

Sie streckt ihm ein Stück Kreide hin. Seth Quinn nimmt es,
aber er geht nicht näher an die Tafel ran.

– Wetten, dass er es nicht kann, flüstert Hazel O'Hara neben Joseph.

Joseph antwortet nicht. Er guckt Seth Quinn an.

– Nun, Seth? fragt Miss.

Joseph kennt die Lösung. Er würde sie furchtbar gern Seth
Quinn zuflüstern.

Die Miss streckt die Hand aus. Sie nimmt Seth die Kreide
wieder ab.

– Setz dich, Seth.

– Was hab ich dir gesagt? flüstert Hazel O'Hara.

Joseph guckt Seth Quinn an. Er geht an Joseph vorbei. Sein
Blick ist auf den Fußboden gerichtet. Er sieht Joseph nicht
an.

– Jetzt verschont uns Seth hoffentlich eine Weile mit seiner
Pampigkeit, sagt die Miss.

Joseph entschließt sich, zurückzuflüstern.

– Was ist Pampigkeit?

– Wenn einer unverschämt ist. Und stur, flüstert Hazel O'Hara zurück. – Die vom Land reden so. Sie sagt es ständig.

– Danke, sagt Joseph sehr leise.

– Gern geschehen, sagt Hazel O'Hara.

– Kleine Pause, sagt die Miss.

Ein paar Kinder stehen auf.

– Setzen, sagt die Miss.

Das musste ja kommen, denkt Joseph.

Die Miss wartet, bis alle Kinder wieder sitzen.

– Also jetzt, sagt sie. – Bis jetzt haben wir nicht viel geschafft. Ihr werdet euch also nachher am Riemen reißen müssen. Jetzt dürft ihr aufstehen.

Am Riemen reißen. Das muss so was wie *härter arbeiten* heißen. Wieder findet Joseph, dass er was gelernt hat. Er steht nicht auf.

– Tot.

Das ist Christian Kelly, der an Joseph vorbeigeht.

Das Klassenzimmer leert sich schnell. Joseph und Miss sind allein. Es ist sehr ruhig.

– Nun, Joseph, was hast du mir zu sagen? fragt sie.

Joseph sagt nichts. Sie lächelt.

– Mein Gott, sagt sie, ich wünschte, sie wären alle so still wie du. Wie findest du es so?

Joseph meint zu wissen, was sie sagen will.

– Die Schule gefällt mir sehr gut, sagt er.

– Schön, sagt sie. – An die Aussprache wirst du dich gewöhnen.

– Bitte, sagt Joseph. – Das ist kein Problem.

– Gut, also jetzt, sagt sie und macht einen Schritt von Josephs Pult weg. Heißt das, dass er gehen kann? Er steht nicht auf.

– Hör zu, Joseph, ich weiß im Großen und Ganzen, warum du hier bist. Warum du dein Land verlassen hast.

Sie guckt Joseph an.

– Und wenn du nicht darüber reden willst, ist das in Ordnung.

Joseph nickt.

– Ich hoffe, dass du dich hier wohl fühlst. Ehrlich.

Sie ist eigentlich ganz nett, denkt Joseph. Aber warum hat sie Seth Quinn so in Verlegenheit gebracht?

– Aber, sagt sie.

Noch immer lächelt sie.

– Was du mit Christian gemacht hast, kann ich nicht dulden. Weder in der Klasse noch sonst wo.

– Ich entschuldige mich.

Sie lacht.

– Ich lache nicht über dich, sagt sie. – Das ist wirklich reizend. Du bist so höflich, Joseph.

Für ein paar Sekunden ist sie still. Joseph guckt sie nicht an.

– Aber keine Raufereien mehr, sagt sie. – Oder Fingerziehen oder was immer du mit Christian gemacht hast.

Joseph antwortet nicht.

– Du hast noch ein paar Minuten, sagt Miss. – Ab mit dir.

– Danke, sagt Joseph.

Er steht auf, obgleich er lieber in der Klasse geblieben wäre. Er geht auf den Gang hinaus.

Wie man auf den Schulhof kommt, weiß er noch. Es ist nicht kompliziert. Er geht eine sehr helle Treppe hinunter. Er kommt an einem Mann vorbei. Der Mann lächelt Joseph zu. Joseph ist auf der untersten Stufe angekommen. Vor ihm ist die Tür. Durchs Fenster sieht er Kinder. Der Schulhof ist sehr voll.

Er hat keine Angst vor Christian Kelly.

Er ist an der Tür.

Aber er will nicht, dass ihn alle anstarren.

Auf dem Schulhof kann er Christian Kelly nicht entdecken.

Er stößt die Tür auf. Er ist draußen. Es ist ziemlich kalt.

Etwas Helles fliegt an ihm vorbei und streift seine Wange. Er hört es klatschen, nah an seinem Ohr. Und sein Nacken ist plötzlich nass, so wie sein Haar. Und sein Ärmel.

Er guckt hin.

Es ist Milch. Eine Tüte Milch. An der Fensterscheibe ist Milch und auf dem Boden, aber auch Joseph ist voller Milch, er ist pitschnass, und alle starren ihn an. Er ist umzingelt.

– Kellier war's.

– Christian Kelly.

Sogar zwischen Joseph und der Tür sind lauter Kinder. Joseph kann Christian Kelly nicht entdecken. Er zieht sein Sweatshirt über den Kopf und spürt die Milch auf seinem Gesicht. Er muss das Sweatshirt auswaschen, ehe die Milch anfängt zu riechen. Er fasst an seine Schulter. Auch sein Hemd ist pitschnass, es muss auch gewaschen werden.

Ihm ist sehr kalt.

Dann gibt es Gedrängel und Geschubse. Kinder treten zur Seite. Christian Kelly steht vor Joseph. Und hinter Christian Kelly steht Seth Quinn.

5 Die Glocke

Christian Kelly steht vor Joseph. Seth Quinn steht hinter Christian Kelly.

Sämtliche Kinder der Schule scheinen zuzugucken. Sie stehen hinter Joseph und drängeln, stehen rechts und links neben und vor ihm, hinter Christian Kelly. Joseph weiß: Irgendwas muss passieren, selbst wenn es klingelt und dieses Ding, das kleine Pause heißt, zu Ende ist. Die Glocke wird ihn nicht retten.

Joseph denkt an eine andere Glocke.

Eine Sekunde lang ist es ganz still.

Dann hört Joseph eine Stimme.

– Mach ihn fertig.

Joseph sieht nicht, wer das gesagt hat. Nicht Christian Kelly, nicht Seth Quinn.

Er hört andere Stimmen.

– Los, Kellier.

– Mach schon.

– Weichei.

Dann hört Joseph Christian Kelly. Er sieht seine Lippen.

– Ich hab's dir gesagt.

Joseph denkt an den Soldaten.

Der Soldat kam aus dem Schulhaus. Er hielt die Glocke hoch in die Luft. Es war die Glocke, die jeden Morgen zum Unterricht rief. Sie war lauter als alles andere in Josephs Dorf, lauter als Autos und Vieh. Joseph liebte ihr Geläut, ihren schönen Klang. Er musste nie zum Unterricht gerufen werden. Er war jeden Morgen da, wenn die Glocke sich hob und senkte, sich auf die Schulterhöhe des Lehrers hob und wieder senkte. Der Lehrer war Josephs Vater.

– Ich hab's dir gesagt, zischelt Christian Kelly.

Joseph antwortet nicht. Er weiß: Alles, was er sagt, ist eine Provokation. Darauf lässt er sich nicht ein.

Die Kinder hinter Christian Kelly wogen hin und her. Er wird bedrängt. Christian Kelly muss was tun. Er muss Joseph schlagen. Joseph begreift das. Jemand zieht an Josephs Sweatshirt, das er immer noch in der Hand hält. Er sieht nicht hin. Er sieht nur auf Christian Kelly und Seth Quinn. Jemand zieht noch mal, aber nicht sehr fest, will es ihm halten. Joseph lässt das Sweatshirt los. Seine Hände sind frei. Ihm ist sehr kalt. Er sieht Christian Kelly an. Er weiß: So hat Christian Kelly sich das nicht vorgestellt. Christian Kelly hat Angst.

Der Soldat hielt die Glocke hoch, senkte sie, hob sie wieder. Die Glocke läutete klar und rein. An jenem Vormittag hörte man keine Autos, keine Trucks, nur Schüsse und manchmal von weitem Schreien oder Weinen. Die Glocke läutete, aber Kinder kamen nicht gelaufen. Joseph versteckte sich hinter der Schulmauer. Der Soldat grinste. Aus dem Schulhaus kamen noch mehr Soldaten. Sie schossen in die Luft. Der Soldat ließ die Glocke fallen. Ein anderer Soldat zielte auf sie und schoss.

Christian Kelly macht den ersten Schritt und schubst Joseph. Joseph spürt die Hand auf seiner Brust. Er geht einen Schritt zurück. Hinter sich tritt er auf einen Fuß. Christian Kellys Hand greift nach Joseph. Joseph packt die Hand und einen der Finger.

Das ist wirklich ein sehr dummer Junge.

Joseph guckt Christian Kelly an. Er sieht den jähen Schrecken. Christian Kelly begreift, dass er einen folgenschweren Fehler gemacht hat. Er hat Joseph zum zweiten Mal seinen Finger überlassen.

Jetzt ist Joseph an der Reihe. Er muss etwas tun.

Die Soldaten waren gegangen. Joseph wartete. Er wollte ins Schulhaus, zu seinem Vater. Aber er hatte Angst. Er hatte noch das Geknatter der Schüsse im Ohr und das Gelächter der Soldaten, die Glocke seines Vaters – Joseph traute sich nicht. Er schämte sich, aber er konnte sich nicht rühren. Er wollte nach seinem Vater rufen, aber seine Kehle war trocken und wie zugeschnürt. Er hatte in die Hose gemacht, aber er konnte sich nicht rühren.

Kinder rufen und schreien, aber Joseph sieht nicht hin, hört nicht auf sie. Er sieht geradewegs Christian Kelly an. Er weiß, dass er den Finger nicht loslassen kann. Das wäre Schwäche. Seth Quinn steht hinter Christian Kelly. Er guckt Joseph groß an.

Die Schulglocke ist zu hören. Ein schriller elektrischer Laut.

Keiner rührt sich.

Die Glocke läutet. Joseph guckt weiter Christian Kelly an. Die Glocke verstummt.

Er fand seinen Vater hinter dem Schulhaus. Er wusste, dass es sein Vater war, auch wenn er das Gesicht nicht sah. Er ging nicht näher heran. Er hatte die Hose seines Vaters erkannt, Hemd und Schuhe seines Vaters. Er rannte weg.

Christian Kelly versucht, seinen Finger zurückzuziehen. Joseph packt fester zu.

– Seid ihr blöd? hört er Kinder sagen.

– Fangt ihr jetzt endlich an oder was?

Es sind jetzt weniger Kinder, die um sie herumstehen. Die meisten haben sich im Hof aufgestellt und warten darauf, dass die Lehrer sie ins Schulhaus zurückbringen. Dann sind Joseph und Christian Kelly mit Seth Quinn allein.

– Lass ihn los, sagt Seth Quinn.

– Seth Quinn!

Es ist die Miss. Sie steht hinter Joseph. Christian Kelly versucht, seinen Finger zu befreien.

– Und Christian Kelly.

Miss sieht Christian Kellys Finger in Josephs Faust.

– Schon wieder?

Joseph weiß, was sie sagen wird.

– Gott schenke mir Kraft.

Er lernt sehr schnell.

6 Banküberfall

Die Miss geht hinter den anderen Jungen und Mädchen her. An der Tür bleibt sie stehen und sieht Joseph, Christian Kelly und Seth Quinn an.

– Von euch will ich keinen Mucks hören, sagt sie. – Ihr wartet hier.

Sie guckt Joseph an. Glaubt sie wirklich, er würde wegrennen?

Sie betritt die Klasse. Joseph bleibt auf dem Gang.

– Also jetzt!

Joseph hört, wie die Kinder sich hinsetzen, Bücher aus ihren Taschen holen. Er hört die Miss.

– *Totally Gaelic*, Seite 47. Fragen eins bis sieben. Ich bin direkt vor der Tür und höre genau, wenn jemand Quatsch macht.

Joseph sieht Christian Kelly und Seth Quinn nicht an. Sie sagen nichts. Sie gucken auf die Tür, aber die ist nicht durchsichtig.

Die Miss ist wieder da.

– Also jetzt, sagt sie.

Sie hat sich vor ihnen aufgepflanzt.

– Ich hab nichts gemacht, sagt Christian Kelly.

– Du bist still, Christian.

Joseph guckt die Miss an. Sehr böse sieht sie nicht aus.

– Wir müssen das klären, Jungs, sagt sie.

– Ich hab nicht …

– Christian!

Es wäre eine gute Gelegenheit, *Gott schenke mir Kraft* zu sagen.

Aber sie sagt es nicht. Sie guckt Seth Quinn an.

– Was war denn los, Seth?

– Nichts.

Christian Kelly guckt auf den Fußboden. Seth Quinn guckt die Miss an.

– Ein komisches Nichts, das ich da gesehen habe, sagt Miss.

– Jetzt zu dir, Joseph. Was war los?

– Nichts war los, sagt Joseph.

Für drei Sekunden ist die Miss stumm. Es sind wichtige Sekunden, findet Joseph. Denn in dieser Zeit rücken die Jungs zusammen. Genau das denkt er. Sie sind eins in ihrem Schweigen. Sie mögen sich nicht, aber das spielt keine Rolle. Sie halten zusammen. Gegen die Miss.

Sie guckt die drei an.

– Ihr seid schon tolle Typen, sagt sie.

Joseph hat nicht den Eindruck, dass sie es ernst meint.

– Was soll ich mit euch anfangen? fragt sie.

Wieder sagen die Jungs nichts.

– Seth?

Seth zuckt die Schultern.

– Joseph?

Joseph sieht sie an. Er sagt nichts. Er will nichts sagen. Er wird sicher bestraft werden, aber er hat keine Angst und macht sich auch keine Sorgen. Nicht sehr. Im Augenblick ist er sogar richtig glücklich.

119

– Du hast nichts zu sagen? fragt Miss.

Joseph schüttelt den Kopf. Er sieht auf den Boden. Aus der Klasse kommt Lärm. Joseph hofft, dass er Miss ablenkt. Sie sagt nichts. Er hört sie atmen. Er guckt auf ihre Füße. Sie bewegen sich nicht.

– Gut, sagt sie, wenn ihr das so wollt …

– Miss?

Joseph schaut auf. Hazel O'Hara, das Mädchen mit den vergrößerten Augen, steht an der Tür.

– Ja, Hazel?

– Ich hab's gesehen.

– Also jetzt, Hazel …

– Aber ich hab's gesehen. Christian Kelly hat geschubst und …

– Zurück in die Klasse, Hazel.

– Aber er hat …

– Hazel!

Hazel hebt ihre erstaunlich großen Augen und macht ein Klickgeräusch mit dem Mund. Sie dreht sich um und geht wieder in die Klasse.

– Die ist echt gemein, hören die Jungs sie sagen. – Ich hab ihr doch nur gesagt …

Die Miss rennt hinter Hazel her.

– Hände hoch!

Und da macht Seth den Mund auf. – Die denkt wohl, das hier is'n verdammter Banküberfall!

Christian Kelly lacht leise. Seth Quinn lacht leise. Joseph lächelt.

Was die Miss sagt, können sie nur hören.

– Hazel O'Hara!

– Was?

Joseph lacht. Es ist wie bei einem Hörspiel im Radio.

– Ich habe gehört, was du gesagt hast, Hazel O'Hara!

– Es war ein privates Gespräch.

Er lacht, weil die anderen Jungs lachen. Er hört sie prusten. Er prustet auch.

– Ich verbitte mir diesen Ton.

– Was denn für einen Ton?

Joseph guckt Christian Kelly an. Er guckt Seth Quinn an. Sie lachen mit ihm. Ihre Schultern zucken.

– Steh auf! sagt Miss.

– Aber ich steh doch schon.

– Hände hoch!

– Sie ist eine blöde Kuh, flüstert Christian Kelly.

Die drei lachen zusammen.

In der Klasse ist es still.

– Also jetzt, flüstert Seth Quinn.

Und …

– Also jetzt, hören sie die Miss sagen.

Noch nie hat Joseph etwas so Komisches gehört. Er lacht so sehr, dass er nichts mehr sehen kann. Er wischt sich die Augen. Die anderen beiden wischen sich auch die Augen. Er versucht aufzuhören, Miss kann gleich wieder da sein.

Er hört auf.

Dann sagt er es.

– Also jetzt.

Er muss plötzlich an seinen Vater denken, ein schweres Gewicht legt sich auf seine Brust. Er weint jetzt beim Lachen. Er spürt, wie das Gewicht, wie die Traurigkeit in ihn hineinsinkt. Er wischt sich die Augen. Er lacht weiter. Viele Male hat Joseph seinen Vater zum Lachen gebracht. Er erinnert sich daran, wie das Lachen seines Vaters geklungen hat, er sieht sein Gesicht.

Er lacht. Er wischt sich die Augen. Er guckt die anderen beiden an. Sie gucken auf die Tür.

Dann steht die Miss vor Joseph.

Er hört auf zu lachen. Er wartet.

Er staunt. Sie scheint nicht böse zu sein. Sie guckt Joseph lange an.

– Die drei Musketiere, sagt sie. – Rein mit euch.

Sie macht ihnen Platz.

Christian Kelly betritt die Klasse. Hinter ihm Joseph, hinter Joseph Seth Quinn.

57 % irisch

1 Das Tor von Robbie Keane

Ray Brady hatte den Bildschirm im Blick und auf dem Bildschirm einen jungen Mann, der seinerseits auf einen Bildschirm sah. Der junge Mann, Student, beide Eltern Iren, sah sich Robbie Keans Tor gegen Deutschland in der WM 2002 an, Aufnahmen aus einer Zeit, in der alles noch unschuldiger und der Euro noch nicht kollabiert war, als Ray um ein Haar geheiratet hätte.

Die Herzfrequenz des jungen Mannes war auf einem Monitor zu sehen, das Kabel eines zweiten Monitors schmiegte sich unter seine Hoden. Sein Kopf lag in einer bequemen Stütze, die es ihm erlaubte, ausschließlich auf den Bildschirm und nur auf den Bildschirm zu sehen.

Auf dem zweiten Bildschirm konnte Ray die Augen des jungen Mannes beobachten. Er wartete auf Anzeichen von Erregung beim Anblick von Keanes Tor. Nicht unbedingt starke Erregung, nur ein messbares Aufflackern, ein Schwanken des Herzschlags, eine leichte Weitung der Pupillen. Aber dem jungen Mann war nichts anzusehen.

Niall Quinn gab den Ball an Keane. Keane schoss. Der junge Mann gähnte.

Die Idee zu der Doktorarbeit war Ray vor drei Jahren gekommen, nachdem Robbie Keane das Tor geschossen und

Ray an die fünfzehn Leute im Pub geherzt und geküsst und sich in den Armen eines Riesenkerls aus Polen wiedergefunden hatte. Da hatte er sich gefragt: Warum umarmt mich dieser Typ? Küsst mich auf die Stirn? Reckt die Fäuste in die Luft? Wirft den Kopf zurück und singt: YOU'LL NEVER BEAT THE EYE-RISH.
YOU'LL NEVER BEAT THE EYE-RISH.
Warum?
Weil seine eigene Mannschaft Scheiße war (Polen hatte am Vortag gegen Südkorea verloren)? Weil er schon eine Weile in Irland war und glaubte, dass er dazugehörte? Weil er dazugehören wollte?
Warum?
Wie misst man Nationalität, hatte Ray sich damals gefragt, als an fünfzig Prozent aller Autos Fähnchen flatterten; als der wochenlange Kater der Ausweis für Nationalstolz war; als, vier Wochen nachdem Robbie Keane jenes Tor geschossen hatte, Rays Freundin Stalin verkündete, sie sei schwanger. Mama Russin, Papa Ire – und das Baby?
– Deutsch, sagte sein Bruder.
Ray ging in heiterer Ahnungslosigkeit in die Weltmeisterschaft hinein, nicht mehr Student und noch nicht graduiert, ein zufriedener Bewohner von Templeogue. Und er kam heraus als Akademiker mit besten Examensnoten und als werdender Vater, stolz darauf, in der Nähe von Tallaght zu wohnen, wo Robbie Keane zu Hause war.
Seine Freundin hieß nicht wirklich Stalin, der Name war nur ihrem Temperament geschuldet. Als das Kind zur Welt kam – ein Junge: Wladimir Damien –, hatte Ray schon ein Forschungsstipendium und einen Titel für seine Arbeit: *Olé, Olé, Olé – Fußball und der Weg zum Irischsein.* Er hatte einen rasanten Start hingelegt und alles gelesen, was ir-

gendwie vielversprechend klang – *Der territoriale Imperativ, Modernes Irland, Mein Kampf* und *Shoot.* Er hatte rastlos an Verfahren gearbeitet, mit denen eine Messung von Vaterlandsliebe über die Verbindung Fußball möglich wäre, Verfahren, die neu und sexy waren und über allen Zweifel erhaben. Er hatte sich im Garten seiner Eltern ein Labor eingerichtet, in einem Schuppen, den sie extra für ihn gekauft hatten.

– Und irgendwann wird an diesem Schuppen eine Gedenkplakette hängen, sagte seine Mutter.

– Ich höre immer Schuppen, sagte sein Vater. –Dreitausend Euro hab ich dafür hingelegt, eine verdammte Villa ist das.

Ray hatte das Keane-Tor Hunderten von Leuten vorgespielt und ihre Reaktionen aufgezeichnet – beide Eltern Iren, männlich; beide Eltern Iren, weiblich; ein Elternteil irisch; kein Elternteil irisch, Europäer; kein Elternteil irisch, Nichteuropäer. Und bei der Messung ihrer Begeisterung oder Teilnahmslosigkeit packte ihn in den ersten Monaten selber Erregung, wenn er zusah, wie sie sich das Tor ansahen. Er wollte, dass sie alle reinkamen, dass Irland sie alle mit offenen Armen aufnahm.

Aber als ihn drei lange Jahre später der Anruf erreichte, hatte er das Interesse an dem Projekt verloren. Seine Arbeit war Schrott, es war Zeit auszusteigen. Im letzten Jahr hatte er Wladimir Damien – sein Bruder nannte den Jungen WD – nur zweimal gesehen, und Stalo murmelte aufgebracht etwas von einer Rückkehr nach Russland. Soll sie doch gehen, dachte er manchmal.

Ray beobachtete den jungen Mann. Replay. Keane schoss das Tor. Der junge Mann gähnte nicht mal. Aber im Grunde war es Ray inzwischen egal. Er hatte seine Ergebnisse schon vor Monaten zusammengeschrieben, jetzt brauchte er nur noch die Zahlen aufzurunden und die Belege auszuwählen. Als einziges ehrliches Ergebnis konnte er – natürlich nicht in der offiziellen Version – nur präsentieren, dass Frauen nicht auf Robbie Keane standen, es aber toll fanden, wie er seine Tore feierte. Und das nach drei Jahren Arbeit!

Seine Mutter klopfte und betrat den Schuppen.

– Sie werden am Telefon verlangt, Herr Doktor, sagte sie.

Er hätte sie umbringen können. Sie drückte ihm das schnurlose Telefon in die Hand, und er ging in den Garten, wo er nach ihren Fuchsien trat.

– Ja?

– Mr. Brady?

– Ja.

– Darf ich Sie mit dem Minister für Kunst und Ethnizität verbinden?

– Ja, sagte er, noch ehe er die Frage ganz mitgekriegt hatte.

Seine Mutter war neben ihm stehengeblieben.

– Wäre das dann alles, Herr Doktor?

Er antwortete nicht, verschwand schleunigst in seinem Schuppen und machte die Tür zu.

2 Der Minister

Ein großer Mann in einem großen Anzug und einem Lächeln, das auch groß war, aber nicht herzlich. So lächelt einer, der womöglich ein Schießeisen oder ein Brotmesser in einem der großen Ärmel versteckt hat.

Ray wünschte sich weit weg. Aber er war ja gerade erst gekommen, er spürte den Händedruck des Ministers noch bis in die Schulter. Jetzt saß er fest. Macht nichts, dachte er, denn er war auch neugierig und ein bisschen aufgeregt.

– Tja, sagte der Minister für Kunst und Ethnizität.

Ray trug den Anzug, in dem er zur Abschlussprüfung ange-
treten war. Er kam ihm ein bisschen eng vor, aber wahrscheinlich lag das nur an dem formellen Anlass. Das Enge-
gefühl kam aus ihm selbst, nicht vom Anzug.

– Ich höre große Dinge über Sie, sagte der Minister.

Es war ein riesiger Raum, fast ein Saal, Drucke von Jack B.
Yeats an der Wand, eine gerahmte maschinengeschriebene
Seite des *Ulysses* mit den Korrekturen des Schriftstellers
hinter dem Minister, ein Foto mit Autogramm von Ronan
Keating – noch ohne Glatze – auf der anderen Seite. Die
Unabhängigkeitserklärung, eine goldene Schallplatte von
U2 – noch vor der Trennung –, jede Menge Hingucker.

– Und ich glaube, dass Sie der Richtige für den Job wären,
sagte der Minister.

Jetzt, fand Ray, musste er wohl den Mund aufmachen.

– Für welchen Job?

– Sie kommen gleich zur Sache, das gefällt mir. Bravo! Vier-
zigtausend im Jahr und Benzingeld.

– Welchen Job? fragte Ray.

– Gute Frage.

Der Minister lehnte sich zurück, besann sich und beugte
sich vor.

– Ich will ganz offen reden, Raymond. Vor einer Woche war
ich Minister für Kunst und Tourismus. Die Kunst stand in
der Stellenbeschreibung an erster Stelle, aber Tourismus
lag mir mehr. Kunst ist ja schön und gut, aber zum großen
Teil doch ein Riesengelaber.

Er lehnte sich zurück. Damit, dachte Ray, ist das mit der
Offenheit abgehakt. Der Minister richtete sich wieder auf.

– Betrieben von Oberlaberbacken, sagte er.

Auch das gehörte offenbar noch zum Thema Offenherzigkeit. Ray überlegte, ob von ihm auch was in der Richtung erwartet wurde.

– Ich war noch nie im Abbey Theater, sagte er.

Gelogen.

Der Minister zwinkerte Ray zu.

– Wir sprechen die gleiche Sprache, sagte er. – Kann ich Ihnen was anbieten, ein Getränk, ein Sandwich oder so …

– Nein, danke, sagte Ray.

– Auch gut. Letzte Woche hatten wir dann die Kabinettsumbildung, Sie wissen ja, wie so was läuft, zwei Mann rein, zwei Mann raus, eine Frau auf die seitliche Arabeske gesetzt. Und ich …

Er zuckte die Schultern.

– Ich erwähne so nebenbei – nur so aus Spaß natürlich –, dass man doch eine Mauer um Offaly ziehen und es Inzuchtland nennen könnte, und schon nimmt mir der Premierminister den Tourismus weg. Und ich sitze mit der Kunst und dieser neuen Sache da. Wissen Sie, was Ethnizität bedeutet?

– Ja, sagte Ray.

– Hätte ich mir denken können. Und ich weiß es auch. Seit Donnerstag.

Er schlug auf das Collins-Wörterbuch, das auf seinem Schreibtisch lag.

– Ethnisch. Einer rassisch, religiös und sprachlich einheitlichen Volksgruppe angehörend, abgeleitet von dem griechischen *ethnos*. Ich brauche etwas nur einmal zu lesen, dann sitzt es für immer. Hier, ich zeig's Ihnen.

Er schlug das Wörterbuch auf, guckte rasch hinein, klappte es wieder zu und schob es Ray hin.

– Seite 540.

Ray fand die Seite.

– Fragen Sie mich was, sagte der Minister.

– Organza? sagte Ray.

– Ein dünner steifer Stoff aus Seide, Baumwolle oder Synthetik, Ursprung des Namens unbekannt.

– Orgasmus?

– Jetzt kommen wir der Sache schon näher. Die intensivste Erfahrung von Lust und Erregung während des Geschlechtsakts, vom griechischen *orgasmos*. Da staunen Sie, was?

– Ja, sagte Ray.

– Kann man manchmal gut gebrauchen. Noch Fragen?

– Nun, warum gibt es für Ethnizität jetzt ein eigenes Ministerium? fragte Ray.

– Scheißeuropa, sagte der Minister.

– Wie bitte?

– Linksruck, sagte der Minister. – In Spanien, Deutschland, Polen, überall. Sogar hier. Dieser Haufen von den Defiant Democrats …

Es war die Zeit der großen Koalition. Die Defiant Democrats waren Labour und der Rest der Fine Gael. Sie hatten sich gegen die Fianna Fáil zusammengeschlossen, schließlich aber die Macht mit ihnen geteilt und standen jetzt einer Opposition von zweiundachtzig Independents gegenüber.

– Verfluchte Jammerlappen, sagte der Minister. – Haben plötzlich was gegen das Schlagwort von der Festung Europa, können nachts deswegen nicht mehr schlafen. Und das bedeutet: Die Mauern fallen.

Der Minister lehnte sich zurück.

– Meine Fresse, Raymond, sagte er. – Kommt für uns natürlich nicht in Frage, aber …

Er richtete sich wieder auf.

– Das bleibt unter uns?

Er lächelte und sah gleichzeitig Ray scharf an.

– Ja, natürlich, sagte Ray.

– Bestens. Wir sagen es keinem, vor allem nicht den Jüngelchen mit den Jesuslatschen auf der anderen Seite vom Kabinettstisch. Nein, wir spielen mit. Die Mauern müssen fallen, sagt Brüssel. Schon richtig, aber …

Er lehnte sich wieder zurück.

– Und das wäre Ihr Job, Raymond.

Er wartete.

– Ja? fragte Ray.

– Dafür zu sorgen, dass es schwerer wird, Ire zu werden.

– Verstehe, sagte Ray.

– Wobei, sagte der Minister, es so aussehen muss, als ob es leichter wird.

3 Sanfter Regen

Ray Brady saß in seinem Büro. Wie jeden Dienstag. Die eigentliche Arbeit machte er in dem Schuppen im Garten seiner Eltern, aber er war jetzt Mitarbeiter des Ministeriums für Kunst und Ethnizität, das vor ein paar Jahren in großen Teilen nach Castletimoney verlegt worden war, einem Kaff im Wahlkreis des vorigen Ministers, und dahin musste Ray nun einmal in der Woche fahren, bis das Ministerium in das Gebiet des jetzigen Ministers umziehen konnte, das näher an Dublin lag.

Castletimoney hatte zwei Pubs, ein Denkmal, einen Spar-Supermarkt, der bis zehn geöffnet war, und den viertgrößten Lapdance-Klub des Landes, die Creamery: IN DIESEM BETRIEB NUR ORIGINAL IRISCHES PERSONAL

verkündete das Schild über der Tür. WIR AKZEPTIEREN
ALLE SCHECKS AUS DEM AGRARAUSGLEICH las Ray,
wenn er aus dem Fenster sah.

– Sie machen gute Suppen und Sandwiches, sagte der
Mann jenseits der Trennwand.

Als Büro hatte Ray ein Drittel eines nicht mehr benötig-
ten Schulcontainers. Er hatte einen Tisch beantragt, aber
vorerst hatte er nur ein Pult und einen Stuhl aus der Vor-
schulklasse, die jetzt eine Ecke weiter in der neuen Schule
untergebracht war.

– Die Rassenfrage müssen Sie ein bisschen vorsichtig angehen, hatte der Minister gesagt. – Aufgrund der Hautfarbe
jemandem die Tür zu weisen – das geht nicht. In allem anderen haben Sie freie Hand.

Ray war müde. Er war seit vier Uhr auf und hatte seit Vier-
tel nach vier im Auto – dem Audi seiner Mutter – gesessen.
Bisher hatte er fünf Wörter aufgeschrieben. Geschichte,
Geographie, Religion, Essen und Fußball. Er nahm seinen
Kugelschreiber und strich Geographie und Essen, sah noch
einmal auf das Blatt und die drei darauf überlebenden
Worte, dann warf er es in den Papierkorb.

Wie misst man Irischsein? Die Frage verfolgte ihn mittlerweile bis in den Schlaf. Vielleicht mit einem guten Quiz?
Wer hat die Schlacht am Boyne verloren? Welches Fleisch
gehört in einen irischen Coddle? Wie heißt die kleine Pazi-
fikinsel, mit der Roy Keane seine Probleme hatte, ehe er
den Fußball aufgab und den Posten bei den Vereinten Na-
tionen antrat?

– Saipan, sagte der Typ auf der anderen Seite der Trennwand.

Ray machte sich über sein Chicken-Tikka-Sandwich her,
während eine echte Irin aus dem Hinterland von Krakau

neben seiner Minestrone stehen blieb und wartete, ob er sein Wechselgeld einstecken oder liegen lassen würde.

Antworten konnte man auswendig lernen, das war der Haken an jedem Quiz.

– Wie heißt die Hauptstadt von Nigeria, fragte er den Typ jenseits der Trennwand.

– Lagos, glaube ich.

Stimmt, dachte Ray, aber deshalb ist er noch lange kein Nigerianer. Nein, mit einem herkömmlichen Quiz kam er nicht weiter. Ein Nigerianer konnte Irlandexperte werden, ohne Nigeria zu verlassen, er konnte zu einem quizperfekten Iren werden, noch ehe er seine Koffer gepackt hatte.

Da musste etwas Komplizierteres her.

– Kann ich dich was fragen? wandte Ray sich an die original irische Lapdancerin.

Er musste schreien, Drums und Bässe brachten seine Suppe zum Zittern. Sie stellte eine Gegenfrage.

– Wie viel?

– Was?

– Ich antworte, wie viel du zahlen?

Donnerwetter, dachte Ray, die ist echt in Irland angekommen. Er legte fünf Euro auf die Theke.

– Wer hat Brian Boru ermordet? schrie er.

– Vielleicht Brodar, schrie sie zurück. – Aber ein Däne war's, einer von sechs oder sieben.

Sie war plötzlich verschwunden, und auch der Fünfer und die Suppenschale waren weg. Damit war klar: Ein irisches Quiz konnte er vergessen, die Antworten kannte jeder.

– Bis nächste Woche, sagte er zu dem Typ jenseits der Trennwand.

– Man kann nie wissen, sagte der Typ und griff sich das, was

Ray von seinem Essen übrig gelassen hatte, ehe die Lapdancerin es sich schnappen konnte.

Aus Rays Sicht war U2 schuld. Auf der Heimfahrt quer durchs Land sah er in die graue Leere, aus der sanfter Regen fiel, und überlegte, warum zum Henker sich jemand für diese Müllkippe interessierte, geschweige denn den Wunsch hatte, hier zu leben. Jeder Mann und jede Frau auf diesem Planeten war ein verdammter Fachmann in Sachen Irland, um so schnell wie möglich Staatsbürger dieses Landes zu werden. Stalin, seine Ex, hatte einen ganzen Rucksack voll nützlicher Informationen mitgebracht. James Joyce hat hier gewohnt, The Edge hat da gelacht – jede Bus- und Stadtbahnfahrt war eine Qual gewesen –, auch wenn er das alles verdammt sexy gefunden hatte damals: die russische Stimme, den schönen langen Finger, der an die Scheibe tippte.

– Bren-dan Be-han, 1923 bis 1964, hat genau hier Guinness und Whiiiskey getrrrunken und gekotzt …

Er sehnte sich nach jener Zeit zurück, und er sehnte sich nach Stalin. Aber jetzt war er Beamter, an Fahrten mit öffentlichen Verkehrsmitteln war nicht zu denken, und mit Stalin hatte er es verdorben. Deshalb fuhr er jetzt zurück in seinen Schuppen. Und würde nicht wieder rauskommen, bis er sich einen Test hatte einfallen lassen, mit dessen Hilfe er diese miese Tucke wieder nach Russland zurückschicken konnte.

4 Der Fáilte-Test

Er verschanzte sich in seinem Labor und verließ es nur zum Essen und Austreten. Bei diesen Gelegenheiten stürzte sich unweigerlich seine Mutter auf ihn.

– Kommst du voran?

Ray vertilgte das fünfte Weetabix. Er war seit siebzehn Stunden zum ersten Mal wieder an der frischen Luft.

– Nein. Oder doch, etwas schon.

Er schob die Schüssel beiseite und machte sich über den Toast her.

– Erinnerst du dich noch an das Video von *Riverdance*, das ich dir vor ein paar Jahren zu Weihnachten geschenkt hab?

– Natürlich, sagte seine Mutter. – Es ist phantastisch.

– Kann ich es mir ausleihen?

– Aber ja.

– Und deine CD von den Irish Tenors, sagte Ray. – Und die Celtic Tenors und die Donegal Tenors und *Faith of our Fathers* und die Hundertjahrfeier der Gaelic Athletic Assosciation und *Best of Eurovision*, und die Papstmesse in Galway und die Four Kerry Tenors und das Kochbuch von dieser Darina Allen und *The Commitments*.

– Hol ich dir gleich, sagte seine Mutter.

– Gut, sagte Ray.

Am nächsten Tag wagte er sich nachmittags wieder aus seinem Schuppen und plünderte das Zimmer seines Bruders. Da war das Haus leer gewesen, aber abends kriegte seine Mutter Wind von der Sache.

– Hast du mein Album von den Chemotherapy Virgins weggenommen? fragte Rays Bruder sie.

– Nein, sagte sie.

– So'n Scheiß.

Chemotherapy Virgins waren eine Band aus Westdublin, und das Album, *Burn the Red Cow Too*, war ihr zweites. Dass es verschwunden war, fand Rays Bruder ärgerlich, aber er vermisste noch etwas anderes, und als er das entdeckte, wurde ihm ausgesprochen mulmig. 2005 blühte die Porno-Industrie in Irland, und auch Rays Bruder war seit neuestem dankbarer Abnehmer.

Er hämmerte gegen die Schuppentür.

– Gib mir mein Video zurück!

– Was für ein Video? rief Ray von innen.

– Das weißt du ganz genau.

– Meinst du *Anal Nation*, *Once Again*, mit Shamrock Chambers?

– Nicht so laut.

– Produziert von Green Pussy Productions in Ballinasloe, meinst du das?

– Nicht so *laut!*

– Bedaure, hab ich nicht gesehen. Und jetzt schwirr ab.

Die Tür ging auf.

– Oder nein, komm rein.

Ray hatte sich seit Tagen nicht mehr rasiert oder gewaschen und seit Wochen nichts Frisches mehr gegessen. Auf seinem Hals blühten die Pickel, und ein Prachtexemplar glühte auf seiner Stirn wie ein Leuchtfeuer. Er hatte Kaffee auf seinem T-Shirt verschüttet, und auf seiner Schulter war ein Blutfleck. Sein Bruder hatte Angst reinzugehen, aber noch mehr Angst, sich zu weigern.

– Jetzt setz dich, sagte Ray.

– Was ist mit meinem Video? fragte Rays Bruder.

– Lass das mal meine Sorge sein. – Komm, ich schnalle dich mal kurz an.

Rays Bruder war der erste Ire, dessen Irischsein der Länge

und Breite nach mit Rays neuen Testmethoden vermessen wurde. Und er fiel durch.

– Soll das heißen, dass ich kein Ire bin?

– So ist es, tut mir leid. Du hast nur neunzehn Prozent. Genaugenommen bist du klinisch tot. Du hast nicht mal auf die Pornos reagiert.

– Die gingen zu schnell.

– Sagen sie alle, meinte Ray.

Aber wahrscheinlich hatte sein Bruder recht. Er ließ die Bilder etwas langsamer laufen und probierte sie an seiner Mutter aus. Er schnallte sie vor dem Monitor auf den Stuhl.

– Nichts sagen. Nur hinschauen.

– Ich sag kein Wort, versprach sie.

Sie hielt sich daran, aber es brachte sie fast um, besonders als Michael Flatley über den Bildschirm hüpfte, gefolgt von Packie Bonner und ein paar Einstellungen von Shamrock Chambers.

– Nicht schlecht, sagte Ray. – 38 Prozent. Wir kommen der Sache schon näher.

– Darf ich jetzt was sagen, Raymond?

– Klar.

– Das war sehr hübsch. Wie Fernsehwerbung. Nur das zum Schluss, das mit dem Po von dem Mädchen, war nicht sehr fein.

Und auch damit hatte sie recht. Er überprüfte die Ergebnisse. Ein bisschen länger auf Shamrocks Hintern geguckt – und das Ergebnis seines Bruders wäre auf über 40 Prozent gestiegen. Und hätte seine Mutter gar nicht hingeguckt, wäre ihr Ergebnis weit über dieser Marke geblieben. Jedem das Seine. Jedes Mal ein anderer Test, versteckt in dem einen amtlichen – das war die Lösung. Er konnte alle Varianten auf eine CD brennen. Der Fáilte-Test. Erfolg und

Scheitern vorbestimmt. Herzlich willkommen – oder verpiss dich. Und niemand würde es wissen. Außer Ray und dem Minister.

Ray machte die Schuppentür auf und probierte, wie frische Luft schmeckte. Gar nicht übel. Auf dem Weg zur Küche gönnte er sich noch einen Nachschlag. Er würde ein paar Stunden schlafen, sich rasieren, duschen und mit dem Fáilte-Test in der Tasche zum Minister gehen. Vielleicht würde er aufs Schlafen auch verzichten. Er sah auf die Uhr. Halb neun. Er machte die Tür auf.

Das erste, was er sah, waren seine Mutter und das Kind auf ihrem Schoß. Dann das Gesicht seiner Mutter und wieder das Kind. Sein Sohn. Größer, aber eindeutig seiner. Und wieder das Gesicht seiner Mutter. Weiß, schlaff, verbraucht. Und Stalin. Die neben seiner Mutter saß. Verlegen, trotzig. Bildhübsch.

– Raymond, stöhnte seine Mutter, diese junge Dame hat mir gerade eröffnet, dass der Kleine da mein Enkel ist.

– Ach wirklich? sagte Ray.

5 Der Minister II

Ray nahm sich vor, die Beine übereinanderzuschlagen. In letzter Zeit hatte er sich angewöhnt, sie um die Stuhlbeine zu schlingen. Wie ein Idiot. Ein sabbernder Trottel.

Er hob das linke Bein und legte es auf das rechte. Gutes Timing. Eine gezielte Pause.

– Also, sagte er und ließ den Hosenstoff an seinem linken Knie los. – Bestimmte Merkmale des Individuums decken sich mit denen anderer Mitglieder der ethnischen Gruppe. Kulturelle Elemente, die Sprache beispielsweise. Und eine

Bindung an ein bestimmtes Territorium, nämlich Irland. Ich habe deshalb …

– Schönes Veilchen haben Sie da, Raymond, sagte der Minister.

– Ja, sagte Ray.

– Wer war's denn?

– Eine Frau, sagte Ray.

– Aha.

– Russin.

– Aha. Nahkampf nix gutt, was?

– Könnte man so sagen.

– Donnerwetter.

Genaugenommen waren an Rays blauem Auge seine Beine schuld. Die er in der Küche um die Stuhlbeine gewickelt hatte. Stalin hatte seine Haare gepackt, er hatte das Gleichgewicht verloren und war mit dem Gesicht auf den Küchenboden geknallt. Aasig weh hatte das getan. Dann hatte sie ihm noch einen Tritt gegen den Kopf gegeben. Aber das Schlimmste war das Auge. Und das Gesicht von seiner Mutter, als er sich von den Stuhlbeinen befreit hatte und aufgestanden war. Seine Mammy. Von nun an war er obdachlos.

– Nur weiter, sagte der Minister. – Wollte Sie nicht unterbrechen.

– Kein Problem, sagte Ray.

– Hab mir nur Gedanken gemacht.

– Danke, sagte Ray. – Alles in Ordnung.

– Gut.

– Also, sagte Ray.

Also – in der Küche war er ganz cool gewesen. Nett zu Stalin. Dem Jungen den Kopf getätschelt.

– Wie geht's, kleiner Mann?

Zugelächelt hatte er dem Jungen, der da so zutraulich auf

dem Schoß seiner Mutter saß. Seinen Kaffee hatte er sich selber gemacht, die Milch aus dem Kühlschrank genommen. Und dabei nicht gezittert. So gut wie nicht.

Er setzte sich. Mit dem Rücken zum Tisch und zu seiner Mutter, Stalin gegenüber. Eine Superfrau eigentlich. Wie sie ihn ansah, mit großen Augen, die Hände im Schoß. Ihre Haare, ihre Lippen.

Er lächelte ihr zu. Und da machte seine Mutter wieder den Mund auf.

– Raymond, bist du der Vater dieses Kindes?

Stalin deutete sein Lächeln als fies, als Ablehnung, und die Hände lagen nicht mehr im Schoß, sondern waren in seinem Haar, zogen und zerrten, er kippte vornüber, weil er die Beine nicht bewegen konnte, und fiel, streckte die Hände aus, um den Sturz abzufangen, und sein Auge knallte auf die Kaffeetasse. Gott, dieser Schmerz. Und der Kleine lachte. Sein Sohn.

– Nein, sagte Ray. – Bin ich nicht.

Und Stalin trat ihm gegen den Kopf.

– Okay, okay, sagte Ray. – Schön, ich bin's. Himmel noch mal.

Das Gesicht seiner Mutter, als er aufstand …

– Ich gebe mir die Schuld, sagte sie.

Der Minister saß vor dem Bildschirm, angeschnallt und nach allen Regeln der Kunst verkabelt.

– Wird mir das Spaß machen, Raymond? fragte er.

– Teilweise, sagte Ray.

Er drückte auf Start: Das Beste und das Schlimmste aus Irland, ein Zickzack aus grünen Hügeln und nackten Ärschen, Fiedeln und Feedback. Ray verfolgte den schwankenden Punktestand des Ministers. ›The Fields of Athenry‹ katapultierte ihn in die Achtziger, ein kurzer Schuss Joe

Duffy brachte ihn wieder runter. Bei *The Riordans* erholte er sich, und die Chemotherapy Virgins traten dem Probanden kräftig in die Eier. Fünf Minuten später fiel er unter die Vierzig-Prozent-Marke – ›Teenage Kicks‹, *Disco Pigs* –, aber ein Pornostar-Hintern brachte ihn mehr schlecht als recht über die Ziellinie.

– War das Shamrock Chambers? fragte er.

– Genau.

– Mit ihrer Mutter bin ich zur Schule gegangen. Wie war ich?

– 57 Prozent.

– Was? Nur 'ne Drei minus?

– Perfekt, sagte Ray.

– Ich habe ihn verwöhnt, sagte seine Mutter zu Stalin.

– Ja.

– Es ist also nur meine Schuld, sagte seine Mutter.

– Na ja. Aber seine auch. Sie guckte Ray an.

– Also, sagte Ray. – Wie geht's dir, Alte?

– Jetzt viel besserrr.

Und sie schlug wieder zu.

– Bravo, sagte seine Mutter. – Das würde ich auch gern noch können.

Ray erklärte es dem Minister.

– Ihre Reaktion auf ein Bild oder ein Geräusch kann Sie zu Bildern oder Geräuschen führen, die Ihren Punktestand positiv oder negativ beeinflussen.

– Ja so …

– Je nachdem, ob *wir* wollen, dass er positiv oder negativ ist.

– Und das merkt keiner?

– Nur die Auserwählten, sagte Ray. – Ist alles im Programm berücksichtigt.

– Bravo. Und was ist der Durchschnitt?

Ray zuckte die Schultern. – 57 Prozent.

– Mein Ergebnis, sagte der Minister. – Demnach wäre ich der Durchschnittsire?

Ray zuckte wieder die Schultern. – Wie finden Sie das?

– Nicht schlecht, sagte der Minister. Er blinzelte. – Es ehrt mich. Mittelmaß war für mich immer gut genug.

Ray holte seine Beine hinter den Stuhlbeinen hervor. Jetzt oder nie.

– Ich brauche ein Dach über dem Kopf, sagte er.

6 Huhn marokkanisch

Das Haus war erstaunlich klein.

– Wohlverstanden, sagte der Minister, es ist nur eins von vielen, Raymond. Wir haben das große Haus zum Drinwohnen, dazu das hier, ein kleines in Spanien und noch ein paar Wohnungen hier und da. Diese Verantwortung würden Sie nicht haben wollen, was, Raymond?

– Nein, sagte Ray.

– Eben, sagte der Minister.

Die Haustür war direkt an der Straße. Der Minister klingelte.

– Ich habe einen Schlüssel, sagte er. – Aber ich finde es netter, wenn mir aufgemacht wird. Ein schöner Tagesausklang.

– Cool, sagte Ray.

Der Minister trat zurück und sah an dem Haus hoch.

– Sie würden nie erraten, dass dies das Haus des neunzehntmächtigsten Mannes im Land ist, Raymond, stimmt's?

– Stimmt, sagte Ray.

– Eben, sagte der Minister. – Ein ganz bescheidenes Heim.

– Ja, sagte Ray.

– So mag ich es, sagte der Minister, und die Tür ging auf. –
Und hier ist die Frau Minister.

Eine hübsche, lächelnde Frau. Und total breit, bemerkte
Ray, als sie die Hand ausstreckte und seine verfehlte.

– Kommt raus aus der Kälte, sagte sie.

Es war Juli.

– Hereinspaziert, nur keine Hemmungen.

Ray folgte dem Minister durch die schmale Diele, und die
Frau des Ministers war hinter ihm. Dicht hinter ihm – ihr
Fuß stieß hinten an seinen Schuh. Er blieb stehen, sie
prallte auf ihn, und ihre Hände lagen auf seinen Hüften.

– Hoppla, sagte sie und ließ ihn lachend los. – Nur rein in
die gute Stube.

Als Ray an der Küchentür war, beugte sich der Minister gerade über den Herd, und er spürte ihre Hand auf seinem Hintern. Der Moment war vorüber und sie ging an ihm vorbei.

– Riecht das nicht lecker? sagte der Minister.

Er stellte ein Backblech auf den Tisch. Es war eine hübsche Küche, viel Holz und eine tickende Uhr.

– Setzen Sie sich, sagte der Minister und streifte die Ofen-
handschuhe ab. – Und sagen Sie mir, wie Ihnen mein ma-
rokkanisches Huhn mit Kichererbsen schmeckt.

– Er ist der Küchenchef, sagte Frau Minister.

– Ganz genau, sagte der Minister. – Wie im *Haus am Eaton
Place* – die da oben, wir da unten. Unten bin ich. Und raten
Sie mal, wo dann die Lady hier ist.

Sie lachten beide und setzten sich. Sie klopfte auf einen
Stuhl neben sich. Ray setzte sich.

Das Essen war toll, das Huhn zerging auf der Zunge.

– Traumhaft.

– Ja, sagte der Minister. – Aber wie würde es bei unserem
Fáilte-Test abschneiden, Raymond?

– Keine Ahnung.

– Dass wir uns recht verstehen, sagte der Minister. – Das Huhn ist aus Monaghan, nur die Kichererbsen werden eingeflogen.

Er schob den Stuhl zurück.

– Ist Raymonds Zimmer fertig?

– Aber ja. So richtig schön gemütlich, sagte Frau Minister und zwinkerte Ray zu. Der Minister stand auf.

– Dann wollen wir mal.

Ray entknotete seine Beine. Das Essen war gut gewesen, aber er hatte plötzlich das sichere Gefühl, dass Herr und Frau Minister etwas mit ihm vorhatten. Das Huhn kam ihm wieder hoch und die Kichererbsen gleich mit.

Aber der Minister nahm die Wagenschlüssel von einem Haken. Und der Frau Minister waren die Augen zugefallen, ihr Kopf pendelte über dem Teller. Ray musste nun doch nicht spucken. Wenn er sich an mir vergreift, dachte er, erpresse ich den Mistkerl.

– Ich bin nie fremdgegangen, sagte der Minister zu Ray.

Sie saßen in einem Audi-Zweitürer, der vor dem Haus des Ministers gestanden hatte. Sie waren über den Fluss und die O'Connell Street hochgefahren, vorbei an dem, was vom Spike übriggeblieben war, aber hier kannte Ray sich jetzt nicht mehr aus.

– Frauen, sagte der Minister, finden einen Mann wie mich attraktiv. Lohnende Beute. Er gab Ray einen Klaps auf den Schenkel.

– Kein einziges Mal. Ich liebe meine Frau, Raymond. Bete den Boden an, den ihr Fuß berührt. Männer haben oft Hemmungen, über diese Dinge zu reden. Wie ist das bei Ihnen, Raymond?

– Es ist cool.

– Was ist cool?

– Darüber zu reden.

– Worüber, Raymond?

– Liebe und so.

Der Minister ging vom Gas und parkte. Ray hatte keine Ahnung, wo sie waren. Eine alte, schmale Straße mit heruntergekommenen Häusern.

Der Minister drückte Raymond ein Schlüsselbund in die Hand.

– Sie kommt jeden Freitag kassieren. Legen Sie's auf den Tisch, wenn Sie nicht zu Hause sind.

– Was?

– Das Geld für die Miete. Die kassiert meine Frau.

Raymond sah aus dem Wagenfenster.

– Nummer dreizehn, Raymond. Ihr Zimmer ist im zweiten Stock. Wird Ihnen gefallen. Ab mit Ihnen.

In der Diele mischten sich Gerüche und Geräusche. Eintopf, eine Windel, Gelächter, Husten. Ein Fahrrad an der Wand. Ein uralter Staubsauger. Ein Kinderwagen. Er stieg die Treppe hoch. Musik, die er nicht erkannte. Eine Frau, die sang. Wieder Gelächter. Ein schreiendes Baby. An den Wänden blätterten die Tapeten ab, aber nicht sehr.

Er fand seine Tür und schloss auf.

Er machte Licht.

Im Bett richtete sich ein Schwarzer auf.

– Pardon, sagte Ray.

Er ging raus und machte die Tür zu. Hinter ihm ging eine Tür auf. Er drehte sich um.

– Hi, sagte Ray.

Vor ihm stand Stalin.

7 Ein Brot namens Old Mister Brennan

– Hi, sagte Ray.

Der Junge guckte zwischen Stalins Beinen hindurch Ray an, Stalin guckte Rays Reisetasche an. Er wollte ihr die Wahrheit sagen. Er habe nicht geahnt, dass sie hier wohnte, er habe gedacht, das Zimmer nebenan sei seins, aber da habe ein langer Schwarzer im Bett gelegen, da sei er wieder rausgegangen, genau in dem Augenblick, als sie aus ihrem Zimmer gekommen war. Er wollte ihr die Wahrheit sagen.

Aber dann besann er sich. Er hatte ihr Gesicht gesehen, als sie die Reisetasche anguckte. Sollte sie sich ihre eigene Wahrheit zusammenreimen.

– Du bist zu uns zurückgekommen, sagte sie.

– Ja, sagte Ray.

– Verpiss dich, sagte Stalin.

Sie nahm den Jungen bei der Hand und drängte sich an Ray vorbei die enge Treppe runter. Und Ray stand noch immer da, als sie mit Brot und einem Karton Milch zurückkamen. Dem Jungen steckte ein Lutscher im Mund.

– Was für ein Geschmack? fragte Ray.

– Verpiss dich, sagte Stalin.

– So solltest du nicht vor dem Jungen reden, sagte Ray.

Da zog sie ihm das Old Mr. Brennan über den Kopf. Das Brot war frisch und tat nicht weh.

– Von dir lass ich mir noch lange keine Vorschriften machen, sagte sie und schlug mit dem Karton zu. Die Milch war auch frisch, aber sie erwischte sein Ohr, und es brannte wie die Hölle. Ray stand da und ließ sich verhauen. Er hatte eine Entscheidung getroffen. Stalin machte die Tür zu.

Ray blieb eine ganze Weile stehen, wo er stand. Unter ihm

gingen Türen auf und zu. Die Songs wechselten. Ein Kessel pfiff und verstummte. Er würde nicht wanken noch weichen, sie sollte sehen, dass es ihm ernst war. Er sah auf die Uhr. Gleich Mitternacht. Keine Musik mehr, keine neuen Gerüche. Es war sehr dunkel. Er ging näher an die Tür ran. Er horchte. Nichts. Wahrscheinlich schliefen sie.

Er war müde und fror. In acht, neun Stunden würde sie aufstehen. Und würde ihn sehen und seine Entschlossenheit. Seine Reue. Seine Liebe.

Die Haustür ging auf. Stimmen. Männer. Russen. Auf der Treppe. Sie kamen näher.

– Mist, sagte Ray.

Er kramte die Schlüssel hervor.

Der Schwarze lag noch im Bett.

– Lass dich nicht stören, sagte Ray.

Er machte die Tür zu. Der Schwarze streckte sich wieder aus und zog sich die Decke über den Kopf. Ray legte ein Ohr an die Tür.

Die Russen waren jetzt vor Stalins Tür. Er hörte sie trommeln und stoßen. Geflüster.

Die Tür ging auf und zu. Irgendwas fiel hin. Irgendwer weinte.

Der Kleine.

– Was hast du gemacht, Raymond? fragte der Minister.

– Die Tür eingetreten.

– Sehr gut, sagte der Minister. – Situation gerettet.

In Wirklichkeit hatte Ray den Schwarzen gebeten, für ihn die Tür einzutreten.

– Ey, hallo, sagte er. – Hallo?

Der Kopf kam unter der Decke vor.

– Hallo.

– Könntest du mir mal helfen? fragte Ray. – Da draußen

146

sind zwei russische Gangster, die schlagen meine Frau und mein Kind zusammen.

Der Schwarze stieg aus dem Bett – T-Shirt, Boxershorts, schwarze Socken. Ray folgte ihm auf den Gang. Der Schwarze klopfte an Stalins Tür.

Stalin machte auf.

– Darja Alexandrowna, sagte der Schwarze. – Guten Abend. Dieser Herr hier…

Ray hatte sich hinter die Tür verzogen.

– … teilt mir mit, dass er Ihr Mann ist, und dass Ihre Brüder Sie und Wladimir überfallen haben.

Der Minister inspizierte Rays blaues Auge.

– Sieht ja noch schlimmer aus als das andere, sagte er.

– Genau.

– Wollen Sie jetzt umziehen?

– Nein.

Sie hatte es nicht absichtlich gemacht, bestimmt nicht. Sie warf sich gegen die Tür, aber sie konnte nicht wissen, dass Ray direkt dahinter war. Das Sicherheitsschloss traf sein Auge, und für eine Weile – es kam ihm vor wie eine Stunde – lag er auf dem Fußboden, bis der Schwarze zurückkam. Ray machte das andere Auge auf, und da stand er.

– Darja Alexandrowna lädt dich auf eine heiße Schokolade ein, sagte der Schwarze. – Mich auch, aber sie besteht darauf, dass ich erst meine Hose anziehe.

Und das war's. Er ging in ihr Zimmer und setzte sich zu ihren Brüdern – zwei schmächtigen jungen Burschen, die miteinander flüsterten – und Itayi, dem Schwarzen aus Zimbabwe, auf den Fußboden.

– Ist das bei Südafrika? fragte Ray.

– Ja. Und du kommst woher?

– Templeogue.

– Bei Tallaght?

– Ja.

Der Kleine schlief im Bett. Ray sah seine Haare und die Stirn. Er hielt seinen Becher lange Zeit in der Hand, ohne zu trinken, und die Wärme breitete sich in seinem ganzen Körper aus, bis in sein Auge, und es tat nicht mehr weh, als er Stalin anguckte, die im Schneidersitz auf dem einzigen heilen Stuhl saß.

– Also, sagte der Minister. – Heute ist der große Tag, Raymond.

– Ja, sagte Ray.

– Der Fáilte-Test läuft an.

– Ja.

8 Mein kleiner Apparatschik

Zwei Nächte lang war Itayis Fußboden sein Zuhause.

– Das geht aber nicht, sagte der Minister, als Ray ihm gestand, dass er kein Bett hatte.

Und die Frau Minister erschien mit einer Matratze. Ray begegnete ihr auf der Treppe. Sie war auf halbem Wege stehen geblieben, um Luft zu holen.

– Sie ist neu, sagte die Frau Minister.

Sie war noch in Plastik eingeschweißt. Dünn, schmal und – er drückte drauf herum – Schaumstoff.

– Wie du, sagte Stalin, als er es ihr später erzählte.

– Dünn, schmal und nichts als Schaum.

Er lächelte.

– Wissen Sie, was sie mir erzählt hat, fragte der Minister am nächsten Morgen, nachdem er zufrieden festgestellt hatte, wie schön ausgeruht Ray aussah. – Sie hat gedacht, der Afrikaner würde Ihnen das Bett überlassen und auf dem Fußboden schlafen. Guter Witz, was?

– Ja, sagte Ray.

– Sie ist eben ein bisschen von gestern, sagte der Minister.

Ray zuckte die Schultern.

– Wollen wir sie mal ausprobieren? hatte die Frau Minister gefragt, während Ray die Matratze in eine Ecke legte.

– Ähm …

– War doch nur Spaß.

Sie winkte ihm zu, und dann hörte er nur noch ihre Schritte auf der Treppe. Er ließ sich auf die Matratze fallen.

– Sie haben also Ihr Bett, sagte der Minister.

– Ja, sagte Ray.

Genaugenommen hatte er nur die Matratze, aber einen weiteren Besuch der Frau Minister mit einem Bett auf dem Rücken hätte er nicht verkraftet. Zwischen ihm und Stalin war jetzt nur noch eine dünne Wand, damit gab er sich fürs erste zufrieden.

In der ersten Woche des Fáilte-Tests war er jeden Morgen beim Minister.

– Wie läuft's, Raymond?

– Gut, sagte Ray. – Gestern keine Pannen.

– Bestens.

Es hatte Probleme mit den Monitorpads gegeben. Am ersten Tag hatte ein Ghanaer während des Tests die Beine übereinandergeschlagen, was drei Minuten irische Hardcore-Pornos ausgelöst und sein Ergebnis auf 97 Prozent hatte hochschnellen lassen.

– Und jetzt ist er der irischste Ire im ganzen Land.

Damit nicht genug – der Ghanaer hatte sich beschwert, er verlangte eine Entschädigung.

– Typisch irisch, sagte der Minister. – Den behalten wir.

Aber mehr solche Ausrutscher können wir uns nicht leisten, Raymond. Wie ist das Zimmer?

– Cool.

– Und der Afrikaner?

– Cool.

– Zahlen wir Ihnen nicht genug, Raymond?

Ray hätte sich gut was Besseres leisten können, ein Bett mit Beinen, ein eigenes Klo, eine Küche. Er hatte neuerdings Geld auf dem Konto, er hatte zwei Anzüge und einen Autokredit.

Er zuckte die Schultern.

– Mir gefällt's.

– Alles im Dienste der Forschung, sagte der Minister.

– Ja.

– Bravo.

Ein paar Tage später hatte sich alles eingespielt. Nach der Arbeit ging er mit dem Kleinen in den Park zum Fußballspielen. Zuerst taten sie sich schwer damit. Ray kickte den Ball zu dem Jungen, und der stand nur da und guckte den Ball an. Am dritten Abend kickte Wladimir den Ball zurück. Ein aussichtsloser Schuss, ohne Saft und Kraft, aber Ray war zufrieden. Eine letzte Aufwallung elterlicher Zuwendung hob er sich immer für die Treppe auf, da brachte er Wlad dann zum Lachen, kitzelte ihn, schnitt Gesichter. Wenn Stalin die Tür aufmachte, sollte sie sehen, dass Vater und Sohn gut drauf waren. Und danach die heiße Schokolade, jeden Abend, nur sie drei.

Das mit dem Sex war ein Schock gewesen. Er hatte sich langfristig Hoffnungen gemacht, nächste Woche, vielleicht erst in einem Monat. Doch da lagen sie nun auf dem Fußboden und rieben sich aneinander, während Wlad in ihrem Bett schlief. Ray zog den Pullover aus. Er blieb mit dem

Kopf stecken, und sie zog. Er sah zu, wie sie ihre Stiefel aufband. Gott, sie war atemberaubend, und großzügig. Denn er musste zugeben, dass er schon mal besser ausgesehen hatte. Ein Auge blau, das andere gelb, zu dem großen Pickel auf der Stirn hatten sich etliche neue gesellt. Er war an sich schlank, aber unerklärlicherweise hatte er eine kleine Wampe gekriegt.

– Ich denk dran, mich im Fitnessstudio anzumelden.

Sie tätschelte ihm den Bauch.

– Mein kleiner Apparatschik.

Sie lagen auf dem Fußboden, mit einem Schlafsack zugedeckt. Nebenan ließ Itayi Wasser laufen und sang.

– THE PIPES, THE PIPES ARE CALL-ING –

– Ich liebe dich, sagte Ray.

Keine Regung. Kein Entgegenkommen, keine Tränen, die seine Schulter nässten. Nicht weiter schlimm. Er konnte warten. So lange wie nötig. Eine Woche, vielleicht einen Monat. Er konnte warten.

Am Sonntag fuhr er zu seiner Mutter.

– Ich bin wieder mit Darja zusammen.

Sie sah ihn an und wieder weg.

– Mir ist inzwischen alles egal, Raymond, sagte sie.

– Ich denk dran, mich im Fitnessstudio anzumelden, sagte Ray.

An dem Abend schlief er bei Stalin auf dem Fußboden, zusammen mit ihren Brüdern, und war am Montagmorgen zeitig im Büro.

Der Minister war vor ihm da.

– Sehen Sie sich die mal an, Raymond, sagte er.

Er schob Seiten mit Namenslisten über den Schreibtisch.

– Bei den Afrikanern kommen wir gut voran, sagte er. – Aber jetzt wird's höchste Zeit, dass wir uns die Jungs und

Mädels vom Rand unserer europäischen Heimat vornehmen.

Noch ehe der Minister fertig war, hatte Ray ihren Namen entdeckt.

9 Die Toblerone

Ray starrte auf die Fáilte-Liste mit Stalins Namen.

– Das hier ist eine Frau, sagte er. – Und der Kleine ist im Land geboren.

– Dieses Problem haben wir schon vor ein paar Jahren gelöst, Raymond, sagte der Minister. – Die Nationalität des Kindes verhilft seiner Mutter oder seinem Vater nicht automatisch …

Ich bin sein verdammter Vater, dachte Ray.

– … zur Einbürgerung oder einem Aufenthaltsrecht. Das Kind kann gern bleiben oder nach Eireann zurückkommen, wenn es von seiner Mama genug hat.

– Und wenn der Vater Ire ist? fragte Ray.

– Steht das da?

– Nein.

– Na also, sagte der Minister. – Dann machen Sie sich darüber mal keinen Kopf.

Ray sah nicht hoch.

– Schlafen Sie gut zurzeit, Raymond?

– Ja, sagte Ray. – Danke.

– Bestens, sagte der Minister.

– Warum? fragte Stalin abends.

Sie guckte auf die schmelzende Maxi-Toblerone, die Wladimir in der Hand hielt. Obgleich er sie noch kaum angebissen hatte, musste er schon spucken und rennen.

– Er soll sie mit dir teilen, sagte Ray.

Sie sah ihn groß an.

– Warum?

Schlechtes Gewissen, dachte Ray.

– Ich bin sein Papa, sagte er zu Stalin.

Sie nahm Wlad die Schokolade weg und drückte sie Ray in die Hand.

Jetzt war er allein, nebenan, auf Itayis Fußboden. Er kuschelte sich, den Mund voll Toblerone, in die Matratze, als die Tür aufging. Stalin. Er setzte sich auf und versuchte, die Schokolade zu schlucken.

– Ich bin's nur.

Die Frau Minister.

Sie machte Licht und sah, dass Ray dem Tode nah war.

– Hach Gottchen!

Sie lief auf Ray zu. Sie war betrunken und verfehlte ihn. Die Schokolade steckte ihm als fester Block im Schlund, sie wollte nicht schmelzen, er konnte nicht schlucken. Die Frau Minister ließ sich neben ihm auf die Knie fallen und schlug ihm auf den Rücken.

Die Schokolade wurde größer und härter.

Sie gab nicht auf.

Wie von weitem hörte er sich stöhnen. Seine Brust explodierte, er spürte ihre Finger an seinem Mund, ihr Verlobungsring schnitt ihm in die Lippen. Ihm wurde schwarz vor Augen, dann war er wieder da. Ihre Finger waren in seinem Mund. Er wollte sterben.

Luft.

Er wollte sterben.

Luft.

Er machte die Augen auf und sah die Frau Minister über sich, wie sie sich die Finger leckte. Sie zwinkerte ihm zu.

– Willkommen im Land der Lebenden, sagte sie.

Sie beugte sich vor. Er roch Gin und Schokolade.

– Wie wär's mit Mund-zu-Mund-Beatmung?

Ihre Zunge kam auf ihn zu, er arbeitete sich unter der Frau Minister vor, stieß und stemmte mit ungeahnter Kraft. Er stürzte zur Tür, auf den Gang, klopfte bei Stalin.

– Darf ich reinkommen?

Sie besah sich Frau Ministers Fingerabdrücke auf seiner Brust, seinem Schenkel.

– Ah ja, sagte sie. – Zahltag.

Sie trat zurück und ließ ihn ein.

Und wieder war der Sex umwerfend. Wenn er ehrlich war, hätte er, wenn es diese Nacht und diesen Sex nicht gegeben hätte, nicht an dem Fáilte Test herumgepfuscht. Oder vielleicht doch? Mit seiner Ehrlichkeit war das so eine Sache.

Ob wahr oder nicht –

– Unsere Nummer hat gerade den Verlauf der irischen Geschichte geändert, sagte er zu Stalin.

Sie kannte ihn: Er wollte noch mal.

– Jetzt musst du den Verlauf der russischen Geschichte ändern.

Als Stalin zwei Wochen später zu ihrem Fáilte-Test ging, war Ray nicht zu sehen. Sie saß vor einem Bildschirm, über den Behan und Tschechow, Christchurch und der Kreml flimmerten. Es ödete sie an, aber sie erreichte trotzdem 83 Prozent. Sie traf sich mit Ray zum Mittagessen, in einem neuen Lokal in der Trimble Street.

– Wie ist es gelaufen?

Sie gab eine irische Antwort.

– Bestens.

– Cool, sagte Ray.

Er starrte auf seinen Teller.

– Ich hab mir überlegt ..., sagte er und sah auf.

– ... dass wir uns vielleicht was Größeres suchen sollten.

Er sah sie an und wartete.

Sie zuckte die Schultern.

– Okay.

Nachmittags machte Ray vierzehn aufgeregte Ukrainer zu vierzehn glücklichen Iren und Irinnen. Und dann machte die Frau Minister dem mexikanischen Botschafter gegenüber eine Bemerkung. Der Wortlaut ist nicht überliefert, aber in der raschen Kabinettsumbildung, die dem Selbstmord des Bedauernswerten folgte, verlor der Minister das Ressort Kunst und Ethnizität, und Ray verschwand. Die Ethnizität wurde mit dem Marineministerium zusammengelegt, und Ray bezog weiter sein Gehalt und arbeitete für den Fáilte-Test. Als man ihn entdeckte, nachdem die Baubehörde eine Mauer hatte einreißen lassen, hatte Ray über achthunderttausend Afrikanern und Osteuropäern zur irischen Staatsbürgerschaft verholfen. Er hatte vier Kinder und ein Enkelkind, und als Stalin Mitte vierzig war, wurde sie zu Gorbatschow. Immer noch herrisch, immer noch ungestüm, aber viel netter. Ray war glücklich.

Er saß mit seinem Bruder am Fenster und sah zu, wie der Schaum sich setzte. Sie waren im Colin Farrell in der Liffey Street. Es war sein fünfzigster Geburtstag, und seit diesem Nachmittag war er im Ruhestand.

– Guck mal, sagte sein Bruder.

– Was?

– Ein Ire.

Ray guckte hin.

– Wo?

– Da, guck doch, an der Ampel. Der sich den Hintern kratzt.

– Ja, richtig.

– Hab seit Jahren keinen mehr gesehen. Wie kommt das eigentlich, Ray?

– Keine Ahnung, sagte Ray.

Er griff nach seinem Glas. – Cheers.

– Ach so, ja … Cheers.

Black Hoodie

1

Ich habe eine Freundin, die ist Nigerianerin, sozusagen, und wenn wir durch die Läden ziehen, sind uns ständig Leute auf den Fersen. Wir bleiben stehen – die Sicherheitsleute bleiben stehen. Wir fahren eine Rolltreppe hoch – sie sind drei Stufen hinter uns, und oben wartet noch einer. Wir sehen uns was an, einen Schuh zum Beispiel, und sie gucken alle zu, wie wir uns den Schuh ansehen. Und andere Leute – ganz normale Leute – sehen, wie die Sicherheitsleute uns angucken, und sie bleiben stehen und gucken uns an, weil vielleicht gleich was Interessantes passiert. Du bist nie einsam, wenn du mit einer Schwarzen unterwegs bist, oder auch, wenn du nur ein schwarzes Kapuzenhoodie anhast. Irgendwer ist immer hinter dir her – »Weitergehen, weitergehen« – und sorgt dafür, dass du deine tägliche Bewegung kriegst.

Nicht dass ich mich beklage, ich stelle es nur fest. Das ist das erste, was die Polizisten – nicht die Sicherheitsleute, die echten Polizisten – bei ihrer landesweiten Ausbildung lernen: Wie man in hundertachtundsechzig verschiedenen Sprachen »Weitergehen!« sagt. Noch ehe sie raushaben, wie man diese Maxi-Sandwiches isst, ohne sich das ganze Hemd mit Butter zu beschmieren.

Ich hab gesagt, meine Freundin ist Nigerianerin, sozusagen. Das heißt, nicht sozusagen Nigerianerin, sondern sozusagen meine Freundin. Sie ist bildhübsch, und ich muss sagen, dass die Aufmerksamkeit mir guttut. Ehe ich mit ihr gegangen bin, hat keiner groß Notiz von mir genommen. Sozusagen. Jetzt gucken alle, und man sieht ihnen an, was sie denken: *Da geht ein weißer Typ mit einer schwarzen Tussi* – oder so was in der Art. Der weiße Typ bin ich. Besser als nichts. Ich bin unheimlich scharf auf sie. Ich fänd's toll, wenn sie meine Freundin wär – so richtig, meine ich. Mein Dad sagt, ich soll sie doch einfach fragen. Aber ich weiß nicht … So muss er's gemacht haben, vor hundert Jahren ungefähr, und wo ist er gelandet? Bei meiner Ma. Ich weiß nicht recht. Wenn sie nun nein sagt?

Aber so ist es auch ganz schön. Wir sind gute Freunde, wie man so sagt, und das ist in Ordnung, klar. Aber ich würde sie zu gern mal im Arm halten und küssen.

Wie sie heißt, sag ich nicht. Und das bedeutet, dass ich auch nicht sagen kann, wie ich heiße. Denn wie viele nigerianische Mädels gibt es, mit denen ein irischer Durchschnitts-Teenager geht, selbst hier im Wir-lieben-die-Scheißausländer-Multikulti-Dublin? Wenn ich meinen Namen sage, könnte ich genauso gut auch ihren sagen. Und deshalb – nein, lieber nicht.

Wir laufen also durch den Laden, ich und meine nigerianische Freundin, und die Bullen hinterher. Und inzwischen ist unser Freund, der …

Und das ist das nächste Problem. In meiner Geschichte kommt ein Typ vor, der im Rollstuhl sitzt. Wie viele Teenager im Großraum Dublin verbringen ihre Freizeit mit Jungs im Rollstuhl und nigerianischen Frauen?

Unser Freund sitzt im Rollstuhl, aber er braucht ihn nicht.

Er gehört seinem Bruder. Sein Bruder sitzt bei McDonald's und wartet auf uns. Notgedrungen, denn seinen Rollstuhl haben wir. Und den braucht er jetzt. Dringend. Vor ihm steht ein gigantisches Milchshake-Glas ohne Milchshake, den hat er intus, und jetzt ist er am Platzen – der ganze Bauch voll Vanilleschlabber, und das Klo ganz hinten, meilen-, pardon, kilometerweit weg.

Und sein Bruder hat den Rollstuhl. Er ist auch in dem Laden, in dem ich und das Mädchen aus Nigeria sind. Und während die Bullen hinter mir her sind, weil ich (a) mit einer Schwarzen zusammen bin und (b) ein Hoodie trage, klaut er alles, was er greifen kann, weil er (a) im Rollstuhl sitzt und (b) Brille trägt. Und hinter ihm keiner her ist. Im Gegenteil, alle wollen ihm helfen.

Es ist ein Experiment. Marktforschung. Erklär ich später.

Sein Bruder robbt gerade in Richtung Klo, als wir wieder zu McDonald's kommen. Er ist erst auf halber Strecke, und die Leute haben ihm schon 8 Euro 56 hingeworfen.

So, jetzt kommt die Erklärung.

Wir klauen das Zeug nicht, weil wir es für uns haben wollen oder nur aus Jux und Dollerei. Nein. Wir sind eine Minifirma. Drei von uns machen das Übergangsjahr an unserer Schule. Der Bruder, dem der Rollstuhl gehört, ist in der Sechsten. Früher haben wir ihn immer Superman genannt, aber jetzt, wo Christopher Reeve tot ist, hat er gesagt, wir sollen das lassen, es regt seine Ma auf, wenn sie angerufen wird. »Kann ich Superman sprechen?« Ist ja verständlich. Also lassen wir's.

Das Programm von unserem Übergangsjahr schreibt vor, dass ich und Ms. Nigeria und Nicht-Supermans Bruder eine Minifirma gründen müssen, damit wir was über die richtige Welt und die Wirtschaft und all das lernen. Auf das

Übliche – wie man Sockenbügel und Rice-Krispie-Kekse macht – hatten wir keinen Bock. Also setzten wir uns an ein Pult und entwickelten unter den Augen unserer reizenden Lehrerin, Ms. Die-wissen-nicht-dass-ich-gestern-Abend-breit-war, die Idee und den Namen.
Black Hoodie Solutions.

2

Das mit dem Übergangsjahr ist schon eine komische Sache. Im Lehrplan steht Fahrunterricht, und das hört sich besser an als Mathe oder Religion. Aber dann stellt sich raus, dass gar kein Auto da ist. Mr. Was-bin-ich-cool-in-meinem-Sakko labert was von Versicherung und dass wir zu jung sind, also lernen wir das Autofahren an der Tafel. Ehrlich. Er malt mit roter Kreide einen Kringel.
– Das, meine Damen und Herren, ist – ein – Kreisverkehr.
Und er zeigt uns mit einem Stück weißer Kreide, wie man den bewältigt.
Es sind gute Themen dabei und schlechte. Aufnahmen im Tonstudio sind cool, und Erste Hilfe ist ein Bombenspaß. Kochen für Singles ist erträglich. Aber dann: Was Teenager denken! Das ist echter Scheiß. Oberscheiß. Die Lehrerin, Ms. Ich-bin-eigentlich-gar-keine-Lehrerin, setzt sich auf ihr Pult und sagt so Sachen wie: »Hey, Jungs, Mädchen masturbieren auch. Da staunt ihr, was?« Und darüber sollen wir dann diskutieren. Nicht erfunden, Ehrenwort! Sie sitzt da und wartet. »Wer meldet sich?«
Und dann die Minifirmen. An sich eine gute Idee. Aber es wäre sehr viel sinnvoller, wenn man, sagen wir mal, einen richtigen Laden aufmachen und ein, zwei Wochen CDs und

DVDs oder sonst was verkaufen oder ein Restaurant oder ein Busunternehmen führen würde. Danach weiß man bestimmt mehr über die eigene Kompetenz und so Sachen. Das ist unrealistisch, ich weiß, aber was ist die Alternative? Rice-Krispie-Kekse und Babysitting. Du machst eine Weile den Babysitter, zählst zusammen, wieviel du dabei verdienst, und kannst dir danach ungefähr vorstellen, wie man sich als Boss von Microsoft fühlt. Ja, gepfiffen.

Also für uns, für mich und Ms. Nigeria und unseren Freund mit dem Bruder im Rollstuhl, kommt das nicht in Frage. Es fängt schon damit an, dass er eine Schokoladenallergie hat. Seine Haut sieht ganz furchtbar aus, wenn er ein Rolo auch nur anguckt. Damit scheiden die Rice-Krispie-Kekse aus, für die braucht man Schokolade. Außerdem ist uns da eine andere Gruppe zuvorgekommen, und die sind so begeistert, dass man denken könnte, sie hätten gerade eBay erfunden. Und Babysitting würde ich nie im Leben machen, da könnte man mir sonst was zahlen. Babies sind zum Gruseln.

Also sitzen wir einfach nur da, während die anderen Gruppen sich die Supergeschäftsideen schnappen. Farbige Glühbirnen; Einkaufen für alte Leute; Autowaschen.

Wir sind die letzten. Und Ms. Die-wissen-nicht-dass-ich-letzte-Nacht-breit-war hält ihren Stift gezückt, guckt uns an und wartet auf unseren Geistesblitz.

Und da ist er.

– Stereotypen, sagt Ms. Nigeria.

– Was? sagt Ms. Die-wissen-nicht usw. – Ich meine – wie meinst du das? Sie tut unheimlich interessiert, zu der kleinen Schwarzen muss man doch besonders nett sein. Sie bringt sich fast um.

– Es ist doch so, sagt die junge Frau, die ich heimlich liebe – dass uns ständig Labels angehängt werden.

So redet sie immer, als würde sie die Fernsehnachrichten verlesen. Ich finde das super.

– Label? sagt Ms. usw. – Vorzüglich. Ihr wollt also euer eigenes Label kreieren.

– Nicht so ganz, sagt die nigerianische Nachrichtensprecherin. – Das haben Sie missverstanden.

Ms. Die-wissen-nicht sucht in ihrem Kopf nach der Bedeutung von *missverstanden*. Das dauert seine Zeit, es ist ganz hinten, hinter den Kindheitserinnerungen und den leeren Flaschen von gestern Abend. Ich sehe, wie ihr der Schweiß auf die Stirn tritt.

– Spielen wir mal wieder Miss Neunmalklug?

– Nein. Ich will es Ihnen gern erklären.

Und ich würde mich am liebsten hinlegen und ihr die Füße lecken. Aber hier und jetzt geht das wohl schlecht.

– Also weiter, sagt Ms. Die-wissen-nicht… – Weiter, wenn ich bitten darf.

– Ja, also, sagt Ms. Nigeria.

Ich richte mich auf, als wüsste ich, was jetzt kommt. Ms. PunktPunktPunkt fährt mit der Hand durch die Luft.

– Wir sind alle unsere eigenen Labels und Stereotypen, sagt sie. – Automatisch. Ohne dass wir etwas dazu sagen oder tun müssen. Auch Sie, Miss.

– Ich?

– Ja.

– Inwiefern bin ich eine – Stereotype? fragt sie. Das schwierige Wort kommt ganz langsam raus, wie ein Tischtennisball aus dem Mund eines Zauberers.

– Na ja, sagt Ms. Nigeria. – Sie sehen aus wie …

– Schon gut, sagt Ms. Die-wissen-nämlich-nicht.

Gleich, denke ich, fängt sie an zu weinen.

– Zurück zur Sache.

– Okay, sagt Ms. Nigeria. – Wenn ich zum Beispiel in ein Geschäft gehe, steht für den Sicherheitsdienst sofort fest, dass ich eine Ladendiebin bin.

– Weil du schwarz bist?

– Weil ich jung bin, sagt Ms. Nigeria. – Ja, und auch weil ich schwarz bin.

– Ms. Die-denken-dass hat sich ein bisschen erholt.

– Was hat das mit eurer Minifirma zu tun?

– Jetzt stellen Sie sich doch mal vor, was für eine Vergeudung von Arbeitsstunden und Goodwill und allem daraus resultiert.

Der kann man kein X für ein U vormachen – was immer das bedeutet.

– Weiter, sagt Ms. Die-wissen-nicht-dass.

– Deshalb werden ich und meine Kollegen – Ms. Nigeria zeigt auf mich und den anderen Typ – eine Consulting-firma gründen, zur Beratung von Einzelhandelsunternehmen, die junge Menschen in Stereotypen pressen, aber bereit sind, sich von dieser Einstellung zu lösen.

Und das hat uns aufs Polizeirevier Pearse Street gebracht.

3

Den Namen *Black Hoodie Solutions* habe ich mir ausgedacht. Ich trage ein schwarzes Hoodie, und meine nigerianische Liebste ist schwarz und hat auch ein Hoodie – ein Mädchen-Hoodie – und der andere Typ auch. So viel zu *Black Hoodie*. Und *Solutions* klingt einfach cool. Lösungen sind immer gut. Black Hoodie Solutions also. Ms. Die-wissen-nicht-dass schreibt es auf, und es klingelt zur Pause.

Und dann gehen wir klauen.

Eine coole Sache, es läuft wie geschmiert. Die Marktleiterin von dem Spar neben der Schule rastet kurz aus, als wir ihr das Zeug bringen, das wir gerade geklaut haben, aber sie ist ziemlich beeindruckt, als sie auf den Bildern der Überwachungskamera sieht, wie ihr Sicherheitstrottel hinter Ms. Nigerias Hintern herläuft – ehrlich wahr –, während ich mir direkt hinter ihm mit zurückgeschlagener Kapuze vier Packungen Mikrowellenpopcorn und eine Zeitschrift schnappe. Sie zahlt uns einen Zehner und ein Cornetto – das heißt, zwei Cornettos, aber nur einen Zehner.

Wir sind zufrieden, wir liegen vorn. Ein ganzer Zehner, keine Fixkosten – die irische Wirtschaft kann nur staunen.

Wir bleiben erst mal in der Nähe: Londis, der Apotheker, die Tierhandlung von Fat Larry – das ist nicht sein richtiger Name, aber dick ist er wirklich. Bei Fat Larry klauen wir eine Schildkröte und zwei Karnickel und bringen sie zurück. Das ist nicht ganz unkritisch, weil Larry sein eigener Sicherheitsdienst ist, wir werfen ihm also mehr oder weniger Rassismus und Sexismus und extremen Blödismus vor, aber er trägt es mit Fassung und zahlt das Beratungshonorar, in Zwanzig-Cent-Stücken. Die Schildkröte können wir behalten, sagt er, ja er besteht sogar darauf. Ich höre ihn noch:

– Die könnt ihr euch in den Hintern stecken.

So kommt die Sache also in Schwung. Und Ende der Woche haben wir gut lachen, wie mein Dad immer sagt, obwohl ich ihn nie habe lachen hören – außer einmal, als meine Ma mit den Fingern in den Toaster geraten ist, da hat er gelacht. Aber nicht sehr.

Wie dem auch sei, Ms. Nigeria übergibt unseren Wochenbericht Ms. Die-wissen-nicht-dass-ich-gestern-Abend-schon-wieder-breit-war. Drei Seiten, schwarzer Aktendeckel, komplett mit Logo. Das Logo hat Nicht-Superman im

Rollstuhl für uns gemacht, auf seinem Computer. Es ist cool – der Umriss eines Hoodie, ausgestreckte Arme, hochgeschlagene Kapuze. Wie kommt es eigentlich, dass Leute, die im Rollstuhl sitzen, immer so supergut am Computer sind? Was steckt dahinter? Und worin waren sie gut, ehe es Computer gab?

Ms. Die-wissen-nicht-dass ist beeindruckt, aber auch einen Tick misstrauisch.

Sie guckt mich an.

– Und jetzt? fragt sie.

– Jetzt, sagt Ms. Nigeria, machen wir das auf höherem Niveau.

– Jawohl, bestätige ich.

– Scheiße, sagt der Bruder von Nicht-Superman.

Und damit sind wir wieder am Anfang der Geschichte, da, wo Nicht-Supermanns Bruder das mit den eigentlichen Diebstählen deichselt, während ich und Ms. Nigeria die Sicherheitstrottel die Rolltreppen rauf- und runterscheuchen, vorbei an den BHs und Flachbildschirmen.

Laden Nummer eins ist ein Süßwarengeschäft in der Henry Street. Alles läuft nach Plan. Aber wir sind so überwältigt von den Sachen, die der Bruder von Nicht-Superman rausgeschmuggelt hat, dass wir beschließen, sie aufzuessen. Das ist eine einmalige Entscheidung und gut für die Moral der Truppe. Dann setzen wir Nicht-Superman bei McDonald's ab und machen uns auf den Weg zum Laden Nummer zwei, ebenfalls in der Henry Street. Wir wechseln uns im Rollstuhl ab, bis das Ziel erreicht ist, ein großes Kaufhaus, das sich bei Dublins Müttern großer Beliebtheit erfreut. Und wieder läuft alles nach Plan. Wir verlassen das Haus durch verschiedene Ausgänge, treffen uns draußen, geben Nicht-Superman seinen Rolli zurück und gehen wieder rein, um das Zeug zurückzugeben und unser Beratungshonorar auszuhandeln.

Wir sagen Svetlana an der Information, dass wir den Geschäftsführer sprechen wollen. Wir warten, grinsen, gickern. Und ich bin drauf und dran, Ms. Nigeria bei der Hand zu nehmen und zu fragen, ob sie mit mir gehen will, als eine fremde Hand meine Schulter packt und ich mir fast in die Hosen mache. Ich glaube, ich habe sogar aufgejault.

Es sind vier Hände, für jeden von uns eine.

Vier große Hände. Sie gehören drei dicken Männern und einer superdicken Frau, alle in Uniform, es ist also eine faire Wette, dass es Polizisten sind.

Ich jaule wieder auf.

– Was dagegen, wenn wir mal in die Tasche gucken, Jungs?

fragt einer der Cops, es könnte meiner sein, ich spüre seinen Atem im Nacken.

Die Tasche steht auf Nicht-Supermans Schoß.

– Ähm, sagt er. – Nein.

Aber sie gucken schon – es ist übrigens meine Schultasche, auf der überall meine Fingerabdrücke sind. Eine große Hand greift rein und holt raus (1) ein Paar Schienbeinschoner, (2) einen roten Stöckelschuh und (3) ein Kommunionskleid.

– Das habt ihr von hier mitgenommen, stimmt's? sagt die Polizistin.

– Nicht ganz, sagt Ms. Nigeria. – Wir sind ja noch da.

An den dummen Gesichtern sehen wir, dass sie sie kalt erwischt hat.

Trotzdem bringen sie uns zum Polizeirevier Pearse Street.

4

Habt ihr schon mal einen Rollstuhlfahrer in Handschellen gesehen? Mit den Händen hinter dem Rücken? Ich meine, sie könnten ihn doch an den Lehnen des Rollstuhls festschließen, er kann ja nicht weg. Aber nein, sie fesseln ihn genauso wie uns, mit den Händen hinter dem Rücken. Vielleicht ist das Vorschrift, dass sie ihn nicht diskriminieren dürfen oder so, keine Ahnung.

Es dauert eine halbe Ewigkeit, bis sie ihn im Wagen haben.

– Ich hab nichts gemacht, sagt er.

– Keiner von uns hat was *gemacht*, sagt Ms. Nigeria.

Recht hat sie. Wenn er unschuldig ist, bedeutet das, dass wir anderen schuldig sein müssen. Er verpfeift uns, noch ehe er im Van der Polizei sitzt. Statt dass er den Mund hält wie ein Mann. Wie ich.

Wenn ich was sagen würde, müsste ich heulen. Aber das weiß nur ich. Meine Lippen sind versiegelt. Meine Augen sind – na ja, lassen wir das. Ich gucke Ms. Nigeria an. Ich lächle. Sie lächelt zurück. Wenn wir auf dem Revier sind, werde ich sie fragen, ob sie mit mir gehen will.

Nicht-Superman ist verfrachtet. Im Wagen gibt es sogar einen speziellen Gurt für den Rollstuhl. Anscheinend verhaften sie öfter Rollstuhlfahrer.

Wenn du so dasitzen musst, angeschnallt, die Hände hinter dem Rücken – das ist schon brutal. Die Handschellen schneiden in meine Haut. Und ich muss mal. Und ich hab Angst. Ein Wort geht in meinem Kopf herum: SCHEISSE SCHEISSE SCHEISSE.

Aber ich lächle Ms. Nigeria an.

– Alles in Ordnung?

– Kein Problem.

Aber das stimmt nicht, inzwischen kenne ich sie gut genug, glaube ich. Sie hat auch Muffensausen.

Aber das ist gar nichts gegen den Bruder von Nicht-Superman. Er brabbelt in einer Sprache, die nicht Englisch ist und wohl auch nicht Irisch. In Französisch sitze ich neben ihm, und das ist es auch nicht. Ich kann ihn nicht mehr angucken, jeden Augenblick, denke ich, kann sein Kopf anfangen, sich zu drehen, wie bei der Frau in dem Film *Der Exorzist,* hätte ich den bloß nie gesehen. SCHEISSE SCHEISSE.

Ich lächle Ms. Nigeria zu. Sie lächelt zurück. Sie lacht sogar.

– Verrückt, sage ich.

– Ja, sagt sie. – Absurd.

Dann sind wir auf dem Revier, und es ist nicht mehr lustig. SCHEISSE SCHEISSE SCHEISSE. Dieser Geruch und ein Heidenlärm und irgendwo im Hintergrund ist einer am Durchdrehen – in einer *Zelle.* Und ich denke, dass ich da auch bald reinkomme, und die Handschellen tun jetzt echt weh, und es wird schwerer, das Zittern zu unterdrücken.

Wir müssen uns alle in eine Ecke setzen.

– Ihr rührt euch nicht vom Fleck, sagt mein Cop.

– Ist gut, sage ich, ehe ich mich bremsen kann.

Er ist ein Arschloch.

Mein Stuhl ist kaputt, ich muss mich zur Seite beugen, damit ich nicht mit ihm zu Boden gehe. Sieht wahrscheinlich aus, als ob ich gleich kotzen müsste.

– Sie können uns nichts beweisen, sagt Ms. Nigeria.

– Nein, bestätige ich.

– Wir haben ja nichts genommen, sagt sie.

Ich bin voll ihrer Meinung und sage das auch.

– Jaha.

– Die Süßigkeiten, sagt der Bruder von Nicht-Superman.

Er versucht, sich mit der Schulter ein Auge zu wischen.

– Was?

– Wir haben die Süßigkeiten genommen, sagt er.

– Gegessen, sagt sein Bruder.

SCHEISSE SCHEISSE. Ich schmecke sie plötzlich. Sie waren in Ordnung, allerdings nicht so gut wie das billige Zeug, und jetzt habe ich sie oder vielmehr den Geschmack wieder im Mund. Ich würde am liebsten aufhören zu atmen, und das geht mir nicht allein so. Wir haben alle Angst, die Bullen könnten riechen, dass wir geklaut haben.

Ein neuer Cop – nicht in Uniform, aber definitiv einer von der Polizei, man sieht es irgendwie an der Kopfform. Ein harter Knochen. Und er zeigt auf mich.

– Du. Aufstehen!

Ich steh auf.

– Nein, sagt er. – Du.

Er zeigt auf den kleinen Bruder von Nicht-Superman.

– Ich?

– Auf. Da rüber.

– Sag nichts, flüstert Ms. Nigeria.

– Du, sagt der neue Bulle.

Er zeigt auf Ms. Nigeria.

– Du hältst dein Sahara-Schandmaul.

– Wie meinten Sie? sagt sie, aber es ist eigentlich keine Frage.

Er starrt sie an.

– Das dürfen Sie nicht sagen.

Er starrt sie immer noch an. Uns. Sie. Er macht eine Tür hinter sich auf, ohne hinzusehen.

– Rein.

Aber er steht direkt davor. Der Bruder von Nicht-Superman muss sich an ihm vorbeiquetschen. Der Cop folgt ihm.

Die Tür geht zu. Ich warte auf die Schreie – echt. SCHEISSE SCHEISSE: Das darf er nicht sagen, erklärt Ms. Nigeria. Mein Cop ist wieder da. Ich bin fast froh drüber.

– Also jetzt los, Kinder, sagt er. Namen, Adressen, Handynummern der Eltern.

Er baut sich vor Ms. Nigeria auf.

– In deinem Fall die Nummer der Buschtrommel, Schätzchen.   .

Wie gesagt – es ist nicht mehr lustig.

5

Ich möchte reden. Oder eigentlich auch nicht. Das heißt, eigentlich nicht, aber ich kann nicht anders. Der Cop will meinen Namen und meine Adresse wissen. Der Klugscheißer in meinem Kopf, der immer weiß, was ich sagen und machen soll, aber erst *hinterher*, sagt jetzt, ich soll den Mund halten, einen Anwalt verlangen, wie man das aus dem Fernsehen kennt. Stattdessen geb ich dem Cop meinen Namen und meine Adresse und meine Handynummer und die von meinem Dad und seinen Beruf und die Hosengröße von meiner Oma und alles. Ich kann nicht anders. Ich will, dass er mich gernhat, und will es auch wieder nicht – er ist ein rassistisches Arschloch. Aber ich hab eine Scheißangst, und – hab ich das schon gesagt? – ich kann nicht anders.

Ich gucke Ms. Nigeria an und werde sie nun wohl doch nicht fragen, ob sie mit mir gehen will. Noch nicht. Sie ist wütend, man sieht es in ihren Augen, aber ganz ruhig. Erstaunlich. Sie ist ein Mädchen – das einzige hier – und die einzige, die nicht quatscht oder heult oder beides. Sie starrt den Cop an. Er guckt nicht hin, aber er spürt ihren Blick wie Strahlen, die ihm die Haare vom Hintern brennen.

Jetzt guckt er sie an.

– Was?

– Sie haben kein Recht, so zu reden, sagt sie.

– Wie denn?

Eine Sekunde lang ist es, als sei sie der Cop. Aber dann hat er's geschnallt. Er strafft sich, so dass er auf sie, auf uns alle heruntersieht.

– Ich an deiner Stelle, Schätzchen, sagt er, würde mal eine Weile die Schnauze halten.

Sie gibt seinen Blick zurück.

– Und keine Angst, sagt er. – Bei uns wird nicht gefoltert, hab ich recht, Jungs?

Ich nicke, ehe er mich richtig angucken kann. Aber dann zwinge ich mich, ihn anzugucken. Und – Mist!

– Schmink ihn dir ab, sagt er.

– Was? Ich muss ein bisschen husten, ehe das Wort rauskommt.

– Den Ausdruck von deiner Fresse, sagt er. – Ehe das jemand anders besorgt.

Ich gucke ihn an, so lange ich kann. Und dann gucke ich weg.

– Na also, sagt er.

Ich krieg das große Zittern, meine Handschellen klappern gegen die Stuhllehne. Aber komisch – ich bin plötzlich glücklich. Ganz kurz nur. Ms. Nigeria protestiert nicht mehr, und seit der Cop gesagt hat, ich soll mir den Ausdruck von der Fresse schminken, hab ich irgendwie mit ihr gleichgezogen. Fast komme ich mir tapfer vor.

Die Tür geht auf.

SCHEISSE SCHEISSE.

– Du.

Er meint mich.

– Du.

Kein Zweifel. Er zeigt auf mich.

Der Bruder von Nicht-Superman schafft es gerade noch zum nächsten Stuhl. Er kriecht hin, als wenn der Stuhl ein Riesenmaul wär und er wollte, dass er ihn verschlingt. Jetzt bin ich dran.

SCHEISSE.

Ich stehe auf. Das geht.

Ich setze mich in Bewegung. Im Näherkommen gucke ich den Zivilcop an. Oder auch nicht. Und dann doch. Ich gucke auf seine Schulter. Ich gehe an ihm vorbei in sein Zimmer.

Ein Schreibtisch und zwei Stühle. Das ist alles. Kein Fahndungsplakat, kein Einwegspiegel. Aber eine Videokamera auf einem Stativ neben dem Tisch.

Ich bleibe stehen.

– Setz dich.

Ich setze mich. Er beugt sich über den Tisch. Ich sehe seine Zähne.

– Schon wieder so ein Hoodie, sagt er.

Er geht zur Kamera. Er guckt auf das Display. Er stellt das Objektiv ein.

– Schlag die Kapuze hoch, sagt er.

– Warum?

Er guckt mich an.

– Geht nicht, sag ich. – Die Handschellen.

Er stellt sich hinter mich und zieht mir die Kapuze über den Kopf. Bis zu den Augen. Er nimmt die Handschellen ab. Er hält meine Arme hinter dem Rücken fest. Sehr fest. Er lässt los. Er geht wieder zur Kamera.

Ich zieh die Kapuze runter.

– Zieh sie wieder hoch, sagt er.

– Warum, frage ich.

Er guckt mich an.

Meine Hände zittern und sind wund. Ich zieh die Kapuze hoch.

– Na also, sagt er. – Irgendwelche Tattoos?

– Ich?

– Ja.

– Nein.

– Na ja, die Rolle passt trotzdem zu dir.

Er starrt mich an.

Er lässt die Kamera laufen. Er setzt sich.

– Donnerstag, 14. November, sagt er. – Name?

Ich sag's ihm.

– Alter?

Ich sag's ihm.

– Würdest du bitte die Kapuze runterziehen? sagt er.

Ich mache nichts, ich weiß nicht, was er wirklich von mir will.

– Die Kapuze, sagt er.

Ich hebe die Hand, ich schlage die Kapuze zurück. Was soll ich machen? Erst jetzt hab ich kapiert, warum ich sie erst hochschlagen sollte. Das Video ist der Beweis: Ich trage ein Hoodie, ich muss was verbrochen haben.

6

Er redet, ohne mich anzusehen.

– Erzähl mir, was heute Nachmittag passiert ist.

Jetzt guckt er mich an.

– Lass dir Zeit.

– Also, fang ich an.

Eigentlich ist es ja ganz einfach. Ich weiß genau, was passiert ist. Ich habe nichts zu verbergen – außer den Süßigkeiten.

– Also, fang ich wieder an.

Aber dann weiß ich nicht weiter. Wie kann ich das so sagen, dass es normal und verständlich klingt? Er denkt ja jetzt schon, dass ich was verbrochen habe. Und ich denke es auch, das ist eben das Problem.

– Es ging um ein Projekt, sage ich.

Es hat nichts mit den Süßigkeiten zu tun. Sondern mit dem ganzen Drum und Dran. Mit der Kamera. Damit, dass ich die Kapuze hochziehen musste. Ich muss was verbrochen haben. Ich hab's verdient, dass ich hier sitze.

Mein Kopf sagt mir, dass das nicht stimmt. Ich bin unschuldig. Vergiss die Süßigkeiten. Aber ich fühle mich schuldig, das sagt mir die Kamera, das sagen mir die wunden Stellen, da, wo die Handschellen waren. So, wie ich aussehe, hab ich es verdient.

Herrje, der knickt aber schnell ein, denkt ihr wahrscheinlich. Bloß gut, dass er nicht im Unabhängigkeitskrieg war oder so, den hätten wir nie gewonnen. Aber ich knicke nicht ein, ich sag ihm nichts, was nicht wirklich passiert ist. Trotzdem hab ich ständig das Gefühl, dass er mich reinlegen wird.

– Projekt? sagt er.

– Ja.

Ich spiele kurz mit der Schnur von meinem Hoodie, vor der Kamera. Dann lasse ich sie los.

– Erzähl mal was von diesem Projekt, sagt er.

– Es ist eine Minifirma, sage ich.

– Ein- und Verkauf? fragt er.

– Nein.

– Na jedenfalls Verkauf. Klau und Verkauf.

– Nein.

– Nein?

– Nicht direkt, sage ich.

Er rutscht auf seinem Stuhl herum. Sein Fuß streift mein Schienbein.

– Die Waren befanden sich in deinem Besitz …

Er sagt meinen Namen.

– Wir waren noch im Geschäft, sage ich.

– Ihr wart draußen.

– Wir sind wieder reingekommen.

– Also meinetwegen, sagt er. – Warum?

– Um die Sachen zurückzugeben, sage ich. Dabei geht es bei dem Projekt. Um Stereotypen.

Er sieht aus, als würde er mir am liebsten eine reinhauen. Viele Leute sehen so aus, wenn sie das Wort Stereotypen hören.

– Weiter, sagt er.

– Also ich und – PunktPunktPunkt – wir sind in dem Kaufhaus rumgegangen, und weil wir so aussehen …

Ich zupfe ein bisschen an dem Hoodie rum.

– … mit dem Hoodie und ihrer Hautfarbe und so sind die vom Sicherheitsdienst ständig hinter uns hergelaufen. Und unser Freund im Rollstuhl hat die Sachen abgegriffen, die in der Tasche waren, das Kleid und den Schuh und – ich hab vergessen, was es noch war.

– Schienbeinschützer, sagt er.

– Ja; danke. Die hat er also abgegriffen, und keiner hat's gemerkt, weil sie ihm so was nicht zutrauen und ihn in Ruhe gelassen haben.

– Weiter, sagt er.

– Das ist alles, sage ich.

Hoffentlich hat er genug gehört, denke ich. Wenn ich noch mehr erzähle, werde ich sagen, dass er es (a) in den falschen Hals gekriegt hat und (b) ein Rassist ist. Aber …

– Weiter, sagt er.

Was hilft's, die Kamera läuft.

– Ja, also, wir haben die Sachen wieder zurückgebracht. Und dann wollten wir erklären, was wir gemacht haben und wie wir es gemacht haben. Dass sie Geld verlieren, weil sie diese Vorurteile haben. Und dass sie uns ein Honorar zahlen müssen.

Er guckt mich an. Zufrieden scheint er nicht zu sein. Aber komischerweise ist mir das ziemlich egal. Ich bin irgendwie stolz auf mich. Ich habe erklärt, was wir gemacht haben. Ich habe mich verständlich ausgedrückt.

– Wir haben das schon in anderen Geschäften gemacht, sage ich. – Und die haben gezahlt.

Wäre Ms. Nigeria hier, denke ich, würde ihr das imponieren. Wenn ich mit der Schule fertig bin, will ich Jura studieren.

Er steht auf. Schaltet die Kamera ab. SCHEISSE SCHEIS-SE SCHEISSE. Jetzt schlägt er mich zusammen. Sein Gesicht …

Er starrt mich an. Das kann er gut.

– Tut mir leid, sage ich.

– Verfluchter Klugscheißer, sagt er.

Er geht zur Tür. Die geht auf, noch ehe er da ist. Die Polizistin kommt rein.

– Die Eltern, sagt sie.

Meine Ma bestimmt nicht, die würde nie herkommen, nicht mal, um mich vor dem elektrischen Stuhl zu retten. Nicht mal zum Zugucken, wenn ich draufsitze.

Es ist mein Dad. Er lächelt, dass es weh tut. Aber er lächelt.

– Na, Junge.

– Dad.

– Da hast du dir was eingebrockt.

– Ja. Tut mir leid.

– Kriegen wir schon hin.

Er ist super. Große Klasse.

Ich sehe zu Ms. Nigeria rüber, sie sieht immer noch wütend aus und sehr süß und …

– Ich muss erst noch was erledigen, Dad, sage ich.

Er spricht sehr leise, eigentlich flüstert er.

– Vielleicht sollten wir einfach gehen.

– Noch nicht, sage ich. – Ich muss es machen.

Er gibt sich einen Ruck. Er nickt.

– Du musst es wissen, sagt er. – Ich steh zu dir.

Der Kriminaler hat uns den Rücken zugewandt, er ist auf dem Weg nach draußen.

– Einen Moment bitte, sage ich. – Nur einen Moment.

Er bleibt stehen. Er dreht sich um. Und jetzt höre ich, wie mein Dad es sagt. – SCHEISSE.

7

Der Zivilcop dreht sich um, aber er lässt sich Zeit damit. Es ist wie in einem Film, einem guten Film, und ich kriege mächtige Angst. Es ist totenstill. Sogar die Busse draußen haben angehalten – so fühlt es sich jedenfalls an. Er guckt mich nicht an, keinen guckt er an. Und seine Hände – die ruhen auf eine ganz bestimmte Weise auf seinen Hüften. Wie bei Henry Fonda in *Spiel mir das Lied vom Tod*, wenn er sich seine Schießeisen greift. Bloß gut, dass der Cop keine hat.

Aber Angst macht es mir trotzdem. Ich höre einen seiner Schuhe auf dem Boden quietschen. Nur einen. Oder kommt der Quietscher von mir oder von meinem Dad? Keine Ahnung.

Er hält inne und starrt mich an. Nur mich.

– Ja?

– Ähm, sage ich.

– Was? sagt er.

Meinen Dad und die anderen guckt er nicht an. Nur mich. Hinter ihm kommt ein Mann aufs Revier. Das muss der Dad von Ms. Nigeria sein. Er ist schwarz. Und hinter ihm eine Frau. Auch schwarz. Das muss die Mutter sein. Sie ist dick.

Henry Fonda starrt mich immer noch an. Ich hab meine Zunge verschluckt.

Er grinst mit einem Mundwinkel. Und neben mir atmet mein Dad auf. Er ist erleichtert. Er denkt, dass es vorbei ist, dass ich gegen den Cop nicht ankomme und wir alle nach Hause gehen können. Der Cop dreht sich wieder von mir weg. Ms. Nigeria guckt zu ihrer Ma und ihrem Dad hin. Wenn ich mir diese Chance entgehen lasse …

Und dann ist, gerade noch rechtzeitig, meine Zunge wieder da.

– Ähm.

Der Cop bleibt stehen.

– Wie ist Ihr Name? frage ich.

– Was? Er flüstert fast.

Sieht nach nichts aus hier auf dem Papier, nur das eine

Wort. Aber ihr hättet ihn hören sollen. Ich halte meine Zunge fest, lasse sie nicht wieder entwischen. Ich frage wieder:

– Wie ist Ihr Name?

– Junge, sagt mein Dad.

Ich tu so, als wenn ich ihn nicht gehört hätte.

Der Cop kommt näher. Jetzt ist er nicht mehr Henry Fonda, sondern Dennis Hopper. Henry war mir lieber.

– Warum? sagt er.

– Weil ich Sie anzeigen werde.

Ich sehe förmlich, wie die Worte in hohem Bogen aus meinem Mund kommen und genau zwischen seinen Augen landen, da, wo die Brauen zusammengewachsen sind.

Er wird nicht blass. Er fällt nicht auf die Knie, fleht nicht um Gnade. Es ist ein Jammer.

Riesenbestürzung rundum. Es ist, als wenn alle den Atem anhalten. Und die Augen von Ms. Nigeria – die muss man gesehen haben. Ganz groß und leuchtend. Und auf mich gerichtet. Ihr Dad kommt auf uns zu. Ihre Ma gleich hinterher.

Aber zurück zu dem Cop. Er kommt geradewegs …

Tut mir leid, wenn ich meine eigene Geschichte unterbreche, aber eins muss ich doch zwischendurch mal sagen: Das alles ist wirklich so passiert.

Er kommt also geradewegs auf mich zu. Die Süßigkeiten sind wieder in meinem Mund, der Geschmack, der Zucker und alles.

– Anzeigen? Weswegen? sagt der Cop.

Und ich: Wegen des Gebrauchs rassistischer Ausdrücke mit der Absicht, ein Mitglied einer ethnischen Minderheit zu beleidigen.

Und ich nicke zu Ms. Nigeria rüber.

– Sie.

Er sagt nichts. Ihr Dad ist jetzt direkt hinter ihm.

– Und weil ich vor der Kamera die Kapuze hochziehen musste, sage ich.

Das mit der Kapuze hätte ich wohl nicht sagen sollen. Ms. Nigeria ist verwirrt, das sehe ich ihr an. Der Cop guckt immer noch mich an, und er ist kein bisschen verwirrt. Aber jetzt kann ich nicht mehr zurück. Ich spiele die Hauptrolle in meinem eigenen Film. *Ich* bin Henry Fonda.

– Das mit dem Hoodie würde ich Ihnen noch durchgehen lassen, sage ich. – Aber nicht den Rassismus.

– Du drohst mir? sagt der Cop.

– Das war keine Drohung, sagt Ms. Nigeria.

– Nein, bestätige ich.

Komisch, aber ich bin ein bisschen sauer. Ich finde sie toll, ihr Aussehen und wie sie redet und all das, aber das hier ist eine Sache zwischen mir und dem Cop. Könnte sie denn nicht ausnahmsweise mal den Mund halten und mich bewundern, nur eine Minute lang? Ist das zuviel verlangt?

– Ich will ja nur wissen, wie Sie heißen, sag ich zu dem Cop, ehe sie es sagen kann.

Jetzt ist ihr Dad da, und es wird ernst.

Er hat einen ernsten blauen Anzug an. Aber am ernstesten ist sein Gesicht. Ich habe noch nie einen so ernsten Mann gesehen. Irlands Gesamtbestand an Ernst ist an dem Tag, an dem er aus Nigeria gekommen ist, um schätzungsweise 25 Prozent gestiegen. Die Situation war ja irgendwie schon ernst, ehe er da war, aber jetzt – Mannomann, jetzt ist es eine internationale Krise. Den Cops sieht man an, dass sie lieber im sonnigen Bagdad wären. Und er hat noch nicht mal den Mund aufgetan.

Das macht er jetzt.

8

– Wo ist denn das Problem? sagt Ms. Nigerias Dad.

Seine Stimme füllt den Raum und das ganze Revier und die Straße – in Coolock und Clondalkin bellen die Hunde. Er ist riesig. Wie ein ganzes afrikanisches Land, Uganda vielleicht, das eines Tages aufgestanden und in einen Anzug gestiegen ist. Er ist gewaltig, und seine Stimme ist es auch.

Und seine Frau. Unglaublich. Wenn er das Land ist, ist sie der größte See darin.

Zurück zu Ms. Nigerias Dad. Gewaltig ist vielleicht nicht das richtige Wort, beeindruckend wäre besser. Oder erschreckend.

Ich gucke Ms. Nigeria an. Sie sieht nicht erschrocken aus. Oder beeindruckt.

– Ich hab dir schon vor einer halben Ewigkeit eine SMS geschickt, sagt sie.

– Sekunde, mein Kind, sagt er und geht neben dem Zivilcop vor Anker.

– Ich bin … sagt er, den Namen lass ich wieder aus. – Das ist meine Frau. Sie haben unsere Tochter inhaftiert. Warum?

Der Cop versucht, sich größer zu machen. Er steht auf den Zehen.

– Ladendiebstahl, sagt er.

– Lächerlich, sagt ihr Dad.

– Ob's hier einen Hinterausgang gibt? flüstert mein Dad. Aber er macht nur Quatsch, glaube ich.

– Es ist eine ganz legale Geschäftsidee, erklärt Ms. Nigerias Dad dem Cop und ganz Dublin. – Ein Gemeinschaftsunternehmen mit ihren Schulkameraden.

– Hat sehr nach Ladendiebstahl ausgesehen, sagt der Cop.

– Aus unserer Perspektive.

Er versucht, wie ihr Dad zu reden, aber das funktioniert nicht. »Perspektive« hört sich bei ihm an, als wenn er nicht genau weiß, was es heißt.

Und dann werfen die beiden eine ganze Weile mit Sachen aus dem Wörterbuch um sich, und es wird ein bisschen langweilig. Ich gucke mir Nicht-Superman an, er hat sich mehr oder weniger erholt. Er weiß, dass er nicht nach Guantánamo muss und dass sie seinen Rollstuhl nicht orangefarben anstreichen werden. Sein Bruder ist auch okay, er hat wieder Farbe im Gesicht.

Ich gucke mir den Zivilcop an. Der kriegt kein Bein mehr auf die Erde. Ms. Nigerias Dad beharkt ihn immer noch, jetzt verlangt er, dass eine Kommission eingesetzt wird, um die Umstände der Verhaftung seiner Tochter zu untersuchen – oder so ähnlich. Ich wette, dass ich jetzt den Cop windelweich prügeln, uns dabei filmen und das Ganze als Gewaltvideo ins Internet stellen könnte.

Aber das ist nicht mein Stil. Und außerdem hat mein Handy die Grätsche gemacht.

Ich gucke Ms. Nigeria an. Sie steht neben ihrer Ma.

Mein Opa ist ein Alki, und der hat mir mal gesagt, wenn ich wissen will, wie meine Freundin später aussieht, soll ich mir ihre Ma angucken. Damals war ich erst sechs und musste immer aufpassen, dass er nicht die Treppe runterfällt, aber trotzdem fand ich das irgendwie cool.

Hier ist meine Chance.

Da steht sie, neben ihrer Ma.

Vielleicht ist sie adoptiert.

Glaub ich aber nicht. Ich bin immer noch verliebt und ein bisschen – ich weiß nicht – irgendwie high. Sie haben mich verhaftet und verhört. Sie haben versucht, mir was anzuhängen. Ich hab mich gegen die Cops gestellt und ihnen Rassismus vorgeworfen – und falsche Anschuldigungen, oder wie man das nennt. Ich bin wie der Typ, der am Schluss von *Im Namen des Vaters* aus dem Gerichtssaal kommt: »Ich bin unschuldig!« Bis auf die Süßigkeiten. Und das alles in einer halben Stunde, das muss man sich mal vorstellen.

Und ihre Ma ist auch toll. So dick sie ist. Schwarz und dick, das hat was, irgendwie mehr als weiß und dick, finde ich. Ihre Haare sind unglaublich. Wie Hunderte von Schlangen, die sich auf ihrem Kopf ringeln. Alles andere als eine Mutti-Frisur.

Und dann gehen wir, alle zusammen. Wir stürmen aus dem Revier: »Ich bin unschuldig!« und laufen hinter Ms. Nigerias Dad her. Alle. Ich weiß nicht warum. Als wenn wir nicht anders könnten. Mein Dad holt ihn ein, und sie haben jede Menge miteinander zu reden. Wir folgen ihnen über die Brücke an der Tara Street. Der Wind zerrt uns hin und her. Ich wollte noch eine Menge mehr über Stereotypen und Rassismus und all das sagen, ich war stinkwütend, als ich mit Erzählen angefangen habe, aber dann – ich weiß nicht … Als wir die Brücke hinter uns haben und an der Liberty Hall vorbeigehen, hält sie meine Hand. Ich glaube, sie ist meine Freundin. Ms. Nigeria meine ich, nicht ihre Ma. Aber es ist, wie gesagt, ganz schön windig. Vielleicht hat sie Angst, dass der Wind sie packt und in die Liffey weht, und da hält sie sich lieber an mir fest. Aber das glaube ich nicht. Ich glaube, ich bin ihr Freund. Nicht schlecht. Mal sehn, wie's so läuft.

Der Kinderwagen

1

Alina liebte das Baby. Sie liebte alles an ihm. Seinen winzigen Schniedel, sein Strampeln, wenn er sie ansah, seine Fettröllchen, alles. Es war schön, den Kleinen in seinem Kinderwagen auszufahren, auch bei Regen. Es war schön, mit übereinandergeschlagenen Beinen auf dem Boden zu sitzen und ihn auf dem Schoß zu haben. Selbst wenn er weinte, wenn er schrie, war sie sehr glücklich. Aber er weinte nicht oft. Er war ein fast ideales Baby.

Sein Kinderwagen war sehr alt. Alina erinnerte sich, wie sie als kleines Mädchen ihre Großmutter besucht hatte. Zum allerersten Mal. Sie war aus dem Auto gestiegen und stand neben ihrem Vater auf dem vereisten Hof. Eine alte Frau kam mit einem Kinderwagen auf sie zu. Der Wagen war vollgepackt mit Holz, Reisig und Zweigen, und quer über dem Kinderwagen lag ein dicker Ast, der aussah wie ein ganzer Baum. Die alte Frau war ihre Großmutter. Und der Kinderwagen des Babys war dem sehr ähnlich, den sie ihre Großmutter über den Hof hatte schieben sehen. Es sei sein Kinderwagen gewesen, hatte ihr Vater erzählt, auch ihre Tanten und Onkel hätten darin gelegen und auch schon die Babygeneration vor ihnen.

Jetzt, im Jahre 2005 in Dublin, schob sie einen Kinderwagen, der genauso aussah. Jeden Morgen legte sie den Kleinen hinein, deckte ihn zu und brachte den Wagen vorsichtig die Stufen zur Straße hinunter. Sie schob ihn über den schmalen Weg zur Gartenpforte. Die war nur wenig breiter als der Kinderwagen.

– Pass auf, dass du die Seiten nicht verschrammst, hatte die Mutter des Kleinen gesagt, als Alina den Wagen zum ersten Mal die Stufen heruntergebracht und in Richtung Gartentor und Straße geschoben hatte.

Alina verstand nicht, was sie meinte. Die Mutter des Kleinen folgte ihr zum Gartentor, nahm den Kinderwagen und schob ihn durch. Sie klopfte an die Backsteinpfosten.

– Das gibt Schrammen.

Sie klopfte seitlich an den Kinderwagen.

– Er ist sehr wertvoll, sagte die Mutter.

– War es Ihrer, als Sie klein waren? fragte Alina.

– Nein, sagte die Mutter. – Wir haben ihn gekauft.

– Er ist sehr hübsch.

– Sieh dich vor mit ihm, sagte die Mutter.

– Ja, sagte Alina. – Ich pass schon auf.

Jeden Morgen fuhr sie den Kleinen aus. Sie schob den Kinderwagen zum Meer hinunter und über die Uferpromenade. Zwei Stunden jeden Morgen, so hatte man es ihr gesagt. Man hatte ihr auch gesagt, welche Strecke sie zu nehmen hatte. An der Holzbrücke, die zu der merkwürdigen sandigen Insel führte, machte sie halt und kehrte um. Die Mutter oder den Vater sah sie dort nie, aber manchmal hatte sie das Gefühl, dass sie beobachtet wurde. Sie nahm nie eine andere Route. Sie passte immer auf, dass der Kinderwagen nicht gegen eine Mauer oder ein Gartentor schrammte. Sie war durchnässt und zitterte vor Kälte, ihre Hände waren an dem Metallgriff des Kinderwagens wie festgefroren trotz der Handschuhe, die ihre Mutter ihr von zu Hause geschickt hatte. Dennoch liebte Alina das Baby.

Bei den kleinen Mädchen, seinen Schwestern, war sie sich nicht so sicher. Sie waren bildhübsch, lebhaft und aufgeweckt, und wenn sie vierhändig Klavier spielten, taten sie das auf eine so selbstbewusste und einfühlsame Weise, dass Alina tief beeindruckt war. Das Klavier stand in der gefliesten Diele nah an den Buntglasfenstern der großen Haustür. Das Sonnenlicht des Spätnachmittags fiel auf die beiden Mädchen, wenn sie spielten. Ihr schwarzes Haar färbte sich lila, dunkelrot und dschungelgrün. Die Finger auf den Tasten wurden rot und gelb. Alina hatte sie noch nicht Tennis spielen sehen – es war Mitte Dezember –, aber die Mutter versicherte ihr, dass sie auch darin Beachtliches leisteten. Sie waren höflich, aßen manierlich und entschuldigten sich, wenn sie nicht alles schafften, was auf ihren Tellern war.

Sie waren keine Zwillinge. Sie hatten natürlich Namen, und sie waren verschieden alt, Ocean zehn und Saibhreas fast neun. Aber Alina sah selten – oder nie – eine ohne die andere. Sie spielten zusammen, sie schliefen zusammen. Sie standen immer nebeneinander. Seit Alina sie vor drei Wochen kennengelernt hatte, bei ihrer Ankunft auf dem Dubliner Flughafen, hatte sie die beiden nur Seite an Seite erlebt.

Am Morgen danach, Alinas erstem Arbeitstag, waren sie in Alinas Zimmer unter dem Dach gekommen. Draußen war es dunkel. Schwache Beleuchtung kam nur vom Licht, das am Fuß der steilen Treppe brannte. Die schwarzen Haare waren nicht zu erkennen, Alina sah nur die Gesichter. Sie setzten sich nebeneinander ans Bettende und guckten Alina an.

– Guten Morgen, sagte Alina.

– Guten Morgen, sagten sie mit einer Stimme.

Es war spaßig. Die jungen Damen lachten. Alina hätte nicht sagen können, warum sie die beiden nicht mochte.

2

Jeden Morgen fuhr Alina das Baby spazieren. Regelmäßig machte sie an einem der Schutzhäuschen auf der Uferpromenade halt. Sie hob den in Baumwolle und Gortex eingemummelten Kleinen aus dem Kinderwagen und nahm ihn auf den Schoß. Sie sah auf das Meer hinaus, das sich ständig veränderte, und ließ ihn behutsam auf ihren Knien hüpfen. Sie sprach nur Englisch mit ihm. Sie dürfe nie ihre Muttersprache benutzen, hatte man ihr gesagt.

– Du kannst den Mädchen ein paar Worte Polnisch beibringen, hatte die Mutter gesagt. – Kommt ihnen vielleicht mal zugute. Aber Cillian soll nicht durch die beiden Sprachen verwirrt werden.

Das Schutzhaus hatte drei Wände und eine hölzerne Bank. In die Wände waren runde Fenster eingelassen wie Bullaugen. Alina hob den Kleinen an eins der Fenster, damit er rausgucken konnte. Sie machte es noch mal. Er lachte. Durch die vielen Stoffhüllen hindurch spürte Alina seine Aufregung. Sie hob ihn hoch. Seine Mütze streifte das Dach.

– Kluger Junge!

Er hatte zum ersten Mal gelacht. Sie legte ihn wieder in den Wagen. Seiner Mutter würde sie es nicht erzählen, beschloss sie. Aber gleich darauf überlegte sie es sich anders. Sie hatte plötzlich das Gefühl, nein, sie wusste, dass sie beobachtet wurde.

Sie ging bis zu der hölzernen Brücke und drehte sich um.

Jeden Morgen sah Alina Mütter und andere junge Frauen wie sie. Diese Frauen schoben leichtere, moderne Babykarren auf vier und drei Rädern. Alina beneidete sie. Der Kinderwagen war schwer, und der Seewind stemmte sich unaufhörlich gegen das Verdeck.

Eins aber gefiel ihr an dem Wagen: Er stimmte die Menschen fröhlich.

– So einen habe ich seit Jahren nicht mehr gesehen, sagte eine Frau.

– Mein Gott, was da an Erinnerungen hochkommt, sagte eine andere.

Eines Vormittags kam sie an einem gutaussehenden Mann vorbei, der auf der Seemauer saß und ein großes Sandwich aß. Sie schob den Wagen weiter, ohne ihn anzusehen. An der alten Holzbrücke blieb sie stehen. Nie, nie, nie würde sie mit dem Kinderwagen auf die Brücke fahren. Sie musterte die gebrechlichen hölzernen Pfähle, die aus dem Schlick ragten. Beim ersten Kontakt zwischen altem Kinderwagen und altem Holz würden sie alle in den Schlamm stürzen, sie spürte ihn förmlich im Haar, im Mund. Rasch ging sie über die Uferpromenade zurück.

Der gutaussehende Mann war noch da. Er hielt eine Thermosflasche und einen Becher hoch.

– Heiße Schokolade? fragte er. – Ich hab dir was aufgehoben.

Er war Biochemiker und stammte aus Litauen, aber in Dublin arbeitete er für eine Firma, die in ihrer Straße mit einem Anbau für ein großes Haus beschäftigt war. Sie trafen sich nun regelmäßig vormittags in dem Schutzhaus. Er hatte immer seine Thermosflasche dabei. Manchmal brachte sie Kuchen mit. Sie sah durch die Bullaugen, wenn sie sich küssten. Sie sagte ihm, dass sie beobachtet wurde. Er berührte ihre Brust, seine Hand war in ihrem Mantel. Sie sah den Kleinen an. Er lächelte, er bockte, er fing an zu weinen. Der Kinderwagen schaukelte in seiner Federung.

An einem Vormittag im Februar hörte Alina ihr Handy klingeln, während sie den Kinderwagen vorsichtig über die Granitstufen schaffte. Sie hielt das Handy ans Ohr.

– Hallo?

– Alina, hier O'Reilly.

O'Reilly war die Mutter, alle nannten sie nur beim Nachnamen. Sie bestand darauf. Es schüchtert meine Kunden ein, sagte sie zu Alina, macht mich interessanter. Sexy.

– Hallo, O'Reilly, sagte Alina.

– Die Mädchen kommen heute früher aus der Schule, sagte O'Reilly. – Um zwölf. Hatte ich vergessen, dir zu sagen.

– Ist gut, sagte Alina.

Aber es war nicht gut.

– Ich werde um zwölf dasein, sagte Alina.

– Fünf vor.

– Ja, sagte Alina.

– Wir sprechen uns, sagte O'Reilly.

– Deine Mutter ist nicht sehr nett, sagte Alina auf Englisch zu dem Kleinen.

Jetzt konnte sie sich nicht mit ihrem Biochemiker treffen. Er hatte kein Handy. Sie würde um ihre heiße Schokolade kommen, würde nicht seine Lippen auf ihrem Hals spüren und seine Hände, wenn sie durch das Bullauge nach nahenden Joggern und Frauen mit Kinderwagen Ausschau hielt.

Zehn vor zwölf war sie vor der Schule. Die Mädchen standen nebeneinander und warteten.

– Aber die Schule ist um zwölf aus, sagte Alina.

– Viertel vor, sagte Ocean.

– Wir stehen schon eine halbe Ewigkeit hier, sagte Saibhreas.

– Dann gehen wir jetzt nach Hause, sagte Alina.

– Wir wollen über die Promenade gehen, sagte Ocean.

– Nein, sagte Alina. – Ich glaube, da ist es heute zu windig.

– Du bist zu spät gekommen, sagte Saibhreas.

– Also meinetwegen, sagte Alina.

Der Biochemiker schwenkte die Thermosflasche. Alina ging an ihm vorbei, ohne ihn oder die kleinen Mädchen anzusehen. Sie konnte nur hoffen, dass er morgen wieder da war, dann würde sie ihm erklären, warum sie sich so sonderbar benommen hatte. Die Mutter kam abends sehr spät nach Hause. Die Mädchen stürmten aus ihrem Zimmer.

– Stell dir vor, O'Reilly, sagten sie mit einer Stimme, Alina hat einen Freund.

3

O'Reilly packte Alina am Ärmel und zerrte sie in die Küche. Mit einem Absatz stieß sie die Tür zu, griff sich einen Stuhl und zwang Alina, sich zu setzen. Dann baute sie sich wirkungsvoll vor ihr auf.

– Jetzt raus mit der Sprache.

Alina konnte O'Reilly nicht ins Gesicht sehen.

– Das ist meine Privatsache, denke ich, sagte sie.

– Hör zu, Schätzchen, sagte O'Reilly. – Nichts ist deine Privatsache. Nicht solange du hier arbeitest. Fickst du diesen Typ?

Alina erglühte. Das schlimme Wort war wie ein Schlag ins Gesicht.

Sie schüttelte den Kopf.

– Natürlich, sagte O'Reilly. – Du bist ja ein gutes katholisches Mädchen. Du glaubst wohl, dass ich dir das abnehme.
O'Reilly stellte einen Fuß auf Alinas Stuhlsitz.
– Ist mir scheißegal, sagte sie. – Von mir aus kannst du ficken, solange du willst – mit drei Einschränkungen: Nicht während der Arbeit. Nicht hier auf dem Grundstück. Und nicht mit Mister O'Reilly.
Schockiert, entsetzt, halb ohnmächtig sah Alina zu O'Reilly hoch. O'Reilly grinste. Alina senkte den Kopf und weinte. O'Reilly grinste noch breiter. Sie hielt Alinas Tränen und Schluchzer für einen Ausdruck der Dankbarkeit. Sie tätschelte Alinas Kopf. Sie hob Alinas blondes Haar, hielt es fest, ließ es fallen.
Sie würde die kleinen Mädchen umbringen, entschied Alina, als sie die Stiege zu ihrer Dachkammer hochging. Sie machte die Tür zu, die kein Schloss hatte. Sie setzte sich im Dunkeln aufs Bett. Würde sie vergiften. Ertränken. Ihnen Kissen aufs Gesicht legen, jedem eins. Sie würde die Kissen herunterdrücken, bis sie aufgehört hatten zu zappeln und zu strampeln. Sie griff nach ihrem Kopfkissen, legte es sich ans Gesicht.
Sie würde die Mädchen nicht wirklich umbringen. So eine Tat – zwei solche Taten – traute sie sich nicht zu. Aber erschrecken würde sie die beiden. Angst würde sie ihnen machen, ihnen Albträume schicken, die lauernd herumschleichen, sich mit ihren bösen Rücken an den weichen Wänden ihrer Seele scheuern würden, ihr Leben lang, bis sie als alte Damen nebeneinander auf einem einzigen großen Totenbett lagen. Eine – wie war doch dieser Ausdruck –, eine Scheißangst würde sie ihnen einjagen.
– Es war einmal, sagte Alina.
Zwei Tage später. Sie saßen im Spielzimmer, vor dem Er-

kerfenster. Der Wind kratzte an der Scheibe. Er heulte im Kamin. Der Kleine lag auf Alinas Schoß und schlief. Die kleinen Mädchen saßen auf dem Teppich. Sie sahen zu Alina hoch.

– Für *es war einmal* sind wir zu alt, sagte Ocean.

Der Wind kreischte im Kamin. Die Mädchen rückten näher an Alina heran. Alina dachte an ihren Biochemiker, der da draußen Beton mischte oder Bretter sägte. Sie hatte ihn seither nicht mehr gesehen. Zweimal, dreimal hatte sie den Kinderwagen an dem Schutzhäuschen vorbeigeschoben. Er war nie da. Sie sah die Mädchen an, widerstand der Versuchung, mitten in die erwartungsvollen kleinen Gesichter zu treten. Sie lächelte.

– Es war einmal, wiederholte sie, eine sehr alte, sehr böse Dame. Sie lebte in einem dunklen Wald.

– Wo? fragte Ocean.

– In meinem Land, sagte Alina.

– Ist das ausgedacht?

– Vielleicht.

Sie stand auf. Eine kurze Unterbrechung schon in diesem frühen Stadium war vielleicht nicht schlecht. Sie trug den Kleinen zum Kinderwagen, der nah an der Tür stand, und legte ihn behutsam hinein. Er wachte nicht auf. Sie ging zurück zu ihrem Stuhl. Die Mädchen sahen sie an. Sie setzte sich.

– Aus diesem dunklen Wald kam jede Nacht die böse Dame. Sie hatte einen Kinderwagen dabei.

– War das so einer wie der von Cillian? fragte Saibhreas.

– Ganz ähnlich wie der von Cillian, sagte Alina.

Sie sah zu dem Kinderwagen hin.

– Genau wie der von Cillian. Jede Nacht schob die alte Dame den Kinderwagen ins Dorf. Jede Nacht suchte sie sich ein Baby aus. Jede Nacht stahl sie dieses Baby.

193

– Nur aus einem Dorf?

– Der dunkle Wald war von Dörfern umgeben. In denen hatte sie reichlich Auswahl. Nacht für Nacht schob sie den Kinderwagen zurück in den Wald. Das war ein dunkler, dunkel-gruseliger Ort, und niemand war mutig genug, ihr zu folgen. Kein einziger Soldat. Kein einziger hübscher junger Holzfäller. Alle blieben sie am Waldrand stehen. Der Wind im Geäst machte ihnen eine Gänsehaut. Die Äste reckten sich und versuchten, ihnen das Herz aus der Brust zu reißen.

Der Wind rüttelte an den Fensterscheiben. Eine einsame Blechdose kollerte über die Straße.

– Cool, sagte Ocean.

Aber die kleinen Mädchen rückten näher heran. Sie saßen jetzt förmlich auf Alinas Füßen, eins auf jedem Fuß.

– Jede Nacht, sagte Alina, kam die böse alte Dame aus dem Wald. Viele, viele Jahre lang.

– Hat sie alle Babies genommen, fragte Saibhreas.

– Nein, sagte Alina.

Draußen knackte ein Zweig, ein Wagen quietschte.

– Sie nahm nur bestimmte Babies, sagte Alina.

– Was für welche?

– Sie nahm nur – die Mädchen.

4

– Warum? fragte Ocean.

– Warum? fragte Alina zurück.

– Warum hat die alte Dame nur Mädchen und keine Jungs genommen?

– Wahrscheinlich schmecken sie besser, sagte Saibhreas.

– Genau, bestätigte Ocean. – Besser als Jungs, wenn sie richtig zubereitet werden.

– Und Mädchen sind manchmal kleiner, sagte Saibhreas. – Deshalb passen sie in den Backofen.

– Aber wenn die alte Dame einen AGA-Herd hatte wie wir, hätten auch Jungs reingepasst.

Alina begriff, dass sie sich mehr ins Zeug legen musste, um diesen nüchternen kleinen Mädchen Angst einzujagen.

– Also. Zurück zu der Geschichte.

Die Mädchen schwiegen. Sie sahen zu Alina hoch und warteten auf den nächsten Grusel.

– Nun darf man nicht denken, sagte Alina, dass die alte Dame die kleinen Mädchen nur *aß*.

– Cool.

– Dem war nicht so, sagte Alina.

– Sondern?

– Ihr sollt nicht unterbrechen.

– Entschuldigung, sagten beide zusammen.

Es waren ausgesucht höfliche kleine Mädchen.

Alina schwieg, bis sie spürte, dass sie die Situation wieder im Griff hatte. Es war, als hätten die beiden Mädchen sich vorgebeugt und die Geschichte Alina behutsam in den Schoß gelegt.

– Also weiter, sagte sie. – Niemand war mutig genug, der alten Dame in den dunklen Wald zu folgen. Die Mütter schliefen nachts nicht mehr durch. Sie zwickten sich, um wach zu bleiben. Sie legten sich auf spitze Steine. Und die Väter schliefen im Stehen, an der Haustür, die Axt in der Hand, allzeit bereit. Und trotzdem …

– Jede Wette, dass sie es geschafft hat, an ihnen vorbeizukommen, sagte Ocean.

– Warum hatten sie keine Gewehre? fragte Saibhreas.

– Ruhe.

– Entschuldigung.

– Und trotzdem, sagte Alina, schob die alte Dame den Kinderwagen …

– Entschuldige bitte, Alina, sagte Saibhreas.

– Ja?

– Du hast uns nicht gesagt, was sie mit den Babies gemacht hat.

– Außer sie zu essen, sagte Ocean.

– Wollt ihr die Geschichte hören oder nicht?

– Doch, natürlich.

– So nahm denn die alte Dame alle kleinen Mädchen, sagte Alina, und brachte sie in ihrem Kinderwagen tief in den Wald. Bis es keine mehr gab. Dann nahm sie auch Mädchen, die keine Babies mehr waren.

Alina sah, dass Ocean zum Sprechen ansetzte. Aber Saibhreas versetzte ihrer Schwester einen warnenden Rippenstoß. Alina fuhr fort.

– Sie schlich sich an die Mädchen in ihren Betten heran und flüsterte ihnen einen Zauberspruch ins Ohr. Die Mädchen schliefen weiter, als die alte Dame sie hochnahm und in den Kinderwagen legte. Sie schob den Kinderwagen vorbei an den Vätern, die sie nicht sahen, vorbei an den Müttern, die auf den spitzen Steinen lagen. Die böse alte Dame nahm Mädchen bis zum Alter von – zehn.

Alina wartete, während die kleinen Mädchen ihre Arme und Beine betrachteten und überlegten, wie die alte Dame das wohl gemacht hatte. Sie sah, wie Ocean auf den Kinderwagen blickte. Über ihnen hockte eine Krähe auf dem Schornsteinaufsatz und krächzte in den Kamin hinunter. Ihr scharfer Schnabel schien sehr nah. Der Wind kreischte und stöhnte unablässig.

– Aber, sagte Alina.

Sie sah von einem der Mädchen zum anderen. Die blieben stumm. Sie waren – wie war doch gleich dieser Ausdruck – Wachs in ihren Händen.

– Aber, wiederholte sie, eines Tages hatte einer der hübschen Holzfäller eine Idee, die war so großartig, dass seine Augen wie Lampen in finsterster Mitternacht leuchteten. Und seine Idee war die: Jeder Holzfäller sollte täglich, am Waldrand beginnend, einen Baum fällen. Dann wäre der Wald der alten Hexe bald so klein, dass sie ihn nicht mehr als Versteck nutzen konnte. In diesem Teil meines Landes waren alle Männer Holzfäller. Sie nahmen ihre Äxte und fällten die Bäume, tagein, tagaus.

– Aber, Alina, sagte Ocean. – Entschuldige die Unterbrechung …

– Ja? sagte Alina.

– Was sollten die Holzfäller machen, wenn sie alle Bäume gefällt hatten?

– Das war damals ihre geringste Sorge, sagte Alina. – Sie fällten Bäume, um ihre Töchter zu retten.

– Hat der Plan funktioniert?

– Ja, sagte Alina. – Und nein. Ich werde es euch erklären.

Sie wartete einen Augenblick. Dann fuhr sie fort.

– Jeden Tag vom frühen Morgen an hörte die alte Dame die Äxte der Holzfäller. Jeden Morgen waren die Äxte ein bisschen lauter, ein bisschen näher. Nach vielen Monaten konnte sie durch die verbliebenen Bäume hindurch die Holzfäller sehen.

Sie sah auf Ocean herunter.

– Eines Nachts schlich sie sich mit ihrem Kinderwagen weg. Insofern hatte der Plan also funktioniert. Aber …

Wieder wartete sie und sah zu dem Kinderwagen hin.

– Sie zog einfach an einen anderen Ort. Sie fand neue Babies und neue kleine Mädchen bis zum Alter von – zehn.
– Wo? fragte Saibhreas.
– Ihr könnt es euch noch nicht denken? fragte Alina.
Die beiden Mädchen wechselten einen Blick.
– Du hast vergessen, uns zu erzählen …, setzte Ocean an.
– Ich habe es nicht vergessen, sagte Alina. – Ihr wollt wissen, warum sie die kleinen Mädchen mitnahm.
– Ja, bitte, sagte Ocean.
– Ihre Haut, sagte Alina.
Sie sah, wie sich auf den Armen und Beinen der Mädchen die Härchen aufstellten.

5

Draußen war es dunkel und im Zimmer auch. Alina stand auf.
– Aber die Geschichte …, sagte Ocean.
Alina ging zur Tür und stellte sich hinter den Kinderwagen.
Sie schob ihn langsam auf die Mädchen zu, ließ ihn aus dem Dunkel wachsen wie einen Wal, der sich aus einer schwarzen See erhebt. Ließ ihn knarren und schurren. Die beiden Mädchen rutschten auf dem Hinterteil weiter nach hinten. Da ging sie zurück zur Tür und machte Licht.
Die Mädchen kniffen die Augen zusammen und sahen sie über den Kinderwagen hinweg an.
– Morgen erzähle ich weiter, sagte Alina.
Sie folgten ihr in die Küche. Sie blieben bei ihr, als sie Kartoffeln und Möhren schälte. Sie boten an, ihr zu helfen. Sie wuschen und schüttelten jedes einzelne Salatblatt. Sie redeten, um die Stille zu vertreiben.

Als Alina die Küche verließ, kamen sie hinterher. Sie ging zurück ins Wohnzimmer und blieb stehen.

Der Kinderwagen hatte seine Stellung verändert. Sie hatte ihn mitten im Raum stehen lassen, da, wo die kleinen Mädchen gesessen hatten. Jetzt stand er am Fenster. Der Vorhang streifte das Verdeck.

– Habt ihr was mit dem Kinderwagen gemacht? fragte sie die Kinder.

– Nein, sagte Saibhreas.

– Wir waren die ganze Zeit bei dir, sagte Ocean.

Alina ging zu dem Wagen hinüber. Dem mysteriösen Ortswechsel maß sie keine ernsthafte Bedeutung bei, als dramatische Zutat war er ihr aber willkommen. Die Mädchen drückten sich an der Tür herum und wagten sich nicht ins Zimmer.

Alina holte den Kleinen aus der Wärme des Wagens. Er schlief immer noch. O'Reilly würde böse sein.

– Ich bezahle dich, damit du ihn wach hältst, hatte sie mal zu Alina gesagt. – Hierzulande schlafen die Babies nachts. Weil die Mammys morgens früh aufstehen müssen, um zur Arbeit zu gehen, damit sie die Scheißkindermädchen bezahlen können.

Alina ging in die Diele. Sie hörte draußen den Wagen. Die Scheinwerfer warfen die Farben der Buntglasfenster an die Decke. Der Kleine regte sich. Sie sah zu ihm herunter. Er verfolgte die bunten Lichter über sich.

– Kluger Junge.

Der Motor verstummte, die Scheinwerfer erloschen. Alina machte das Dielenlicht an. Die kleinen Mädchen hielten sich dicht neben ihr.

– Das wird eure Mutter sein, sagte Alina.

– Unser Dad, sagte Ocean.

– Woher wisst ihr das? fragte Alina.

– Sie fahren beide BMW, sagte Ocean. – Aber Mums Roadster läuft ruhiger.

– Man nennt ihn die *ultimate driving machine,* sagte Saibhreas.

Das Licht war an, ihr Daddy war zu Hause, und die kleinen Mädchen hatten keine Angst mehr. Aber Alina war zufrieden. Das Licht konnte man aus- und ihre Angst wieder anmachen, jederzeit, sie brauchte nur den Schalter umzulegen.

Am nächsten Morgen beschäftigte sie sich beim Spazierenfahren mit ihrer Geschichte. Sie schob den Kinderwagen an dem Schutzhaus vorbei und hoffte auf ein Wiedersehen mit ihrem gutaussehenden Biochemiker. Er war nicht da. Sie stieß den Wagen durch Wind und Regen. Meerwasser klatschte über die Mauer und ergoss sich über die Promenade. Sie kehrte um, es war nicht möglich, die vorgeschriebene Strecke ganz zu gehen. Sie spürte Augen, die sie anstarrten, spürte ihre Hitze. Aber vor ihr war nichts und niemand. Sie war allein. Sie sah in den Kinderwagen, aber der Kleine schlief. Seine Augen waren fest geschlossen.

Die kleinen Mädchen hatten Handtücher um den Kopf, als Alina am Nachmittag ihre Geschichte fortsetzte. Sie hatten nach der Schule geduscht, weil sie so kalt und nass geworden waren.

Alina zog die Vorhänge zu und machte nur eine kleine Wandlampe an.

Das Baby schlief im Kinderwagen neben Alinas Stuhl.

– Und dann ..., sagte Alina.

Sie setzte sich.

Die kleinen Mädchen saßen zu ihren Füßen, fast unter dem Kinderwagen.

– Ist die alte Hexe nach Irland gekommen? fragte Ocean.

Alina nickte.

– Nach Dublin, sagte sie.

– In Dublin gibt es keine Wälder, Alina, sagte Saibhreas.

– Aber viele Parks, sagte Alina.

– In welchen Park?

Alina hob die Hände.

– Wenn ich weitererzählen soll …

– Entschuldige, Alina.

Eine kalkulierte Pause, dann fuhr Alina fort:

– Bald war das Quietschen der Kinderwagenräder tief in der Nacht, das die Fahrten der alten Dame durch die Straßen dieser Stadt begleitete, ein beängstigend vertrautes Geräusch geworden. Es war ein sehr alter, rostiger Kinderwagen. Deshalb knarrte er, und …

Der Kinderwagen neben ihnen regte sich. Er knarrte nicht, aber er bewegte sich ganz leicht.

Die Mädchen fuhren zusammen.

Alina hatte den Wagen nicht angerührt.

Der Kleine wachte auf. Sie hörten einen leisen Schrei.

Alina lachte.

– Das war euer Bruder. Er hat schon viel Kraft.

Ocean stand auf.

– Vielleicht hat O'Reilly recht, sagte sie.

– Ja, sagte Saibhreas.

Sie bewegte sich kriechend von dem Kinderwagen weg.

– Was hat O'Reilly gesagt? fragte Alina.

– Dass es in dem Kinderwagen spukt.

Das Kind im Wagen brüllte.

6

Alina starrte den Wagen an, in dem der Kleine strampelte und lärmte.

– Willst du ihn nicht rausnehmen? fragte Ocean.

– Natürlich, sagte Alina.

Aber sie rührte sich nicht. Ihr war, als sei sie in einem fremden Zimmer aufgewacht. Die Ebenen waren verschoben. Das Babyweinen klang anders.

Sie stand auf. Sie ging auf den schwankenden Wagen zu. Die Bewegung tat ihr gut. Das Zimmer war nur ein Zimmer.

Sie sah in den Kinderwagen. Da lag der Kleine, puterrot angelaufen nach seinem Zorngebrüll. Ganz normal war das. Sie hatte sich töricht benommen, die kleinen Mädchen hatten sie verunsichert.

Sie machte Licht, und der Kinderwagen war nur ein Kinderwagen.

– Heute hat sich der Kinderwagen bewegt, sagte Saibhreas.

Das war später, in der Küche.

– Will ich schwer hoffen, sagte O'Reilly. – Ich zahle unserem polnischen Bauerntrampel schließlich gutes Geld, damit sie ihn bewegt.

Alina wurde rot vor Wut. Wie sie diese ordinäre Person hasste.

– Ganz von selber hat er sich bewegt, sagte Ocean.

Alina sah auf ihr Huhn. Sie spürte, wie unter dem Tisch etwas ihr Bein streifte. Mr. O'Reillys Fuß. Er saß Alina gegenüber.

– Pardon, sagte er.

– Platz, Fido, sagte O'Reilly.

Sie sah Alina an.

– Schließ heute dein Zimmer ab, Schätzchen.

– Ich habe keinen Schlüssel, sagte Alina.

– Interessant, sagte O'Reilly. – Was war mit dem Kinderwagen?

– Der Kleine hat geweint, sagte Alina, und da hat sich der Kinderwagen um ein paar Zentimeter bewegt.

– Und warum hat Cillian geweint? fragte O'Reilly.

– O'Reilly? sagte Ocean.

– Was?

– Der Kinderwagen hat sich bewegt, ehe Cillian angefangen hat zu weinen.

– Ja, sagte Saibhreas, in dem Kinderwagen spukt es, wie du gesagt hast.

Alina hörte zu, als die kleinen Mädchen ihrer Mutter von der bösen alten Dame und ihrem Kinderwagen voll geraubter Babies erzählten und wie die böse Alte den Kinderwagen bis nach Irland geschoben hatte.

– Jetzt aber Schluss, sagte O'Reilly und sah Alina an. – Die sind ja starker Tobak, deine Geschichten.

– Sie zieht den Babies die Haut ab, sagte Ocean.

– Wer? fragte O'Reilly. – Alina?

– Nein, sagte Saibhreas. – Die Alte.

– Na so was, sagte O'Reilly. – Aber schaut euch mal die Haut von unserer hübschen Alina an. Kann man noch röter werden?

Alina sah auf ihr kaltes Huhn. Es war wie ein Schock, als sie O'Reillys Finger auf ihrer Wange spürte.

– Heiß, sagte O'Reilly.

Die kleinen Mädchen lachten.

– Ich denke, wir lassen es jetzt gut sein mit deiner Geschichte, Alina, sagte O'Reilly. – Sie geht dir unter die Haut.

Die kleinen Mädchen lachten wieder.

Am nächsten Morgen schob Alina den Kinderwagen die Uferpromenade entlang. Sie hatte nicht gut geschlafen. Sie hatte überhaupt nicht geschlafen. O'Reillys Finger, Mr. O'Reillys Fuß – es gab kein Entkommen vor den beiden. Sie war aus dem Bett gestiegen und hatte ein Blatt Papier aus einem Notizbuch gerissen. Sie hatte das Papier gekaut. Dann hatte sie den Papierbrei ins Schlüsselloch ihrer Zimmertür gesteckt. Sie hatte die ganze Nacht wachgelegen.

Sie lief und lief. Der Wind war stark und drückte gegen den Kinderwagen. Er machte sie wieder wach, ihre Haut fühlte sich an wie reingewaschen. Ein warmer Wind, in dem man keine Handschuhe brauchte. Aber Alina hatte ihre Handschuhe an.

Ein Kinderwagen, in dem es spukt, hatte O'Reilly gesagt, so hatte sie es ihren kleinen Töchtern erzählt. Alina glaubte das nicht. Sie kannte sich aus mit Märchen. In Kinderwagen spukte es nicht. Und trotzdem mochte sie den Wagen nicht anfassen, hatte Angst, er könnte sich in Bewegung setzen, ehe ihre Hände ihn erreicht hatten. Sie hatte die Handschuhe im Haus angezogen, ehe sie den Kleinen in den Wagen gelegt hatte. Nein, sie wollte den Wagen nicht anfassen. Nicht einmal hier, im hellen Sonnenlicht, wo es keine Wände, keine Schatten gab.

Der Kinderwagen war nicht von bösen Geistern besessen. Eine tote Ratte konnte nicht beißen, aber wenn Alina eine aufheben musste, zog sie immer Handschuhe an. So war das mit dem Kinderwagen. Heute war er eine tote Ratte. Morgen würde er schlicht und einfach ein Kinderwagen sein.

Sie zog einen Handschuh aus. Sie blieb stehen. Der Kinderwagen rührte sich nicht. Alina legte die bloße Hand auf den Griff. Sie wartete. Nichts geschah. Der Wind wiegte den Wagen in seiner Federung. Aber er bewegte sich weder vor- noch rückwärts.

Sie zog den anderen Handschuh aus. Sie schob den Wagen bis zu der hölzernen Brücke und zurück. Heute Nachmittag würde sie die Geschichte weitererzählen, auch wenn O'Reilly es verboten hatte. Sie würde den Mädchen grausige Albträume bescheren. Sollte ihre abscheuliche Mutter nur sehen, wie sie mit ihren Blagen fertig wurde.

Und dann würde sie gehen.

Sie schob den Kinderwagen mit bloßen Händen. Aber ständig hatte sie das Gefühl, beobachtet zu werden. Sie zog die Handschuhe wieder an. Sie wurde beobachtet. Sie spürte es – sie *wusste* es – wie nasse Finger auf ihrem Gesicht und ihrem Hals.

– Eines Nachts, sagte Alina am Nachmittag, verließ die alte Dame ihren Schlupfwinkel im Park und machte sich auf den Weg zu einer baumbestandenen Straße.

– Unsere Straße hat Bäume, sagte Ocean.

Draußen knickte der Wind einen Ast. Die kleinen Mädchen rückten näher an Alina heran.

7

Alina sah auf die beiden herunter.

– Die alte Dame schlich sich über die baumbestandene Straße, sagte sie, und versteckte sich hinter den teuren Autos. Den SUVs – so nennt man die doch?

Die kleinen Mädchen nickten.

– Und den Volvos, sagte Alina. Und ... den BMWs.

Die Kinder sahen sich an.

– Sie blickte durch das Fenster, an dem die Samtvorhänge noch nicht vorgezogen waren.

Die Mädchen sahen zum Fenster. Alina hatte die Samtvorhänge nicht vor die Scheiben gezogen.

Sie hörte die beiden nach Luft schnappen, hörte den Schrei.

– Die Vorhänge!

– Ich hab sie gesehen!

Alina schaute nicht hin. Sie beugte sich vor und legte den kleinen Mädchen die Hand unters Kinn.

– Durch so ein Fenster, sagte Alina, entdeckte die alte Dame so was wie … ein Schnäppchen.

Sie hielt den beiden das Kinn fest, so dass sie Alina ansehen mussten. Sie streckte ihr Bein aus – sie hatte vorher die Entfernung vom Fuß zum Kinderwagen abgeschätzt – und legte ihren Fuß an das Rad.

– Sie sah *zwei* Mädchen.

Sie hörten es knarren.

Die kleinen Mädchen schrien auf. Und Alina auch. Sie hatte das Rad nicht angerührt. Der Kinderwagen hatte sich vorher in Bewegung gesetzt.

Alina war speiübel. Die Pfannkuchen, die *nalesniki*, die sie gemacht und gegessen hatte, und die saure Sahne kamen ihr hoch. Ihre Augen tränten. Kalter Schweiß überzog ihre Stirn wie eine Schneckenspur. Die Mädchen kreischten. Und Alina hielt sie mit fester werdendem Griff immer noch am Kinn fest. Sie spürte Knochen und zappelnde Zungen, spürte ihre Schreie an den Händen. Und der Kinderwagen bewegte sich weiter, langsam, ganz langsam, vom Teppich weg auf den Parkettfußboden.

Alina ließ nicht los.

– *Zwei* kleine Mädchen, sagte sie. – Und weil sie eine böse alte Frau war, freute sie sich so sehr darüber, dass sie es nicht abwarten konnte, bis sie eingeschlafen waren.

Der Kinderwagen rollte in Richtung Fenster. Sie hörte das Baby. Seine Bewegungen brachten den Wagen ins Schaukeln.

– Die alte Dame fand ein offenes Fenster, sagte Alina.

Der Kleine brüllte. Und nicht er allein. Im Kinderwagen war nicht nur ein Kind.

Die Mädchen schrien und machten unter sich. Doch Alina erzählte weiter.

– Sie schob sich lautlos durchs Fenster und schlich durchs Haus.

Der Kinderwagen war am Fenster angekommen. Cillian brüllte, dass die Scheiben zitterten.

– Sie fand die Mädchen ohne Mühe.

Die Mädchen zappelten, sie versuchten sich aus Alinas großen Händen zu befreien, weg von dem nassen Teppich.

Aber Alina hielt sie fest, die Fingernägel auf ihrem Hals, auf ihren Wangen spürte sie kaum.

– Sie hatte ihr scharfes Messer dabei, sagte Alina. – Sie wollte die kleinen Mädchen aufschneiden. Und ihnen die Haut abziehen, während ihre Mutter weit, weit weg in ihrem BMW saß und sie vernachlässigte.

Aber die Mutter saß nicht weit, weit weg in ihrem BMW. Sie stand an der Tür und sah ihre Töchter und Alina an.

– Hey, was soll das? HALLOHO!

Der Kinderwagen hörte auf zu schaukeln. Die kleinen Mädchen hörten auf zu schreien. Und Alina hörte auf zu erzählen. O'Reilly trat ins Zimmer. Sie machte Licht.

– Sie hat uns erschreckt, sagte Ocean.

Die Mädchen befreiten sich aus Alinas Umklammerung und robbten rückwärts vom Teppich.

– Sie hat uns weh getan, Mammy.

– Wir können sie nicht leiden.

Alina nahm ihre Hände vom Gesicht. An ihren Fingerspitzen war Blut. Sie spürte die Schrammen auf den Wangen, am Hals.

Sie sah auf.

Die Mädchen waren fort, sie hörte die beiden auf der Treppe. Sie war allein mit O'Reilly und dem brüllenden Baby. O'Reilly hatte den Kleinen auf dem Arm und machte leise beruhigende Geräusche. Sie wiegte ihn sanft und ging in einem kleinen Kreis um den Teppich herum. Das Geschrei legte sich bald, und es dauerte eine Weile, bis Alina begriff, dass O'Reilly, überdeckt von Küsschen und Geraune, eine Schimpfkanonade auf sie losließ.

– Mein Teppich, verdammte Sauerei, säuselte sie. – Weißt du überhaupt, wieviel der gekostet hat? Ja, schon gut, so ist's brav, mein Kleiner.

– Es tut mir leid, sagte Alina.

– Was zum Teufel hast du gemacht, Alina?

Alina sah auf den Kinderwagen. Er stand an der Wand neben dem Fenster. Er rührte sich nicht.

– In dem Kinderwagen spukt es, sagte Alina.

– Weil *ich* ihnen gesagt habe, dass es in der Scheißkarre spukt. Weil sie Cillian nicht zu nahe kommen sollten, solange er noch so klein ist.

– Aber in dem Wagen spukt es wirklich, sagte Alina. – Mit den Lügen, die Sie Ihren Töchtern erzählt haben, hat das nichts zu tun.

– Wie bitte?

– Ich hab gesehen, wie er sich bewegt hat, sagte Alina. – Hier. Sie stampfte mit dem Fuß. Sie stand auf.

– Hier, sagte sie. – Ich habe es gesehen. Und gehört. Viele Babies.

– Herrgott noch mal, sagte O'Reilly. – Je schneller du einen Bauernlümmel findest, der's dir besorgt, umso besser.

– Ich habe ihre Augen gespürt, sagte Alina.

– Schluss jetzt, sagte O'Reilly.

– Viele Male, sagte Alina, habe ich ihre Augen gespürt. Jetzt weiß ich es: In dem Kinderwagen sind Babies.

– Schau mich an, Alina, sagte O'Reilly.

Alina gehorchte.

– Hörst du zu? sagte O'Reilly.

– Ja, sagte Alina.

– Du bist entlassen.

8

O'Reilly war sich nicht sicher, ob Alina sie gehört hatte. Sie sah O'Reilly an, aber ihre Augen waren riesengroß und weit weg.

– Hast du mich verstanden, Alina?

– Ja.

– Du bist gefeuert.

Alina nickte.

– Mit sofortiger Wirkung, sagte O'Reilly.

– Ja.

– Du kannst heute Nacht noch hier schlafen, und dann ab mit dir. Weg mit Schaden.

– Ja.

– Sag nicht ständig ja, Alina, sagte O'Reilly.

Aber sie sah Alina nicht an dabei. Sie suchte nach einer Telefonnummer und balancierte den Kleinen auf der Schulter, während sie zum Fenster und zum Kinderwagen ging.

– Jetzt muss ich morgen zu Hause bleiben, sagte O'Reilly.

– Alles deinetwegen, Alina. Schöner Scheißdreck. Als ob das Leben nicht schon kompliziert genug wäre.

Sie ließ den Kleinen sanft von der Schulter gleiten und legte ihn, seinen Po und sein Köpfchen stützend, in den Kinderwagen.

Sie hörte den Schrei.

– Nein!

– Verpiss dich, Alina, sagt O'Reilly.

Sie drehte sich nicht um. Sie küsste den Kleinen auf die Stirn und steckte die Kanten der Steppdecke locker unter die Matratze.

Sie stand auf. Sie sah auf ihren Sohn herunter.

– Hier ist nur *ein* Baby, Alina.

Sie hatte das Handy am Ohr.

– Conor? Hier O'Reilly. Wir müssen die Sitzung morgen ausfallen lassen. Ja. Nein. Mein polnischer Bauerntrampel. Ja, wieder. Ja. Ja. Ein verfluchter Albtraum. Das geht? Ich blas dir einen, wenn du's schaffst. Cool. Bis später.

In dem Moment, als O'Reilly das Handy vom Ohr nahm, ließ Alina den Schürhaken auf ihren Kopf heruntersausen. Der Schürhaken war ein Dekorationsstück, schwer und bis zu diesem Tag unbenutzt. Ein Schlag genügte. O'Reilly brach fast lautlos zusammen, und ihr Blut vermengte sich mit dem Urin auf dem Teppich.

Mr. O'Reilly wollte gerade aufschließen, als Alina die Tür aufmachte.

– Alina, sagte er. – Du fährst mit Cillian spazieren?

– Ja.

– Bestens.

Er half ihr, den Wagen über die Granitstufen zu tragen.

– Ist er gut eingepackt? fragte Mr. O'Reilly. – Es ist ein scheußlicher Abend.

– Ja, sagte Alina.

– Und du, sagte er. – Hast du keinen Mantel?

Er musterte ihre Brüste unter dem eng anliegenden T-Shirt. Die würde ich gern sehen, wenn sie nach einem tüchtigen Spaziergang durch Wind und Regen zurückkommt, dachte er.

Alina antwortete nicht.

– Ja, dann will ich dich nicht aufhalten, sagte er. – Wo ist O'Reilly?

– Im Spielzimmer, sagte Alina.

– Bestens, sagte Mr. O'Reilly. – Bis später dann.

Alina wandte sich nach links, sie nahm nicht ihre übliche Route, sondern schob den Wagen über einen kleinen Fußweg hinter den Häusern. Dunkel war es dort und ungemütlich. Der Weg war nicht ordentlich gepflastert oder aber unter Jahren von welkem Laub, Müll und Hundekot begraben. Aber hier gab es keine Straßenbeleuchtung, drohte keine Entdeckung. Sie schob den Wagen geradewegs in die Dunkelheit und das Grauen hinein. Sie hielt die Arme steif ausgestreckt, um sich den Kinderwagen so weit wie möglich vom Leib zu halten. Trotzdem spürte sie jeden Rüttler, jeden Stoß, jeder ein schreiendes, schlotterndes Baby.

Am Ende des Weges, hinter dem Pub und dem Spar-Supermarkt, begann der nächste Fußweg und dann noch einer, der war besonders schlimm. Der Boden war weich und schmiegte sich widerwärtig warm um ihre Knöchel. Sie schob den Wagen unter Aufbietung all ihrer Kräfte bis zum Ende des Weges und ins Freie. Vor ihr war das Meer. Alina konnte sich nicht mehr verstecken.

Sie wusste, was sie zu tun hatte.

Aber jetzt brauchte sie selbst keine Kraft mehr aufzuwenden. Der Wind schüttelte den Wagen, fuhr unter das Verdeck und hob ihn hoch. Sie hörte die Schreie – der Wagen landete nach wenigen Zentimetern auf allen vier Rädern und rollte weiter. Alina musste hinterherrennen und ihn wieder einfangen, während die Geisterbabies, ihre Mörder oder Dämonen, wer weiß, vielleicht auch ihre Geistereltern versuchten, ihr den Kinderwagen zu entwinden. Sie hörte die Klagelaute und fast verdeckt darunter die Schreie von dem einen Baby, Cillian. Ihrem entzückenden, ihrem klugen Cillian. Gemordet von den gemordeten Säuglingen.

Sie verbot sich, die Kälte zur Kenntnis zu nehmen, machte sich nicht die Mühe, den Regen aus den Augen zu wischen. Sie hielt den Kinderwagen mitsamt seinem heulenden Elend fest und zog und schob ihn die zwei Kilometer über die Promenade bis zu ihrem Ziel, der hölzernen Brücke, die zu der merkwürdigen Insel führte.

Sie fanden Alina im Schlick. Sie stand bis zu den Hüften in Glibber und Tang und versuchte, den Kinderwagen noch tiefer in den Morast zu schieben. Sie fanden das Baby – nur eins – auf der Steppdecke, die auf dem Schlick lag. Die Decke hatte ihn gerettet. Die Flut kam gerade wieder herein. Die Steppdecke saugte sich voll und drohte zu versinken. Sie hoben den Kleinen und die um sich schlagende Frau auf die Brücke hoch. Den Kinderwagen ließen sie in den steigenden Fluten zurück.

Heim nach Harlem

1

Er sucht sich auf dem Anmeldeformular vergeblich.

– Entschuldigen Sie bitte …

– Was ist, Süßer?

– Ich kann hier nirgends was ankreuzen.

Er zeigt auf die Stelle.

Die Frau guckt ihn an. Sie linst über ihre Brille.

– Afroamerikaner, sagt sie.

– Ich bin kein Amerikaner, sagt er.

– Echt nicht? sagt sie.

– Echt nicht.

Sie nimmt ihm das Formular ab, sie geht die Möglichkeiten durch – Weiß, Nicht-Hispanisch, Afroamerikanisch, Hispanisch und so weiter – und guckt ihn an.

– Aber was sind Sie denn nun?

– Ire, sagt er.

Er ist seit drei Tagen in New York. Er heißt Declan, und ihm schwirrt der Kopf. Er war auf dem Empire State Building, ist wie ein Verrückter U-Bahn gefahren und er war in dem Starbucks Ecke Lenox Avenue und 125th Street. Harlem. Er kommt noch gar nicht drüber weg. Er war in Harlem. Er ist am Apollo vorbeimarschiert, er hat im Foot Locker ein T-Shirt gekauft. Billig obendrein, halb geschenkt.

Das hat er jetzt an.

– Irisch? fragt sie.

– Ja.

– Na schön, sagt sie.

Eine nette, hilfsbereite Frau. Sie schreibt SONSTIGE neben Hispanisch und malt ein Kästchen dazu.

– Das ist für Sie.

– Danke, sagt er.

– Alles klar.

Toll, das ist also erledigt, er ist immatrikuliert. Hier. Im College. In Amerika. Dem Land seiner Ahnen.

Er ist wieder draußen. Es ist arschkalt, ihm fallen die Hände ab, er wird sich Handschuhe kaufen müssen. Aber es ist toll, ganz toll. Broadway – Himmel noch mal. Heute früh ist er in die eine Richtung gegangen, jetzt geht er in die andere. Broadway. Noch ein Starbucks. Es ist gigantisch. Er hat kein Auge zugetan, seit er aus dem Flugzeug gestiegen ist. Er ist angekommen.

Die Harlem Renaissance, darüber will er arbeiten. Die Harlem Renaissance und ihr Einfluss auf die irische Literatur. Ob er ihn finden wird, weiß er noch nicht, ein bisschen tollkühn ist es schon, aber damit hat er sein Visum gekriegt, also was soll's.

Ein Supermarkt. Er geht rein. Er braucht was zu essen.

Eines Tages hatte er die Nase voll. Während eines Tutoriums, in seinem zweiten Studienjahr am University College Dublin, als der Dozent über irische Literatur und ihren Einfluss auf die Welt – Joyce, Yeats, kleines Land, große Preise – schwafelte und um ihn rum alle nickten wie die Wackeldackel, total einverstanden, total stolz, eine Selbstgerechtigkeit, die ihm auf den Geist gegangen ist.

Sie haben ungefähr achtundzwanzig verschiedene Sorten

Milch. Was zum Henker bedeutet zwei Prozent? Weiß muss sie sein.

– Sind sie nie selbst von anderen beeinflusst worden? hatte Declan gefragt.

Schnaufen, Prusten, Griff zu den Vorlesungsunterlagen.

– Ähm, sagte der Dozent. – Wen meinen Sie?

– Diese irischen Typen, sagte Declan. – Haben die denn nie selber ein Buch gelesen?

Der Dozent hatte gelächelt.

– Na hören Sie, Declan. Die Griechen, die Romantiker, Sie wissen schon …

– Keinen, der ein bisschen moderner war?

– Wen denn? fragte der Dozent zurück. Noch lächelte er.

– Die Harlem Renaissance zum Beispiel, sagte Declan und sah, wie sich das Lächeln des Dozenten veränderte, und das war's dann. Irlands Geschenk an die Welt? Scheiß drauf. Declan würde nachweisen, dass der Kickstart für die beste irische Literatur des zwanzigsten Jahrhunderts – oder jedenfalls eines Teils davon – Harlem war. Und wenn er das nicht hinkriegte, würde er mogeln, würde was erfinden. Yeats hat auf dem Sterbebett sein Exemplar des *New Negro* ans Herz gedrückt. Beckett ist nie ohne *Die Seelen der Schwarzen* unter dem Arm aufs Klo gegangen.

Und da steht er nun. Zwei Jahre später. Und guckt immer noch die Milch an.

– Ach du dickes Ei.

– Du bist Ire, stimmt's?

– Ja.

– Ist ja'n Hammer.

– Ähm. Danke.

– Tschüss.

– Tschüss.

Die sprechen hier mit dir, nett ist das. In Irland wäre das unmöglich. Er nimmt sich einen Karton, auf dem eine Kuh abgebildet ist, bei einer Kuh kann man nicht viel falsch machen. Und ein paar Äpfel. Und eine dieser Salatmischungen, Kopfsalat und so. Mit Kochen will er nächste Woche anfangen.

Morgen geht es los. Erstes Treffen mit dem Prof. Und lesen, lesen, lesen. Heim nach Harlem.

Sein Großvater war aus Harlem. Hatte seine Großmutter in Glasgow kennengelernt, im Krieg. Sie arbeitete dort in einem Hotel, den Namen hat er vergessen. Sie war siebzehn und alleinstehend, war mit ihrer Schwester rübergekommen, aber die war nach Coventry gezogen. Und sie hatte seinen Großvater kennengelernt. Hinter dem Hotel. Sie hatten ihn verprügelt und hörten auf, als sie seine Großmutter sahen. Sie rannten weg, und sie hob seine Mütze auf und wartete darauf, dass er aufstand. Ganz langsam und bedächtig machte er das, als wenn er sich absichtlich da unten hingelegt hätte – so hatte sie es Declan erzählt, als seine Mutter nicht zuhörte.

– Er war phantastisch, hatte sie gesagt. – Bildschön. Und überall voll Blut.

Declan sieht ihn vor sich. Seinen Großvater. Das Blut, die Uniform, das Lächeln, das seiner Großmutter gilt. Wie er die Mütze aufsetzt, nur um sie wieder abnehmen zu können.

– Danke, Miss.

– Blendende Manieren, hatte sie gesagt.

– Ich werde ihn finden, Granny, hatte Declan ihr immer wieder versprochen.

– Das ist brav, hatte sie gesagt. – Und wenn du ihn gefunden hast, kannst du ihm sagen, dass ich nach ihm gefragt habe.

2

Sie sieht Declan an. Und lächelt nicht. Kein Prof. Eine Professorin. Am Ende eines sehr langen Ganges. Er hat eine halbe Ewigkeit gebraucht, um sie zu finden. Im Vorbeigehen hat er sämtliche Namen an den Türen gelesen. Alles Scheißprofs.

– Sind Sie da persönlich involviert?

Declan hat ihr gerade eröffnet, dass er den Einfluss von Harlem auf die irische Literatur des zwanzigsten Jahrhunderts nachweisen will.

– Wie meinen Sie das?

Sie deutet mit einer Kopfbewegung zum Fenster.

– Da draußen, das ist Harlem, sagt sie. – Und Sie sind … Sie wirft einen Blick in die Akte, die auf ihrem Schreibtisch liegt.

– Aus Südirland?

– Wie meinen Sie das? fragt Declan.

– Sie sind nicht aus dem Norden. Aus Ulster.

– Ach so, sagt Declan. Nein, ich bin aus dem Süden.

– Und warum dann?

– Warum was?

Er war zu spät dran, er konnte nichts dafür. Er hatte vergessen, dass das Erdgeschoss hier Erster Stock hieß, war falsch aus dem Aufzug gestiegen und hatte mit ziellosem Herumlaufen die Zeit vergeudet, bis er jemanden nach dem Weg gefragt hatte. Aber so schlimm war das mit der Verspätung auch nicht. Zehn Minuten. Nicht aufregend.

– Sie sind spät dran, Mister O'Connor, hatte sie gesagt.

– Ich sitze seit sechs Jahren in diesem Büro, sagt sie jetzt, und Sie sind der erste farbige Ire, der hier hereinkommt, der erste Mensch, ob schwarz oder weiß, der behauptet,

Harlem habe was mit Irland zu tun. Ich frage noch einmal: Warum?

Noch immer kein Lächeln, und wahrscheinlich kommt auch keins mehr. In Irland würde sie jetzt das Teewasser aufsetzen. Ulster – Scheiß drauf.

Dass er so spät dran ist, hat noch einen anderen Grund: Er hat verschlafen.

– Ja also, sagt er.

Declan verschläft nicht. Nie. Aber es war einfach zuviel, er hat, seit er in New York ist, kein Auge zugetan. Eben noch hatte er sich mit seinem neuen Mitbewohner unterhalten, der sich immer noch nicht einkriegen kann, dass Declan schwarz ist, gleich darauf war er wach, und die Zeit lief ihm davon.

– Ja also, sagt er jetzt.

Marc, so heißt der Mitbewohner.

– Mit C.

– In Ordnung, hatte Declan gesagt. – Ich bin Declan. Mit K.

– Cool.

– Ja also, sagt er zu der Professorin, persönlich involviert? Doch, könnte man so sagen.

– Danke. Das interessiert mich nicht.

– Was? sagt Declan.

– Das interessiert mich nicht.

Sie klappt die Akte zu.

Declans Mutter waren die Geschichten seiner Großmutter verhasst.

– Alles erstunken und erlogen, sagte sie. – Ich bin nicht im Krieg zur Welt gekommen, sondern 1950. Und in Dublin, nicht in Scheißglasgow.

Allerdings sagte sie das zu Declan erst, als er alt genug war, um es zu verstehen, und da war sie viele Jahre zu spät dran.

Declan sah das Hotel, die Gasse dahinter, seinen Großvater, seine Großmutter deutlich vor sich, da konnte seine
Mutter sagen, was sie wollte.

– Und schau dich an, sagte seine Mutter. – Du bist doch gar
nicht schwarz.

– Sie kann einem leid tun, sagte seine Großmutter.

– Das interessiert mich nicht, erklärt die Professorin.

Und Declan ist sauer.

– Das hätten Sie mir sagen sollen, ehe ich das Scheißticket
gekauft habe.

Jetzt lächelt sie. Aber es ist kein freundliches Na-also-jetzt-
reden-wir-Klartext-Lächeln.

– Die Iren und ihre berühmten Kraftworte, sagt sie. – Char-
mant.

– Sind Sie mit einem Sportstipendium so weit gekommen?
fragt Declan.

– Wie meinen Sie?

Das Lächeln ist weg.

– Sie haben gerade kräftig in die Klischeekiste gegriffen.
Die Iren und ihre Kraftworte. Da habe ich mir gedacht, dass
Sie als Schwarze bestimmt mit einem Sportstipendium stu-
diert haben. Basketball oder Sprint?

– Erwarten Sie eine Entschuldigung?

– Oder Beachvolleyball? Ich scheiß auf Ihre Entschuldigung. Ich bin übrigens hergeschwommen.

Sein Bauchgefühl sagt ihm, dass er jetzt aufstehen und gehen müsste. Aber er bleibt sitzen.

– Sie ist tatsächlich in Dublin geboren, hatte seine Großmutter gesagt. – Aber schon 1945.

– Warum hat sie 1950 gesagt?

– Dümmer kann man ja wohl nicht fragen, sagte seine
Großmutter.

Die Professorin sieht ihn groß an.

– Soso. Dann erzählen Sie mal.

Und genau das tut er. Er fängt mit seiner Großmutter und seinem Großvater an. Er erzählt von Irland und wie es ist, schwarz und Ire zu sein. Er erzählt, wie er zum ersten Mal *Die Seelen der Schwarzen* gelesen hat, und zitiert die Frage aus dem ersten Absatz des ersten Kapitels: Wie fühlt es sich an, ein Problem zu sein?

– Das Problem ist nur, sagt er, dass ich schwarz und Ire bin, das sind zwei verdammte Probleme.

Sie lacht.

– Hey, Deklan!

Später. Marc sitzt auf seinem Bett und sieht zur Tür. Er hat schon seine Laufschuhe an.

– Hey, sagt Declan.

– Wie war dein Tag, Mann?

– Leidlich, sagt Declan.

Er macht den Kühlschrank auf. Seine Milch kommt ihm leichter vor.

– Hey, Marc, hast du von meiner Milch getrunken?

– Wo werd ich denn!

– Gut, sagt Declan.

Er nimmt einen Schluck.

– Aber soll ich dir mal was sagen? Er setzt sich auf sein Bett. – Die Milch in Irland ist viel besser.

3

Declan läuft durch Harlem. Es ist Sonntag. Und eiskalt. 126th Street. Kirche an Kirche. Praktisch jedes Haus ein Gotteshaus. The Church of the Meek. Harlem Grace Tabernacle. Glory of Lebanon. Draußen stehen Leute in Grüppchen beisammen. Familien. In Sonntagskleidung. Mit Gebetbüchern, Bibeln in der Hand. Declan trägt schon seit Jahren keine Sonntagssachen mehr. Seit der Beerdigung seines Vaters war er nicht mehr in der Messe. Er guckt sich die alten Männer an. Gepflegte alte Männer, umgeben von Kindern und Enkeln.

Komisch – zu Hause, in Dublin, würde er sich über die Kirchen lustig machen und sich neue Namen für sie ausdenken. *Church of the semi-detached Tabernacle*. Hier würde er sich am liebsten feinmachen und in eine dieser Kirchen gehen. Die Schwarzen sind hier alle pikobello angezogen. Nicht nur am Sonntag. Die Jeans sind gebügelt, sie sehen aus wie frisch aus der Reinigung, nicht zu fassen – einfache Jeans! Sogar die von den Obdachlosen. Er kommt sich vor wie ein Penner, wenn er an ihnen vorbeigeht. Es ist wirklich saukalt. Er geht schneller, rennt sogar ein Stück, muss aufs Glatteis aufpassen. Zu einem Starbucks. Er hat ein Buch mit.

– Glauben Sie wirklich, dass Sie diese Sache richtig anpacken, Mister O'Connor? fragt die Professorin.

Sie meint das Buch. *The Sport of the Gods* von Paul Laurence Dunbar.

– Ja also, sagt Declan.

– Ja?

– Im Vorwort steht, dass es 1903 in Großbritannien rausgekommen ist, sagt Declan.

– Und?

– Na ja, Sie kennen doch John Millington Synge? *The Playboy of the Western World?*

– Ja.

– Angeblich hat Yeats gesagt, er soll auf die Aran-Inseln gehen und den Einheimischen aufs Maul schauen.

– Wie bitte?

– Hören, was die Stoppelhopser so sagen. Die Bauern. Danach hat er dann den *Held der westlichen Welt* geschrieben. Und da hab ich mir gedacht, wenn er *The Sport of the Gods* gelesen hätte, als es rausgekommen ist, wäre er dadurch auf die Idee für den *Helden* gekommen. Oder gar nicht mal auf *die* Idee. Eine Idee. Irgendwas. Die Sprache vielleicht. Entgegen der offiziellen Lesart.

– Und haben Sie was gefunden?

– Nein, sagt Declan.

Er schüttelt den Kopf. Sie auch.

– Haben Sie die Absicht, alle jemals von Afroamerikanern geschriebenen Bücher zu lesen, Mister O'Connor?

– Ich weiß nicht. Gibt viele, was?

Sie nickt.

– Sie gehen die Geschichte an wie einen Krimi, sagt sie.

– Wie meinen Sie das?

– Sie durchforsten den Text nach Beweisen und hoffen, dass sich irgendwas ergibt.

– Ja.

– Und wenn sich nun nichts ergibt?

Er zwingt sich, nicht die Schultern zu zucken. Er hört zu.

Er ist wieder auf dem Broadway. Später Nachmittag. Es dunkelt schon und ist noch kälter geworden. Ein Typ mit Steppjacke und Klemmbrett kommt auf ihn zu. Er lächelt den Mann an, der vor Declan hergeht.

– Hi, Sir, haben Sie heute Abend Zeit für Save the Children?

Der Mann geht weiter. Jetzt ist Declan dran.

– Hey, Mann, hast du heute Abend Zeit für Save the Children?

– Warum bin ich kein ›Sir‹? fragt Declan.

Aber der Typ ist schon an ihm vorbei.

– Hey, Mann, hast du heute Abend Zeit für Save the Children?

Declan kommt sich vor wie ein Idiot. »Mann« für Studenten, »Sir« für die Anzugträger. Hätte er wissen müssen. Er geht weiter. Es ist saukalt.

– Setzen Sie tiefer an, Mister O'Connor, hatte die Professorin gesagt.

– Wie meinen Sie das?

– Gehen Sie auf die Suche nach sich selbst.

Blödsinn. *Gehen Sie auf die Suche nach sich selbst.* Wir sind doch nicht bei *Karate Kid III.*

Er gibt sich einen Ruck. Er ist in New York, verdammt noch mal. Reiß dich zusammen, Dec. Vielleicht hat sie ja sogar recht. Reiß dich zusammen.

– Hi.

Er ist drüber weg.

Sie ist umwerfend. Und sie geht neben Marc her.

– Deklan! Wie geht's dir, Alter?

– Grand. Er macht auf Ire.

– Grand, wiederholt sie. – Cool.

Grand. Das kommt hier an. Verdammt, die Frau ist Klasse.

– Schon auf dem Heimweg, Deklan? fragt Marc.

– Weiß nicht, sagt Declan. – Vielleicht.

– Ich hab Milch geholt, Mann, sagt Marc. – Bedien dich.

– Okay, grand.

Dieser Marc ist ein Trottel, dass er von Milch labert, wenn er so eine tolle Frau dabeihat. Er wird Marcs Milch in den Scheißausguss kippen. Es geht ihm schon besser. *Gehen Sie auf die Suche nach sich selbst, Mister O'Connor.*

– Wie hieß mein Großvater mit Nachnamen? hatte er seine Oma vor Jahren gefragt.

– Powell.

Da gibt es diesen Powell im Weißen Haus oder dem Pentagon, den Kumpel von Bush. Aber der ist zu jung, der kann nicht Declans Großvater sein, auch wenn er schwarz ist und in der Army war.

Trotzdem – es ist ein Anfang. Damit wäre einer abgehakt. Von Millionen. Und da gibt es den Adam Clayton Powell Jr. Boulevard, der quer durch Harlem führt. Hier wimmelt es von Powells.

– Was liest du da, Deklan?

– Das Telefonbuch, Marc.

– Cool.

– Earl, Hattie, Sadie, Marcus. Alle im Telefonbuch. Onkel, Tanten, Cousins, Cousinen? Einer vielleicht.

Zum Telefonieren im Freien ist es eigentlich zu kalt. Aber da steht er nun. Nicht in einer dieser alten Telefonzellen, die sie in Dublin haben. Hier gibt es keine Tür, und der Wind, der über den Hudson kommt, ist ein Killer.

– Hallo? sagt eine Stimme.

– Ist dort Alexander Powell? sagt Declan.

– Ja.

– Ähm. Was haben Sie für eine Hautfarbe?

4

– Ich kaufe heute nichts, sagt Alexander Powell.

– Sind Sie Afroamerikaner?

– Nein.

– In Ordnung, sagt Declan. – Danke.

Er geht zum Starbucks rüber. Er nimmt den Deckel von seinem Latte und hält sein Gesicht in den Dampf. Er guckt

sich die Telefonbuchseiten an, die er rausgerissen hat –
zwei Namen pro Tag sind zu schaffen, davon dreht man
schon nicht durch. Am liebsten hat er das Starbucks auf
dem Broadway. Er kann aus dem Fenster gucken und die
Frauen beobachten, die vorbeigehen, die reinkommen und
rausgehen und über die Straße gehen und alles. Selbst dick
eingemummt sind sie phantastisch. Auch die alten Männer
sieht er sich an, die alten Schwarzen. Überall, wo er geht
und steht. Er hofft, dass sein Großvater wie einer dieser
alten Kirchgänger ist, die er an den Sonntagen sieht. Einer
dieser gepflegten alten Männer im Kreis ihrer Familien.
Declans Cousins und Cousinen, der Gedanke lässt ihn
nicht los. Cousins und Cousinen, Onkel, Tanten, Nichten,
Neffen.

– Hatte er Brüder? hatte er seine Oma gefragt. – Oder
Schwestern?

Sie warf einen Blick über die Schulter, um sicherzugehen,
dass seine Mutter nicht mithörte.

– Keine Ahnung. Wir sind nicht dazu gekommen, über unsere Familien zu reden.

Declan steckt die Telefonbuchseiten wieder in seinen
Rucksack. Er holt sein Buch raus.

– Also, Mister O'Connor, sagt die Professorin.

Eine Stunde später. Ihr Büro ist zu warm.

– Was lesen Sie heute?

– Langston Hughes, sagt Declan.

– Und finden Sie ihn irisch?

– Eigentlich nicht, sagt Declan.

Sie ist ein Biest.

– Aber er ist gut, sagt Declan.

– Und?

– Ich mache, was Sie gesagt haben.

– Nämlich?

– Gehen Sie auf die Suche nach sich selbst, haben Sie gesagt. Und jetzt suche ich eben.

Er hält Langston Hughes hoch.

– Ich suche.

Er ist wieder in dem Zimmer, das er sich mit Marc teilt. Ist gerade reingekommen. Das ist etwas, was ihn an New York stört, jetzt, im tiefsten Winter – das ständige An- und Ausziehen. Mantel, Mütze, Handschuhe, Pulli, Stiefel – immer wieder derselbe Mist.

Marc steht an seinem Bett.

– Hey, Deklan!

– Wie läuft's?

– Cool. Der Typ da.

Er zeigt auf das Foto über Declans Bett.

– Ja? sagt Declan. – Was ist mit ihm?

– Das ist Colin Powell, nicht?

– Stimmt.

– Warum?

– Freund der Familie. Die Frau, mit der ich dich gesehen habe, Marc.

– Welche Frau?

– Die Tussi, mit der du neulich um die Häuser gezogen bist.

– Kim?

– Ja, sagt Declan. – Du gehst mit ihr, ja?

– Kim? Nö, kann man so nicht sagen.

– Grand, sagt Declan.

Er legt sich aufs Bett und wühlt sich durch Langston Hughes. Manche Gedichte sind toll, andere Schrott. Er angelt nach seinem Bleistift, der ihm runtergefallen ist. Er unterstreicht *Amerika war nie Amerika für mich*. Warum eigentlich? Wenn er *Amerika* durch *Irland* ersetzt, sagt es das aus, was Declan manchmal empfindet, was er sein Leben lang empfunden hat. Ein tolles kleines Land und so weiter, aber nicht seins. Nicht wirklich.

– Hast du ihre Telefonnummer, Marc?

– Aber klar.

– Grand.

Wie ist das mit Amerika? Könnte es Heimat werden? Er weiß es nicht genau. Es ist verdammt kalt. Er ist wieder draußen und telefoniert. Wartet, dass jemand abhebt.

– Ja?

– Ist dort Bernard Powell? sagt Declan.

– Bern-ard. Ja.

– Sind Sie Afroamerikaner?

Ein Schnaufen, ein Lachen.

– Ja.

– War jemand aus Ihrer Familie während des Zweiten Weltkriegs mal in Schottland?

– Nein.

– In Ordnung. Trotzdem vielen Dank.

Er legt auf. Er nimmt wieder den Hörer. Er wählt. Er horcht, er wartet.

– Hi.

– Kim?

– Hi.

– Hallo. Hier Declan.

– Wer?

– Der Typ aus Irland. Marc kennt mich.

– Wer? Ach so. Hi.

– Wie läuft's?

Eine Stunde später. Declan läuft durch den Schnee im Morningside Park. Verrückt. Er reicht ihm bis an die Hüften. Aber es ist toll. Gigantisch. Kim. Er liebt ihre Stimme. Und sie hat den Test bestanden, sie hat nicht »Ist ja 'n Hammer« gesagt. Morgen treffen sie sich. Ein Date mit einer Amerikanerin. Wahnsinn. Es wird dunkel.

– Ich mag ihn, sagt Declan.

Er meint Langston Hughes. Wieder ein Gespräch mit der Professorin.

– Er ist der Bringer.

– Der Bringer? sagt die Professorin. – Wie meinen Sie das?

– Ja also … Er ist gut, sagt Declan.

– Warum ist er gut, Mister O'Connor?

– Weiß ich noch nicht genau. Mir gefällt, wie er drinnen und draußen zugleich sein kann. In Harlem, und draußen im übrigen Amerika.

Sie nickt.

– So ist es, wenn man Ire ist, sagt Declan. – Und wenn man schwarz *und* irisch ist.

Später. Er telefoniert. Eiseskälte, die Hände tun ihm weh.

– Sind Sie Afroamerikanerin? fragt er.

– Ja.

– War jemand von Ihrer Familie während des Krieges in Schottland?

– Ja, doch.

– Was? sagt Declan. – Echt?

5

– Ja, wirklich.

Chantel Powell; Declans siebter Anruf.

Aber es ist der falsche Krieg. Ihr Neffe war während des letzten Irak-Krieges in Schottland, sie erzählt ihm alles über Lee Jr. Declan mag sie, auch wenn sie sich nie kennenlernen werden.

Er geht weiter. Er ist nicht enttäuscht. Nicht wirklich.

Er kommt der Sache näher. Es macht keinen Sinn, das weiß er, aber so hat er es im Gefühl. Scheiß drauf, Dec, sei nicht enttäuscht. Er hat Langston Hughes: ... *es ist Winter | Und die Vettern in dem zu engen Zeug | Reiten sanft gezäumte Pferde.* Er kommt an den Obdachlosen auf dem Broadway vorbei, er sieht sie nur nachts richtig. Wie überleben die den Winter? So kalt war's noch nie. Es tut richtig weh. Verrückt, sich draußen rumzutreiben. Aber was soll's. Morgen trifft er sich mit Kim und wird sehen, wie sie den Reißverschluss an ihrem Mantel aufmacht.

Er ist zu hibbelig, hält es zu Hause nicht aus. Nicht dass dieses Zimmer ein Zuhause wäre. Was ist Zuhause? Wo ist es? Das Haus seiner Oma vielleicht. Er findet es toll hier.

– Wie hieß mein Opa mit Vornamen, Granny? hatte er sie vor Jahren gefragt.

Und sie war rot geworden. Als würde man rote Tinte auf Papier gießen, breitete die Farbe sich bis in ihre grauen Haare hinauf aus. – Du fragst einem wirklich Löcher in den Bauch, hatte sie gesagt.

– Weißt du es nicht?

– Nein.

– Hast du's vergessen?

– Ja.

– Echt?

– Gott im Himmel, reiß die Augen nicht so auf. Nein, nicht wirklich.

– Hast du ihn nie gewusst?

– Ganz genau, ich hab ihn nie gewusst. Und jetzt geh spielen, solange es noch nicht regnet.

– Wieso hast du dann seinen Nachnamen gewusst?

– Jemand hat ihn gerufen, sagte sie. – Ein Militärpolizist. Und jetzt raus mit dir.

Er läuft. Vierzig Blocks, mühelos. Noch mal zehn. Er stiefelt verbissen durch die Gegend, kämpft gegen die Kälte. Morgen trifft er sich mit dieser Kim.

Und dann *ist* morgen, und er richtet es so ein, dass er vor ihr da ist. Er will sie reinkommen sehen. Will sehen, was sie für ein Gesicht macht, wenn sie ihn sieht.

Es ist eine große Bar in der Nähe der Uni. Hier war er noch nie. Er macht sich nicht viel aus Bars oder den Pubs in Dublin. Declan trinkt nicht. Er war zweimal betrunken, das reicht ihm. Und die Freundlichkeit von Betrunkenen, diese Stört-uns-nicht-dass-du-schwarz-bist-Masche, geht ihm auf den Senkel.

Aber es war Kims Vorschlag. Na schön, wenn sie meint.

Er braucht nicht lange zu warten. Sie kommt kurz nach ihm. Sie sieht ihn. Sie lächelt.

Sie lächelt.

Sie lächelt. Sie kommt rüber zu ihm. Sie lächelt.

– Hi.

– Hi, sagt Declan. – Wie läuft's?

Er wird ganz auf irisch machen, hin und wieder ein *grand* einstreuen, das kommt gut hier.

– Wie geht's?

Ihr Mantel hat keinen Reißverschluss, aber er sieht den Fingern beim Aufknöpfen zu. Sie lächelt.

– Hey, sagt sie. – Ich hab heut Lust, mir einen anzududeln. Wie ist das mit dir?

– Ja, sagt Declan. – Alles klar. Grand.

Er kann Guinness nicht ausstehen, nicht mal riechen kann er es, aber jetzt steht eine Halbe vor ihm. Und er greift danach, um einen Schluck zu nehmen, aber sie kommt ihm zuvor. Sie schlabbert wie ein Welpe an der Wasserschüssel.

Sie hat einen Guinness-Schnurrbart. Steht ihr gut.

Er greift nach dem Glas.

– Sláinte, sagt er und zu sich: Arschloch!

– Cool, sagt sie.

Sie lächelt. Er macht die Augen zu und kostet sein Bier.

– Nun, Mister O'Connor?

Der Morgen danach – wonach? –, und die Professorin mustert Declan. Sie lächelt, das Biest.

Wonach?

Sie sagt es noch mal.

– Nun, Mister O'Connor?

Es ist eine Frage, das hat er jetzt kapiert.

– Was? sagt er, und dann bricht ihm der Schweiß aus. Er weiß nicht, wie er hierhergekommen ist, wie er das geschafft hat. Er möchte nach Hause gehen und sterben. Oder wenigstens auf den Gang raus, da könnte er sich langlegen, *grand* wäre das.

– Fortschritte? fragt sie.

– Titel, sagt er.

– Wie bitte?

– Ich habe …

Er richtet sich auf. Fängt noch mal an.

– Ich habe den Titel.

– Ja?

– *Na und?*

– Das ist alles?

– *Na und?* sagt Declan. – Irische Literatur und ihr Einfluss auf den Rest der verdammten Welt.

Er lehnt sich zurück, er sackt zusammen.

– Gar nicht schlecht, sagt sie. – Und Sie sind betrunken.

Er nickt. Er sieht zur Tür.

Wonach?

Das Bier und der Streit und die Versöhnung. Und das Rum-
geknutsche und das Bier und der zweite Streit. Oder der
dritte? Keine Ahnung.

Seine Schuld. Höchstwahrscheinlich. Du darfst bei deinem
ersten Date mit einer Amerikanerin nicht vom Irak anfangen, ausgeschlossen. Aber genau das hat er gemacht.

Declan stöhnt.

– Scheiße.

Die Professorin ist noch da und guckt ihn an. Es ist ihr
Büro.

Er steht auf.

– Bibliothek, sagt er. – Muss dringend …

– Machen Sie so weiter.

– Ja.

Er wankt zur Tür.

6

Jetzt fällt ihm alles – oder vieles – von dem wieder ein, was
am Abend zuvor passiert ist.

– Herrjesus.

Das Bier. Er schiebt es aufs Bier. Er weiß nicht mehr genau,
was passiert ist, aber fest steht: Das Bier ist schuld, nicht er.
Der Streit. Zweimal. Vielleicht dreimal.

Er ist wieder auf der Straße. Er braucht Luft. Die gibt es
hier reichlich. Scheißkälte. Ihm kommt sie gerade recht. Er
hat sie verdient. Er macht die Jacke auf – bring mich um,
ich bin zu nichts zu gebrauchen. Er geht in Richtung Hudson. Der Wind weht kalt auf seine Brustwarzen.

– O Jesus.

Die Erinnerung kommt zurück. Gestern Abend. Es hatte so gut angefangen. Sie war ganz erschüttert, als er ihr gesagt hat, dass er Hiphop nicht mag, das weiß er noch. Er sieht noch ihr Gesicht vor sich.

– Nein?

– Nein.

– Wie kommt's?

– Es ist Scheiße.

– In Irland?

– Überall.

Sei nicht dämlich, hat er sich gesagt, das weiß er noch.

– Mit ein paar Ausnahmen, hat er gesagt.

Sie hat genickt. Unsicher. Er hat gelächelt. Sie hat gelächelt. Eine Weile war alles bestens. *Grand.*

Er wird sie anrufen. Jetzt gleich. Er wird zu einem Telefon gehen und sagen, dass es ihm leid tut.

Aber warum eigentlich? Schließlich ist ja nicht er in den Irak einmarschiert.

Er geht in den Riverside Park. Bergab. Im Schnee.

Wieso sie plötzlich über den Irak geredet haben, weiß er nicht mehr. Vorgehabt hatte er es nicht, aber dann war das Thema doch da.

Er zieht den Mantel aus, er legt sich hin und wälzt sich im Schnee.

– Jesus!

Geschieht ihm recht. Trottel. Wichser. Oberidiot. Er buddelt sich in den Schnee ein. Die Kälte wird den letzten Abend vertreiben. Er reibt sich Gesicht und Hals mit Schnee ein, Eisbrocken sind auch dabei, die tun richtig weh. Aber er drückt sie sich in die Haut, vielleicht gibt es sogar Blut. Schrammen. Wenn er aufsteht, wird er frisch und neu sein.

Aber es klappt nicht. Er ist aufgestanden und immer noch ein Scheißtrottel. Die Erinnerung ist immer noch da. Und er will immer noch sterben.

Er versucht zu rennen und kann nicht.

– Ihr seid die Briten des neuen Jahrtausends.

Hat er das gesagt? Ja, hat er. Zu einer Amerikanerin, die eben noch seine Hand gehalten hat? Ja, hat er. Die mit ihren Fingern über seine Fingerknöchel gefahren ist, ihn angelächelt, mit ihm gelacht hat? Näher an ihn rangerückt ist. Und …

– Wie denkst du über die Sache mit dem Irak?

Das hat er gesagt. Die Sache mit dem Irak. Wie war er bloß darauf verfallen? Er redet doch sonst nicht so.

Das Bier. Das Guinness. Nie wieder. Die Sache mit dem Irak.

– Jesus.

Er versucht, schneller zu gehen. Er hat den Mantel wieder angezogen. Sterben will er nicht mehr, aber er ist klatschnass und durchgefroren.

Vielleicht erinnert sie sich nicht.

Declan hat nichts gegen die Briten.

Nein, vielleicht erinnert sie sich nicht.

Er wird sie anrufen. Er kramt in den Taschen nach Geld, aber seine Finger sind taub, er spürt nichts. Nur die Kälte. Er kriegt die Hände nicht in die Taschen. Er versucht zu rennen.

Er hat nichts gegen die Amerikaner. Er findet es toll hier. Er hat Colin Powell an seiner Scheißwand hängen.

Er hat keinen Kater mehr.

Er rennt, er kann rennen. Broadway. Seine Arme und Beine funktionieren. Und er spürt die Wärme seines Atems, den Dampf auf seinem Gesicht, in den er hineinrennt.

– Ich bin's.

– Oh. Hi.

– Hi, howyeh.

Die irische Masche, vielleicht klappt's damit. *Grand*.

– Ich hab das Gefühl, dass ich mich bei dir entschuldigen muss, sagt sie.

Er traut seinen Ohren nicht. Das ist phantastisch.

– Schwamm drüber, sagt er.

– Das hätte ich nicht sagen dürfen.

– Och … sagt er.

Was zum Henker hat sie gesagt? Er hat keinen Schimmer, und es ist ihm auch egal. Ihm wird warm, er ist lebendig.

– Wollen wir uns noch mal treffen? Ein neues Date?

– Okay, sagt sie. – Cool.

– Grand.

Aber diesmal ohne Alkohol. Sie verabreden sich für Freitag. In drei Tagen. Das ist gut, er kann warten. Vielleicht fällt ihm sogar ein, was sie gesagt hat.

Ihm ist nicht mehr sehr kalt, und er hat noch Geld für einen Anruf.

– Franklin J. Powell?

– Ja.

– Waren Sie im Zweiten Weltkrieg in Schottland?

– Das war mein Vater.

– Ihr Vater?

– Ja.

Ist dieser Typ Declans Onkel?

– Worum geht's denn? fragt der Typ.

Klingt okay, nicht aggressiv. Onkel Franklin. Onkel Frank.

– Ja, also, sagt Declan, Ihr Vater, Franklin J. Powell.

– Ja? Hallo?

– Der könnte mein Großvater gewesen sein.

Schweigen am Telefon.

– Ihre Stimme, sagt der Typ. – Ihr Akzent. Sind Sie Ire?

– Ja.

Und der Mann lacht. In Declans Ohr hinein. Der Kater lauert wieder. Ihm ist kalt.

– Das muss ich sehen, sagt der Typ.

– Es ist kein Witz, sagt Declan.

– Freut mich. Wo sind Sie?

– Broadway und 116th.

– New York?

– Ja, sagt Declan.

– Ich weiß immer noch nicht, wie Sie heißen.

– Declan, sagt Declan. – Declan O'Connor.

Und Franklin Powell, vielleicht Declans Onkel, lacht wieder.

7

Declan versucht sich zu konzentrieren, aber es klappt nicht. Das Buch liegt auf dem Tisch, er hat es genau im Blick. *Die Autobiographie eines Ex-Farbigen.* Aber seine Gedanken, seine Augen wollen nicht auf den Seiten bleiben. Er ist auf Seite 54, aber er wird noch mal anfangen müssen. Mist.

Er steht auf. Für heute hat er genug getan.

Dabei weiß er: Gar nichts hat er getan, seit er in New York ist. Und es ist ihm egal. Aber er setzt sich wieder. Er blättert in den Seiten, die er mehr schlecht als recht durchgeackert hat, und kann nichts mit ihnen anfangen.

Aber er liest weiter. Er fährt sich mit den Händen übers Gesicht, er setzt sich gerade hin. Er ist stolz auf sich: Er arbeitet. In der Uni-Bibliothek, wo er hingehört. Das Buch ist

1912 rausgekommen, ideal also, aber in seine Theorie passt es leider nicht. Es handelt von einem Schwarzen, der als Weißer durchgehen könnte und danach lebt, sich dann aber anders besinnt, als er sieht, wie ein Schwarzer von wütenden Weißen lebendig verbrannt wird. *Eine große Woge der Demütigung und der Scham spülte über mich weg.* Das war die Scham, der sich die Schriftsteller der Harlem Renaissance stellten und gegen die sie ankämpfen mussten. Und so war es auch bei den irischen Schriftstellern: Die Karikaturen im *Punch*, der besoffene Paddy, der Affe mit dem Knotenstock, die Bilder, die man für die Iren gefunden hatte, die gute Miene zum bösen Spiel, hinter der sich die Scham verbarg. Die Scham, gegen die Yeats und Genossen angekämpft und die sie manchmal besiegt hatten. Hier gibt es Verbindungen, Parallelen, aber …

Declan steht auf.

Er hat den ganzen Nachmittag damit verbracht, ein Buch zu lesen, das ihm nichts bringt. Er lässt es auf dem Tisch liegen. Verdammte Zeitverschwendung.

Oder doch nicht. Er springt die breiten Stufen der Bibliothek hinunter, die er bestimmt irgendwann mal in einem Film gesehen hat. Er überspringt die letzten drei und setzt mit einer perfekten Landung auf.

Er hat eine Spur. Vielleicht. Langston Hughes hat über dasselbe Thema geschrieben. Über einen Schwarzen, der sich als Weißer ausgibt. *Liebe Ma, ich bin mir vorgekommen wie ein Hund, als ich gestern Abend in der Stadt an dir vorbeikam.* Irischsein – das bedeutet sehr oft, sich als jemand anders auszugeben. Als der Paddy, der Europäer, der Bauer, der Rocker, der Kobold. Es ist manchmal lustig, manchmal gefährlich und belastend. Besonders, wenn man schwarz *und* irisch ist.

Er ist wieder auf Kurs. Ein neuer Anfang. Er wird die Arbeit über den Einfluss von Harlem auf die irische Literatur aufgeben, damit ist er fertig. Was ihn jetzt interessiert, sind die Parallelen – schwarz und irisch – und ihre Bedeutung, der literarische Kampf diesseits und jenseits des Atlantiks. Daran wird er arbeiten: An sich selbst.

Der Campus liegt hinter ihm. Er ist wieder auf dem Broadway, auf dem Weg nach Hause.

Die Tage werden länger. Himmel, er denkt schon wie seine Mutter: Schön, wie lang die Abende jetzt sind. Er könnte sie morgen anrufen. *Hi, Ma, ich hab grad deinen neuen Bruder kennengelernt.* Vielleicht auch nicht. Er will sie ja nicht umbringen – nicht wirklich.

Franklin Powell. Morgen trifft er sich mit ihm. Morgen Vormittag. In vierzehn Stunden.

Er wird tüchtig arbeiten, ehe er der Professorin seine neue Entscheidung mitteilt. Den Neustart. Bei ihrem letzten Gespräch war er halb bedudelt. Er will ihr imponieren. *Setzen Sie tiefer an, Mister O'Connell,* hatte sie vor Monaten gesagt. *Gehen Sie auf die Suche nach sich selbst.* Das hat er beherzigt. Er setzt tiefer an. Er tut etwas, was sich zu tun lohnt.

Vielleicht stellt sich heraus, dass Franklin Powell nicht sein Onkel ist.

Im Grunde spielt es keine Rolle.

Oder doch.

Nein. Nicht wirklich.

Doch.

Die Sonne zerlegt die Straße in Blöcke. Es ist kalt, aber hell und sonnig, nicht wie in Irland. Dunkel ist es nur nachts, wie es sich gehört. Schön ist das.

Ja, das findet er schön, aber das eine oder andere fehlt ihm doch. Er bleibt vor seinem Lieblingstelefon stehen.

– Hallo?

– Hi.

– Declan?

– Ja. Hi.

Schade, dass er sie nicht sehen kann.

– Phantastisch, deine Stimme zu hören. Wie geht's dir?

– Grand, sagt er. – Bestens.

Und er hört seine Mutter schimpfen.

– Grand. Bestens. Und dein Studium? Ist das auch »grand« und »bestens«?

– Ja, sagt er.

– Isst du auch ordentlich, Declan?

– Komm, hör auf.

Er hört sie lachen. Sie lacht immer. Komisch eigentlich, denn richtig glücklich ist sie nie. Immer ist es ein gereiztes Lachen. Fast immer. Solange er denken kann.

– Du bist nicht schwarz, hat sie zu ihm gesagt. Einmal, nein, mehr als einmal, er war erst neun oder zehn. – Ich bin schwarz, aber du musst nicht schwarz sein.

Sie lacht immer noch.

Er schafft es nicht. Er bringt es nicht fertig, ihr zu sagen, dass er sich mit ihrem Vielleicht-Halbbruder trifft. Als sie in Irland aufwuchs, war man entweder irisch oder nicht. Beides ging nicht – und schwarz schon mal gar nicht.

Hat sich daran was geändert? Keine Ahnung. Wenn er hier ist, glaubt er das schon, drüben wäre er sich nicht so sicher.

– Gibt's sonst was Neues, Declan? fragt seine Mutter.

– Nein, sagt Declan. – Nicht dass ich wüsste.

8

Der Tag ist da. Früher Vormittag. Er ist auf dem Weg.

Beim Rausgehen hat er Marc geweckt. Aus Versehen. Er ist mit dem Schienbein an die Bettkante gestoßen.

– De-klan? Bist du das?

– Ja, entschuldige.

– Kommst du oder gehst du?

– Gehe.

– Cool. Mach's gut.

Er geht zu Fuß. Er könnte die U-Bahn nehmen, aber er will nicht warten, er will nicht rumstehen, er muss sich bewegen. Franklin J. Powell. Vielleicht der Sohn seines Großvaters. Vielleicht Declans Onkel.

Er weiß nicht, ob sein Großvater noch lebt, *wenn* es sein Großvater ist, das hat er Franklin Powell nicht gefragt, es ist ihm erst später eingefallen, und noch mal angerufen hat er nicht.

Wird sich ja bald herausstellen.

Er ist fast da.

Gleich ist es soweit. Sechzig Blocks downtown hat er schon hinter sich. Noch zwei, dann ist er angekommen. Es ist kalt, aber nicht zu kalt, die Sonne scheint, richtig schönes Wetter. Franklin Powells Vorschlag hat ihn überrascht. Sie treffen sich bei Barnes & Noble, der Buchhandlung am Lincoln Plaza, ganz oben in dem Café. Schon wieder ein Starbucks. Er hatte an Harlem gedacht, das hätte er vorgeschlagen, allerdings hätte er nicht sagen können warum. Blöd eigentlich. Sentimental.

Heimat.

Er hat Starbucks allmählich satt, aber nach diesem braucht er wenigstens nicht zu suchen.

Er geht zur Rolltreppe, fährt nach oben. Er nimmt die Mütze ab, um Luft an seinen Kopf zu lassen.

Er setzt sie wieder auf.

– Woran erkennen wir uns? hatte Franklin Powell gefragt.

– Keine Ahnung.

– Vielleicht sind wir ja die einzigen Schwarzen in dem Laden, sagte Franklin Powell.

– Ja schon, aber …

– Ja?

– Ich habe eine Mütze, auf der ist eine Landkarte von Irland, sagte Declan. – Sie ist grün.

Ein Geschenk seiner Mutter, ein ekelhaft kratziges Teil, das er noch nie getragen hat. – Um deinen Kopf und dein Herz warm zu halten, hatte sie am Abend vor seiner Abreise gesagt.

Und Franklin Powell hatte gelacht.

– Allzu viele Afroamerikaner, die Landkarten von Irland auf dem Kopf haben, dürfte es nicht geben. Nicht so früh am Tage.

Die Rolltreppe hat ihn nach oben gebracht. Das Café ist fast leer. Kein Schwarzer um die fünfzig. Überhaupt keine Schwarzen, ob Mann oder Frau. Eine Chinesin sitzt da, liest ein Buch und macht sich Notizen. Sie streift Krümel von der Seite. Ein Mann in seinem Alter blättert in *Kerrang*. An der Theke stehen noch drei Leute, die alle nicht wie sein Onkel aussehen. Er schaut sich um, da steht keiner mehr.

Er geht zur Theke, reiht sich in die kleine Schlange ein. Sein Kopf juckt unter der Mütze. Ihm fällt ein, wie seine Mutter ihn vor Jahren nach Läusen abgesucht hat. Mit dem Läusekamm. Wie wütend sie war.

– Eine Frechheit von der Lehrerin, mir so einen Brief zu schreiben.

– Den haben alle bekommen, Ma.

– Alle?

– Ja. Nicht nur ich.

– Trotzdem. Dein Haar. Herrgott, es ist …

– Was?

– Nichts.

– Es ist wie deins, Ma.

– Ist es nicht.

– Doch. Ganz kraus.

– Halt den Mund und sitz still.

Er muss die Mütze aufbehalten. Aber er schiebt die Hand unter die Wolle und kratzt. Er dreht sich um – und sieht ihm ins Gesicht.

– Declan?

– Ja.

Er zieht die Hand unter der Mütze vor und streckt sie aus. Franklin Powell guckt sie an, dann schlägt er ein. Sie schütteln sich die Hand – ein ganz gewöhnlicher irischer Händedruck, nichts Übertriebenes. Und Declan nimmt die Mütze ab und steckt sie in die Tasche.

– Schönen Dank, dass du gekommen bist, sagt er.

Franklin Powell lächelt.

– Musste ich ja wohl…

– Ist dir bestimmt ein bisschen komisch vorgekommen.

– Ja, schon. Aber …

Franklin Powell lächelt wieder.

– Auf jeden Fall ist es eine gute Story. Hast du schon bestellt?

– Ähm – nein.

Und Franklin Powell geht an Declan vorbei und bestellt den Kaffee.

Sie suchen sich einen freien Tisch.

Sie setzen sich.

Sie sehen sich an. Franklin Powell trägt einen grauen Anzug. Sein Haar ist grau und ganz kurz geschnitten. Er hat eine Brille mit schwarzer Fassung.

– Gibt es viele wie dich in Irland? fragt er.

Declan schüttelt den Kopf.

– Ein paar.

Er erzählt die Geschichte von seiner Oma, so gut er kann. Und sein Kaffee wird kalt.

Dann ist er fertig.

– Noch Kaffee? fragt Franklin Powell.

– Nein, sagt Declan. – Danke.

– Ich trinke noch einen, sagt Franklin Powell.

– Okay, sagt Declan. – Aber die Runde geht auf mich.

Er steht auf und bestellt Latte und Espresso, den Latte für sich, das starke Zeug für Franklin Powell. Warum starrt die junge Frau hinter der Theke – eine Schwarze – ihn so an? Dann sieht er den Kaffee, sie wartet darauf, dass er bezahlt.

– Entschuldigung, sagt er.

Und findet sein Geld nicht.

Dann findet er es glücklicherweise, zahlt, geht zurück zum Tisch, zu Franklin Powell.

Franklin Powell lächelt nicht.

Und Declan wird unruhig.

Er stellt die Becher auf den Tisch. Er setzt sich. Er sagt nichts.

9

Es entgleitet ihm. Seine Vergangenheit, sein Großvater …

Franklin Powell greift nach seinem Becher.

– Danke.

Er nimmt den Deckel ab, setzt an und trinkt.

– Gut, sagt er. Und dann: – Wie könnten wir es angehen?

– Angehen? Was denn? fragt Declan.

Aber er weiß schon, wie es gemeint ist. Sie werden nie Gewissheit haben, nie Genaueres erfahren als jetzt, wo er einem Afroamerikaner gegenübersitzt, der sein Onkel sein könnte, es aber wahrscheinlich nicht ist. Er wird es nie erfahren. Aber …

– Der Name, sagt er.

– Stimmt, sagt Franklin Powell.

– Und Schottland.

– Stimmt.

– Und das ist alles, sagt Declan.

Das ist alles.

Und seine Oma. Er erinnert sich …

– Lebt dein Vater noch? fragt er.

Franklin Powell schüttelt den Kopf.

– Er ist vor drei Jahren gestorben.

– Das tut mir leid, sagt Declan.

Franklin Powell lächelt und zuckt die Schultern.

– Meine Großmutter lebt noch, sagt Declan.

– Wie schön für dich, sagt Franklin Powell.

– Er war phantastisch, hat sie gesagt.

Franklin Powell lacht. – Er war mein Vater.

Declan läuft und läuft. Er läuft den ganzen Tag. Es ist noch früh, als er sich von Franklin Powell verabschiedet. Er läuft den Broadway entlang bis zum Battery Park. Er sieht die

Fähre. Und entscheidet sich spontan: Er wird nach Ellis Island fahren. Es ist früher Nachmittag.

Sie standen an der Treppe, die zur Buchhandlung hinunter und auf die Straße führt. Sie schüttelten sich die Hände.

– Bis später mal, sagte Declan.

– Ja, sagte Franklin Powell.

Sie rührten sich nicht.

– Du bleibst hier? fragte Declan.

– Ich arbeite hier.

– Was?

Der Anzug, das Alter – es ist nicht fair, dass er in so einem Laden arbeiten muss. Als Bedienung, als Putzmann.

– HK, sagte Franklin Powell. – Humankapital. Oder im Klartext: Abteilung Personalwesen.

– Ach so, sagte Declan. – Bücher oder Kaffee?

– Bücher.

Der Himmel ist blau. Der Wind weht nicht stark, aber er bläst ihm Kälte ins Gesicht, das er in die Fahrtrichtung hält, weil er sehen will, wie sich die Fähre der Insel nähert. Er setzt die Mütze wieder auf, auch wenn sie juckt – die Kälte an den Ohren bringt ihn um. Die Fähre legt bei der Freiheitsstatue an. Er steigt nicht aus. Hat keinen Sinn. Sie ist geschlossen. Wegen Bin Laden. Außerdem hätte er sowieso keinen Bock drauf. Das ist nur was für Touristen.

Er war an der obersten Stufe stehen geblieben. Er konnte sich nicht trennen.

– Hast du Kinder?

Franklin Powell schüttelte den Kopf.

– Nein.

– Weil du *Powell* heißt – bist du irgendwie mit Colin verwandt?

– Colin?

– Coh-lin.

– Ob ich mit Coh-lin Powell verwandt bin, *dem* Coh-lin Powell?

– Ja. Ein Cousin vielleicht oder so?

– Nein.

Declan zuckte die Schultern.

– Ist ja auch egal.

– Bist du ein Fan von ihm?

– Nein, sagte Declan. – Ich weiß nicht mal genau, was er macht.

– Er marschiert öfter als nötig in den Irak ein, sagte Franklin Powell.

– Dann sind wir ohne den Mistkerl besser dran.

Auf der Fähre dreht Declan sich um und schaut zurück auf Manhattan. Es ist phantastisch, es ist atemberaubend. So hat er es noch nie gesehen. Er kann nicht fassen, dass er da wohnt. Es leuchtet, es ist viel zu perfekt. Umwerfend. Und er weiß: Hinter den Mauern und dem Leuchten ist es eine ganz gewöhnliche Stadt.

Er dreht sich wieder um und hat jetzt Ellis Island im Blick.

Es ist nicht so perfekt gelaufen, wie er gehofft hat, und er hat nicht das bekommen, worum er Gott gebeten hatte – eine richtige Familie. Ein Foto, das er all den Arschlöchern unter die Nase halten kann, die ihn anglotzen, die seine Hautfarbe und seinen Akzent vergleichen und feixen.

Aber da ist nun keine große Familie, die auf ihn wartet. Und kein Großvater. Er ist tot, womöglich war es gar nicht sein Großvater.

Es ist enttäuschend, klar.

Aber es ist schon in Ordnung so.

Ellis Island nimmt vor ihm Gestalt an.

Und er wird sein Foto bekommen. Franklin Powell will ihm eins schenken.

– Möglich, dass meine Oma ihn erkennt, sagte Declan.

– Möglich, sagte Franklin Powell.

Declan könnte es ihr zeigen, wenn er nach Hause kommt. Sie würde es in beide Hände nehmen und sich dicht vor die Augen halten.

– Das Foto, sagte Franklin Powell. – Möchtest du eins aus seiner Zeit bei der Army? Oder eins, das ich ein paar Jahre vor seinem Tod gemacht habe?

Declan überlegte.

– Das Foto, das du gemacht hast, ehe er gestorben ist.

Franklin Powell nickte.

– Kriegst du.

Die Fähre nimmt Fahrt weg, ist fast da. Er fühlt sich frisch und irgendwie neu. Es ist toll, es ist *grand*.

Er hat viel Stoff zum Nachdenken. Er hat Franklin Powell kennengelernt. Sie werden sich wiedersehen. Sie mögen sich. Morgen Vormittag Besprechung bei der Professorin. Und dann gibt es ja auch noch Kim.

Er steigt aus, schließt sich der Gruppe an, nimmt die Irland-Mütze ab.

Setzt sie wieder auf. Heute fühlt er sich irisch.

10

– Also, Mister O'Connor.

Declan sitzt vor der Professorin.

– Fortschritte zu vermelden? Wie war noch mal dieser Titel?

Sie blickt auf ihren Schreibtisch.

– *Na und?* liest sie. *Irische Literatur und ihr Einfluss auf den Rest der verdammten Welt.*

– Das war irgendwie ein Schuss in den Ofen, sagt Declan.

– Ja?

Sie linst über den Brillenrand, wie in einem schlechten Film.

– Ja, sagt Declan. – Ich musste das einfach mal loswerden.

Sie lehnt sich zurück, auch das passt in einen dieser verdammten Filme.

– Nur weiter, sagt sie.

Er ist auf Ellis Island geblieben, bis die letzte Fahrt aufgerufen wurde. Hat sich jeden Raum und alte Fotos angesehen. Sich die Lieder von Heimatländern angehört, die Menschen verlassen mussten. Hat hingesehen und hingehört und sich gegen die Sentimentalität gewehrt.

– Ich habe mich nie irisch genug gefühlt, sagt Declan zu der Professorin.

– Herzzerreißend, sagt sie.

– Deshalb die Idee.

Er deutet auf das Blatt, das auf ihrem Schreibtisch liegt, auf den Titel.

– Ich wollte es den Iren besorgen. Sie da treffen, wo sie sich am stärksten fühlen. In ihrer Kultur.

– Da komme ich nicht mehr mit, sagt sie.

Er hatte sich die Fotos an den Wänden angesehen, die Gesichter, die seinen Blick erwiderten. Irische Gesichter, deutsche, polnische Gesichter. Weiter zu anderen Fotos. Frauen, die entlaust wurden. Kinder, die entlaust wurden. Wenn ich irisch wäre, dachte er, würde ich jetzt weinen. Er hatte nicht geweint, und das war gut so, er fühlte sich nicht ausgeschlossen.

– Es ist hart, Ire zu sein, sagt er zu der Professorin. Es ist nicht wie hier.

Sie linst wieder über die Brille.

– Sie sind nicht weniger amerikanisch, sagt er, nur weil Ihre Leute nicht auf der Scheißmayflower rübergekommen sind.

– Meine *Leute*, sagt sie, sind auf einem Scheißsklavenschiff rübergekommen.

– Eben. Und Sie sind trotzdem Amerikanerin.

– Warum bin ich jetzt sauer? sagt sie.

– Keine Ahnung, sagt Declan.

Später. Es ist Abend. Sein Date mit Kim. Er geht einmal um den Block, weil er nicht zu früh kommen will. Er mag die Kälte, das weiß er jetzt.

Sie wird ihm fehlen.

Er hat es geschafft, dass die Professorin ihn versteht. Aber es hat den ganzen Nachmittag gedauert.

– In Irland gibt es Regeln, hat er zu ihr gesagt.

– Ach, und hier nicht?

– Ich weiß, ich weiß. Aber hier kann man Afroamerikaner sein oder Native American oder ein guter Amerikaner oder ein schlechter Amerikaner oder ein liberaler Amerikaner oder ein Scheiß-Neocon-Amerikaner. Aber man bleibt Amerikaner, man ist nie weniger amerikanisch.

Sie hat nichts gesagt, sie hat ihn reden lassen.

– In Irland ist das anders. Da kann man weniger irisch sein. Wie ich. Bisher jedenfalls.

– Das müssen Sie mir erklären.

– Ich bin schwarz.

– Und?

– Das ist nicht irisch. Oder nicht irisch genug. Mit Dublin, hat mein Dad gesagt, ist es ähnlich. Dublin war nicht wirklich Irland. Und dann die Sprache. Die verdammte *cúpla focail*. Man ist kein richtiger Ire, wenn man nicht auf Irisch furzen kann.

Sie hebt die Hände: Schluss jetzt.

– Zu Ihrer Arbeit, Mister O'Connor. – Wohin führt sie uns?

– Gute Frage. Ich hatte immer das Gefühl, rausgedrängt zu werden.

– Wie Joyce?

– Scheiß auf Joyce. Entschuldigung. Nein, nicht wie Joyce. Das heißt, ein bisschen schon. Mehr wie Bloom.

– Den Joyce erfunden hat.

– Schön, ich nehm's zurück. Wie Joyce. Nur dass ich nicht weggegangen bin.

– Sie sind nach Amerika gegangen.

– Ich gehe wieder zurück.

– Bald?

– Nein. Das heißt, ich weiß es nicht. Irgendwann. Wenn ich hier fertig bin.

Er ist gern hier, er findet es toll. Das Wetter, die Frauen, die langen geraden Straßen mit Zahlen, die Größe, die Verrücktheit, bestimmtes Essen.

Das alles wird ihm fehlen.

Warum denkt er ständig an so was? Noch geht er ja nicht weg.

– Und seit Irland den Sex entdeckt hat, sagte Declan, ist es genauso schlimm. *Riverdance* und diese Sachen. Dasselbe in Grün, nur mit kürzeren Röcken. Sex als Pflichtübung. So nach dem Motto: Früher waren wir arme Hunde, und jetzt sind wir verdammt noch mal die Größten.

– Mister O'Connor.

– Okay, sagte Declan. – Jedenfalls habe ich jetzt vor, mich mit Literatur zu beschäftigen, die das *wir* in *wir sind verdammt noch mal die Größten* in Frage stellt.

– Irische Literatur?

– Ja.

– Und warum sind Sie dann hier?

– Die Harlem Renaissance hat dieses *wir* in Ihrem Land in Frage gestellt, ich will beides vergleichen.

Er merkt, dass er ein bisschen rot geworden ist.

– Beides habe ich in mir.

– Ja, sagte sie. – Und haben Sie einen Titel?

– Ja, mehr oder weniger.

Eine Stunde später. Kim ist vor ihm da. Keine Bar diesmal. Wieder ein verdammtes Starbucks. Alkoholfrei.

Sie sitzt in einer Ecke.

Sie sieht von ihrem Buch auf. Bildhübsche Frau.

– Hi, sagt sie.

Bildhübsch.

– Hallo.

– Wie war dein Tag?

– Grand, sagt Declan. – Ganz ordentlich. Was liest du da?

Sie hält das Buch hoch. *The Superfluous Men*.

– Nicht schlecht, sagt er. Hoffentlich komm ich nicht drin vor.

Sie lächelt verschmitzt. Sie ist hinreißend.

– Bisher nicht, sagt sie. – Hast du schon deinen Titel?

– Ja, sagt Declan.

Er setzt sich.

– *Wer verdammt noch mal sind wir?* Wie findest du das?

– Toll. So irisch.

– O Mann, sagt Declan. – Ich geb's auf.

Sie lacht.

Er lächelt.

Ich verstehe

1

Heute früh stehe ich an der Bushaltestelle. Ich bin seit drei Monaten in diesem Land. Ich fange an, den Akzent zu verstehen. Die Sprache kann ich schon. Wie geht es Ihnen? Ist das der nächste Bus nach Westminster? Ich habe mein Schulenglisch mitgebracht. In dieser Stadt gibt es kein Westminster, aber ich weiß, was ich sagen muss, wenn der nächste Bus vorbeifährt, ohne anzuhalten.

– Scheiß drauf.

Die Leute lächeln. Ein Mann nickt mir zu.

– Bravo, Kumpel, sagt er. – Schön, dass du dir Mühe gibst.

Ich lächle.

Ich verstehe. Dieses Wort, »Kumpel«, ist ein freundliches Wort, aber ich kann nicht Kumpel zu diesem Mann sagen. Ich kann ihn nicht Kumpel nennen. Ein Mann wie ich kann einen Iren nie Kumpel nennen. Aber »Scheiß drauf«, das kann ich sagen. Das passt auf den Bus, den Regen, die Wirtschaft, das Leben. Es ist keine Beleidigung für den Busfahrer oder die Menschen, die mit mir an der Haltestelle warten. Ich verstehe. Meine Kinder werden lernen, andere Kinder Kumpel zu nennen. Sie werden Iren sein. Sie werden den Akzent beherrschen. Wenn ich noch hier bin. Und wenn ich Kinder haben sollte.

Es ist Frühling. Das gefällt mir. Es ist hell, wenn ich an der Bushaltestelle stehe. Bis ich mit meinem ersten Job fertig bin, ist es warm. Frühmorgens ist die beste Zeit. Es ist ruhig. Auf den Gehwegen sind nicht viele Leute. Ich muss nicht wegsehen. Es gibt keine feindseligen Blicke. Manche Leute lächeln. Alles Frühaufsteher. Viele sind wie ich. Niemand stört sich an mir.

Ich putze Böden in einem großen Kaufhaus. Ich schiebe die Bohnermaschine gern über den Parkettboden. Ich bin harte Arbeit gewöhnt, aber jedes Gerät, jedes Werkzeug tut auf seine Weise weh. Bei der Bohnermaschine sitzt der Schmerz in den Armen. Du kommst dir vor wie auf einem elektrischen Pferd. Zuerst haben meine Arme noch gezittert, wenn ich schon lange fertig war. Wenn ich die Augen zumachte, spürte ich jedes Mal sofort die Bohnermaschine. Jetzt mag ich sie. Ich habe sie im Griff. Jetzt ist sie mein Pferd, und ich bin der Cowboy. Heute Vormittag schiebe ich sie zu weit. Die Schnur spannt sich, der Stecker schnellt aus der Dose. Ich muss das ganze Stück bis zur Steckdose gehen und ihn wieder hineinstecken. Der richtige Moment, um »Scheiß drauf« zu sagen. Aber ich sage es nicht. Ich bin allein.

Ich mag diesen Job. Ich mag das Kaufhaus, wenn es leer ist. Ich mag es, dass ich sehr früh fertig bin. Ich gehe im Anzug hin und ziehe mich in einer der Umkleidekabinen um. Meine Arbeitssachen habe ich in einer Tasche, die ich in meinem Zimmer gefunden habe. Es ist eine Tasche von Aston Villa. Das ist keine besonders gute Mannschaft, glaube ich, aber die Tasche ist gut. *Grand*, wie die Iren sagen. Ich verstehe. Wie geht's dir? Grand. Was macht der Kopf? Grand. Schöner Tag heute. Grand.

Einmal stand die Frau von der Aufsicht vor der Umkleidekabine, als ich rauskam.

– Dass du nichts von den Klamotten mitgehen lässt, sagte sie.

Ich sah sie an. Es tat ihr leid, dass sie das gesagt hatte. Sie sah weg. Sie ist nett. Grand. Sie lässt mich in Ruhe.

Jeden Monat werden die Schaufensterpuppen ausgetauscht. Heute Vormittag ist so ein Tag. Hübsche Frauen und Männer mit weißen Haaren nehmen alte Figuren raus und stellen neue rein. Die neuen haben keinen Kopf. Ich warte, dass sie Köpfe auf die Schaufensterpuppen mit den Sommersachen stecken, aber das geschieht nicht. Vielleicht werde ich auch das irgendwann verstehen.

Ich ziehe meinen Anzug an und gehe nach Hause. Heute gehe ich zu Fuß, weil gutes Wetter ist und ich damit etwas Geld spare. Es ist warm. Ich gehe auf der Sonnenseite. Um diese Zeit brauche ich mir keine Sorgen zu machen. Ich esse, und ich lege mich eine Weile ins Bett. Das Zimmer ist leer. Meine drei Freunde sind auf der Arbeit. Manchmal schlafe ich. Manchmal bleiben die schlechten Träume aus. Meist liege ich wach. Irgendwo ist immer Lärm. Es macht mir nichts. Ich bin nie allein in diesem Haus. Ich weiß nicht, wie viele Menschen hier leben.

Nachmittags stehe ich auf und gucke in unseren Fernseher. Ich mag die Sendungen, in denen Amerikaner und Amerikanerinnen sich anschreien und das Publikum zurückschreit. Das ist grand. Ich mag auch MTV, da gibt es Mädchen und gute Musik. Auch grand. Heute gucke ich Bilder von Menschen in Bagdad, die sich freuen. Ein Mann schlägt mit seinem Schuh auf ein Bild von Saddam ein. Das macht er viele Male.

Ich ziehe mich für meinen zweiten Job um. Kein Anzug. Meinen zweiten Job mag ich nicht, aber mit dem fängt meine Geschichte an.

2

Mein zweiter Job ist in einer Gegend, die Temple Bar heißt. Ich laufe hin, weil es mit dem Bus nicht schnell genug geht, wenn andere Leute von der Arbeit kommen. Auf den Straßen herrscht Betrieb, aber ich bin nicht in Gefahr. Es ist früh und jetzt, im Frühjahr, ist es noch hell.

Temple Bar ist berühmt, es ist der kulturelle Mittelpunkt von Dublin und Irland. Aber viele Betrunkene sind dort unterwegs, die mit hässlicher Stimme schreien und singen. Männer und sogar Frauen liegen auf den Gehwegen. Ich verstehe. Man nennt das Junggesellenparty. Kevin, mein irischer Freund, hat es mir erklärt. Einer oder eine aus dieser Gruppe wird in Kürze heiraten, deshalb kommen sie nach Temple Bar, wo sie auf der Straße herumfallen und sich in die Hosen machen oder einander ihre großen Brüste zeigen und lachen. Kevin hat gesagt, dass es Engländer sind, aber ich glaube das nicht, ich glaube, dass viele Iren darunter sind. Alles klar, Kumpel? Was guckste so beschissen? Aber Kevin will mir einreden, dass diese Betrunkenen Engländer sind, ich weiß nicht warum, aber Kevin ist mein Freund, deshalb sage ich ihm nicht, dass meiner Meinung nach viele von ihnen Iren sind.

Hier bin ich ein Baby. Ich bin erst drei Monate alt. Mein Leben hat mit meiner Ankunft angefangen. Mein Boss zeigt mir den Stecker. Er hält ihn hoch.

– Stecker, sagt er.

Er steckt den Stecker in die Steckdose. Er zieht ihn raus und steckt ihn wieder rein.

– Verstanden? fragt er.

Ich verstehe. Er lässt das warme Wasser laufen.

– Warm.

Er lässt das kalte Wasser laufen.

– Kalt. Verstanden?

Ich verstehe. Er zeigt auf Töpfe und Tabletts. Dann zeigt er auf mich.

– Abwaschen.

Ich verstehe. Er lächelt. Er klopft mir auf die Schulter.

Ich wasche die ganze Nacht ab. In einer Ecke der großen Küche, hinter einer weißen Wand. Ich kann Radio hören, wenn es im Restaurant nicht zu laut ist. Heute Abend machen die Köche Witze über einen Mann in Belfast, der Stakeknife heißt. Die Tür zum Durchgang ist immer offen, aber mir ist sehr heiß.

– Wie stellst du das bloß an, dass du immer die leichtesten Jobs kriegst?

Ich sehe auf. Es ist Kevin, mein Freund.

– Scheiß drauf, sage ich.

Er lacht.

Ein Gutes hat dieser Job, und das ist das Essen. Keine Reste, die auf den Tellern liegengeblieben sind. Frisch gemachtes Essen. Ich unterbreche für eine halbe Stunde meine Arbeit und sitze an einem Tisch mit anderen, die hier arbeiten. So habe ich Kevin kennengelernt. Er ist Kellner.

– Das ist unfair, sagt er heute Abend, als er mein nasses, schmutziges T-Shirt sieht. – Von Rechts wegen solltest du Kellner sein und nicht diese beschissenen Töpfe und Pfannen scheuern.

Ich zucke die Schultern. Ich sage nichts. Ich will gar kein Kellner sein, aber ich will ihn nicht kränken, denn er ist ja Kellner. Außerdem kann ich in der Öffentlichkeit nicht arbeiten, sondern nur heimlich, weil ich eigentlich gar nicht arbeiten darf. Kevin weiß das. Deshalb sagt er, dass es unfair ist, glaube ich.

Die Tür zum Durchgang ist gleich neben meiner Ecke, und sie ist immer offen. Durch die offene Tür kommt frische Luft, aber ich schwitze lieber und halte sie deshalb immer geschlossen. Manchmal muss ich sie aber aufmachen. Ich muss die Säcke mit Abfall, alten Hähnchenflügeln und Fritten und nassen Servietten zur Mülltonne bringen.

Und damit fängt meine Geschichte nun wirklich an. Heute Abend bringe ich einen Sack raus, ich mache den Deckel der Tonne auf, ich werfe den Sack rein. Ich mache kehrt.

– Da bist du ja.

Er steht vor mir, und hinter ihm ist die Tür.

– Hallo, sage ich.

– Immer höflich, sagt er.

Ich verstehe. Das ist Sarkasmus.

– Hast du dir die Sache überlegt, von der wir gesprochen haben? fragt er.

– Ja, sage ich.

– Gut. Und?

– Bitte. Ich möchte das nicht.

Er seufzt. Er schlägt zu.

– Schade, sagt er.

Ich liege auf dem Boden, neben der Mülltonne. Er gibt mir einen Tritt.

Das muss ich erklären. Diese Geschichte fängt vor zwei Wochen an, da hat mich dieser Mann an der Schulter gepackt, als ich einen Sack in die Mülltonne geworfen habe. Ich habe ihn sprechen hören, ehe ich sein Gesicht sehen konnte.

– Erwischt!

Er hat mir gesagt, wie ich heiße und wo ich wohne, er hat mir gesagt, dass ich nicht das Recht habe, hier zu arbeiten, und dass man mich ausweisen würde. Ich habe mich umgedreht. Er war kein Polizist.

– Aber ich glaube, ich kann dir helfen, hat er gesagt.

Dann ist er gegangen. Dreimal hat er mich seitdem angesprochen.

An diesem Abend stehe ich auf. Er schlägt noch einmal zu. Ich verstehe. Ich kann mit diesem Mann nicht kämpfen. Ich kann mich nicht verteidigen.

3

Ich bin wieder allein in dem Durchgang hinter dem Restaurant. Der Mann ist weg. Ich überprüfe meine Sachen. Sie sind nicht schmutziger als vorher. Ich überprüfe mein Gesicht. Ich nehme die Hand weg. Es ist kein Blut dran.

Er wird wiederkommen. Nicht hierher. Aber heute Nacht noch. Ich weiß genau, was dieser Mann macht. Ich kenne seine Taktik. Ich gehe zurück ins Restaurant. Ich arbeite, bis es nichts mehr zu tun gibt und es Zeit für den Heimweg ist. Der ist jede Nacht schlimm. Heute wird er noch schlimmer sein.

Ich gehe mit Kevin bis zur Ecke Fleet Street und Westmoreland Street. Er hat sein Fahrrad.

– Alles klar bei dir? fragt er.

– Ja, sage ich.

– Du bist so still.

– Ich bin müde.

– Ich auch. Fix und fertig. Bis bald.

– Bis bald.

Ich werde ein Fahrrad kaufen. Aber heute Abend muss ich zu Fuß gehen. Es ist nach Mitternacht. Busse fahren keine mehr. Ich gehe über die Brücke. Ich gehe durch die O'Connell Street. Ich sehe die Leute nicht an, die mir entgegenkommen. Ich gehe über die Fahrbahn auf den Fuß-weg, der in der Mitte der O'Connell Street verläuft. Er ist breiter und ruhiger. Und ungefährlicher, denke ich. Aber nie ganz ungefährlich. Es ist eine sehr lange, berühmte Straße. Ich mag sie nicht. Alle Ecken sind gefährlich.

Heute Nacht starrt mich keiner an, keiner spuckt vor mir aus. Keiner wirft mir von hinten Schimpfwörter an den Kopf. Keiner rempelt. Ein- oder zweimal gucke ich mich in der Erwartung, den Mann zu sehen, um. Er ist nicht da. Aber auch das habe ich erwartet. Es ist sein Plan. Ich werde nicht nach Hause gehen, überlege ich. Werde mich verste-cken. Aber das erwartet er bestimmt von mir. Er beobachtet mich. Ich gehe weiter. Ich sehe mich nicht um.

Die letzten Straßen bis zu meinem Haus sind schmal und dunkel. Nur ab und zu kommt ein Auto vorbei und manch-mal gar keins. Ich gehe auf ein geparktes Auto zu. Es ist ein Jeep von Honda.

Eine Zigarette landet auf dem Gehsteig.

– Ich hör auf damit.

Er ist allein.

– Rauchst du?

– Nein.

– Vier Jahre hab ich es ohne geschafft. Nicht zu fassen, was?

Aber er ist nicht allein. Zwei Männer sind hinter und neben mir. Sie halten meine Arme fest.

– Rein mit dir.

Eine Hand drückt meinen Kopf nach unten, während ich auf die Rückbank gestoßen werde. Ich sitze in der Mitte, eingezwängt zwischen den beiden kräftigen Männern. Sie sind nicht mehr jung.

Der Fahrer fährt nicht. Wir fahren nirgendwohin.

– Hast du's dir überlegt? fragt er.

– Wie bitte? sage ich, obwohl ich verstanden habe.

– Hast du über das nachgedacht, was ich gesagt habe?

– Ja.

Er dreht sich nicht um, und er sieht nicht in den Rückspiegel.

– Und?

– Bitte, sage ich. – Bitte sagen Sie mir mehr über meine Pflichten.

Die Männer neben mir lachen. Sie schlagen mich nicht.

– Pflichten? sagt der Fahrer. – Gute Frage. Das ist schnell gesagt. Du fährst irgendwohin, hier in Irland, manchmal auch nur in Dublin. Du lieferst ein Päckchen ab oder holst eins. Du kommst ohne Päckchen oder mit Päckchen zurück. Ab und zu. Na, was meinst du?

Ich kann nicht mit den Schultern zucken, es ist nicht genug Platz. Ich frage nicht nach dem Inhalt der Päckchen. Das könnte zu Handgreiflichkeiten führen, denke ich. Und ich habe nicht die Absicht, die Päckchen abzuliefern.

– Hast du einen Führerschein? fragt er.

– Nein.

– Macht nichts, kannst ja die Bahn nehmen.

Die Männer lachen.

– Alles gute Kumpel, sagt der Fahrer. – Wir bringen dich nach Hause.

Es ist nicht weit. Die Männer rechts und links von mir unterhalten sich.

– Und da sagt der Arzt, der Facharzt, erzählt der eine, leg deinen beschissenen Finger da drauf.

– Warst du nicht weg?

– Wo weg?

– Weggetreten.

– Nein.

Der Fahrer biegt um die letzte Ecke und hält vor meinem Haus. Er macht seine Tür auf und steigt aus.

– Die Erfolgsquote beträgt 99 Prozent, sagt der Mann links von mir.

– Also der Bruder von meiner Frau ist letztes Jahr auf dem OP-Tisch geblieben.

– Wahrscheinlich ging's ihm schon vorher schlecht.

– Stimmt.

Der Dicke links von mir steigt aus, ich folge ihm. Der Fahrer schlägt zu, ehe ich mich aufgerichtet habe. Der andere Mann ist direkt hinter mir, er schlägt auch zu. Der Fahrer versucht, mich an den Haaren zu packen, aber sie sind zu kurz. Er zerrt an meiner Schulter.

– Das ist alles nicht rassistisch motiviert. Klar?

Ich nicke. Ich habe verstanden.

– Dankbar?

Ich nicke.

– Bestens. Ein paar Euros springen für dich allemal raus.

– Danke.

– Kein Problem, sagt er. – Und noch was: Ich weiß, wann du freihast.

Es kommen keine Schläge mehr. Ich bin allein auf dem Gehweg. Der Jeep biegt um die Ecke.

4

Mein nächster freier Tag ist Sonntag. Aber ich weiß, dass die Entscheidung bei dem Mann im Jeep liegt. Mein nächster freier Tag wird sein, wann es ihm passt. Ich muss warten. Ich muss entscheiden.

Heute früh regnet es. Ich mag den Regen nicht, aber ich mag das, was er mit sich bringt. Die Leute gehen schneller, sie konzentrieren sich auf ihre Füße. Eine gute Zeit für Fußgänger.

Ich muss nachdenken.

Ich kann fliehen.

Wieder fliehen.

Ich bin sehr müde. Heute hat die Bohnermaschine mich im Griff. Sie zieht mich hinter sich her.

Ich werde nicht fliehen. Ich hatte mir vorgenommen, nicht noch einmal zu fliehen, als ich nach Irland kam, und dabei bleibe ich. Ich bin aus meinem Haus, aus meinem Land geflohen. Und aus London. Jetzt mag ich nicht mehr.

Es regnet immer noch.

Aber was soll ich machen? Wie sieht mein Plan aus?

Ich stehe vor dem Personaleingang. Die Gasse ist eine einzige Pfütze.

Ich warte, dass der Plan sich in meinem Kopf entfaltet. Ich sehe mich um, aber die Gasse ist leer. Vielleicht weiß der Mann im Jeep nichts von meinem Vormittagsleben, aber das glaube ich nicht. Der Plan bleibt zusammengefaltet in seinem Versteck.

– Gott, was für ein Land.

Die Frau von der Aufsicht hat die Tür aufgemacht. Sie steht neben mir. Sie guckt das Wasser an. Schätzt ab, wie tief es ist.

– Was hat dich bloß an diesen beschissenen Ort verschlagen?

Dann sieht sie mich an.

– Entschuldige.

Ich verstehe. Sie sieht Hungersnot, Fliegen, Dürre, dicke Hungerbäuche.

– Mir gefällt es, sage ich.

– Red keinen Quatsch.

– Bitte, sage ich. – Wirklich.

– Warum? fragt sie.

Ich will sie nicht in Verlegenheit bringen. Aber ich sage es ihr.

– Es ist ungefährlicher, wenn es regnet.

– Ach so.

Den Männern, mit denen ich mir das Zimmer teile, habe ich es nicht erzählt. Sie haben ihre eigenen Geschichten, und ich will ihnen keinen Ärger machen. Ich weiß nicht, was ich ihnen sagen soll.

Sie rührt sich nicht. Sie guckt in den Regen.

– Viel zu tun?

– Wie bitte?

– Bist immer beschäftigt, was?

Ich zucke die Schultern. Ich mag ihr nichts von meinem anderen Job erzählen.

– Hast du Zeit für einen Kaffee? fragt sie.

Ich bin wie vernagelt heute Vormittag. Zuerst verstehe ich gar nichts. Dann sehe ich sie an.

– Bitte, sage ich. – Mit dir?

Ihr Gesicht ist sehr rot. Sie ist nicht schön. Sie lacht.

– Ganz genau, sagt sie. – Wenn's dir nicht allzu unangenehm ist.

Sie ist an die zehn Jahre älter als ich.

– Vergiss es, sagt sie.

– Nein, sage ich. – Das heißt – ja.

– Bestimmt?

– Ja.

– Dann los.

Sie versucht, durch den Regen zu rennen, aber ihre Beine

sind sehr steif, und ihre Schuhe sind nicht zum Rennen gemacht. Nach ein paar Schritten bleibt sie stehen und geht
langsamer weiter. Ich gehe neben ihr her. Wir gehen durch
eine schmale Straße, und dann sind wir in der Grafton
Street. Ich gucke mich um. Niemand zu sehen. Wir gehen
in dieses Café Bewley's.

Sie will nicht, dass ich das Tablett halte. Sie will auch nicht,
dass ich zwei Tassen Kaffee und einen Donut zahle. Sie
sucht den Tisch aus. Ein paar Leute gucken komisch, andere sehen rasch weg. Ich bleibe stehen, bis sie sitzt. Sie
nimmt die Tassen vom Tablett. Ich setze mich.

– Danke.

Sie stellt den Donut vor mich hin. Ich komme mir töricht
vor. Denkt sie, dass ich ihr Sohn bin? Ich habe nicht um
diesen Donut gebeten. Aber ich habe Hunger.

– Ist dir schon mal aufgefallen, dass die Leute anfangen zu
riechen, wenn's regnet?

– Doch, sage ich.

Wieder komme ich mir töricht vor. Meint sie mich?

Sie hebt ihre Tasse. Sie lächelt.

– Na dann – wohl bekomm's.

– Ja, sage ich.

Ich nehme meine Tasse, aber ich lächle nicht. Der Kaffee
ist gut, aber ich wünschte, ich wäre draußen, im Regen. Ich
glaube, sie will nett zu mir sein – ich bin nicht sicher –, aber
ich wünschte, ich wäre draußen, auf dem Heimweg. Das
wäre einfacher.

– Tut's dir manchmal leid? fragt sie.

– Wie bitte?

– Wünschst du dir manchmal, du wärst zu Hause geblieben?

Sie versucht zu lächeln.

– Nein, sage ich.

Dass ich zu Hause mit ziemlicher Sicherheit jetzt tot wäre, sage ich ihr nicht.

– Mir gefällt es hier, sage ich.

Das ist die Antwort, die sie hören wollen.

– Ach du Himmel, sagt sie. – Mir gefällt's nicht besonders, und ich lebe hier.

Ich sehe nach hinten und auf die Schlange an der Theke.

– Bin ich so uninteressant? sagt sie.

Ich sehe sie an.

– Wie bitte?

– Langweile ich dich?

– Nein.

– Was hast du denn?

– Bitte, sage ich. – Nichts.

– Was ist los?

Ich will das nicht. Ihre Fragen. Deshalb lächle ich.

– Scheiß drauf, sage ich.

Aber sie lacht nicht. Sie weint. Ich verstehe das nicht. Und jetzt sehe ich den Mann aus dem Jeep. Er ist hier, natürlich ohne Jeep, aber er hat die Schlüssel in der Hand. Er kommt auf mich zu. Ich höre die Schlüssel.

5

Der Mann bleibt an unserem Tisch stehen. Er greift sich den Rest von dem Donut.

– Morgen, sagt er.

Er guckt die Frau an.

– Echter Herzensbrecher, was?

Sie sieht erschrocken aus. Er lacht. Er dreht sich um, und seine Autoschlüssel schrammen über meinen Kopf. Er geht.

Sie weint nicht mehr, aber ihr Gesicht ist sehr blass und hat rote Flecken der Wut und Verlegenheit.

– Es tut mir leid, sage ich.

– Wer war das? fragt sie.

– Bitte, sage ich. – Ein Freund.

– Das war kein Freund, sagt sie.

Ich sehe sie an.

– Bestimmt nicht.

– Nein, sage ich. – Er ist kein Freund.

– Was dann?

– Ich weiß nicht.

Ich stehe auf. Ich muss gehen.

– Danke, sage ich. – Auf Wiedersehen.

Ich bin ihr dankbar, aber ich will nicht dankbar sein. Es ist ein Gefühl, dem ich nicht trauen kann. Ich kenne es von früher. Dankbarkeit schließt die Tür auf, die vielleicht besser verschlossen bleiben sollte.

– Na schön, sagt sie.

Sie ist verärgert. Sie sieht mich nicht an.

– Auf Wiedersehen, sage ich noch mal.

Ich gehe.

Ich gehe nach Hause. Meine drei Freunde sind auf der Arbeit. Ich lege mich aufs Bett. Ich schlafe nicht. Ich sehe fern. Amerikanische Männer und Frauen schreien sich an. Die Zuschauer schreien zurück. In der Sendung, die *Big Brother* heißt, wäscht ein Mann seine Sachen. Er kann es nicht sehr gut. Seine Freunde schlafen. Ich gucke zu.

Ich verstehe. Ich werde den Mann noch vor morgen wiedersehen. Er will mir beibringen, dass es nicht meine Entscheidung ist. Ich soll begreifen, dass ich keine Wahl habe. Heute Nacht wird er Gewalt anwenden. Das weiß ich.

Ich weiß es, und trotzdem habe ich Hunger. Kann sein, dass ich sterben muss, aber trotzdem habe ich Lust auf ein Sandwich. Ein paar Minuten nachdem ich meinen Vater hatte sterben sehen, bekam ich auch Hunger. Er kam mir gelegen, der Hunger, ich hatte kein schlechtes Gewissen. Er hat mich in Bewegung gesetzt, mich zum Denken gebracht.

Ich habe Lust auf ein Sandwich, und ich mache mir eins. In diesem Haus ist das meine Entscheidung, und es ist mein Käse. Das Brot ist geliehen. Ich esse und sehe zu, wie die Leute in *Big Brother* herumsitzen.

Es ist Zeit, ich muss gehen.

Es regnet. Ich gehe. Eine Betrunkene fällt vor mir hin. Ich bleibe nicht stehen. Sie ist sehr jung. Ihr Freund setzt sich neben ihr in die Pfütze.

Ich gehe durch das Restaurant. Es ist ziemlich leer. Ich gehe zur Hintertür. Ich sehe nach draußen. Niemand da. Ich schüttle den Regen von der Jacke. Ich hänge sie auf. Ich lasse Wasser in die Spüle laufen. Ich fange an. Das heiße Wasser tut mir gut. Die Freuden und die Mühen der Arbeit tun mir gut. Ich scheuere an der Angst herum, ich suche nach ihr. Die Arbeit tut gut. Ich bin hellwach, ich tue etwas Nützliches. Ich habe Messer neben mir und im Wasser liegen. Ich kann denken, und ich kann nicht überrascht werden.

– Scheißwetter.

Das ist Kevin. Er ist sehr nass.

– Scheiß drauf, sage ich.

– Ich hab was Neues für dich, sagt er. – Hörst du zu?

– Ja.

Ich nehme die Hände aus dem Wasser.

– Verschissener Arschsack, sagt er. – Sprich mir nach.

– Verschiss…

– Verschissener Arschsack. Und gleich noch mal.

– Verschissener Arschsack.

– Gut, der Mann, sagt Kevin. Er trocknet sich die Haare mit einem Geschirrtuch.

– Bitte, was ist das?

– Ein fieser Typ.

– Danke.

– Keine Ursache. Ich treff mich nachher mit ein paar Leuten. Kannst mitkommen.

– Nein, danke, sage ich schnell.

Er sieht mein Gesicht. Er sieht etwas von dem, was ich fühle.

– Wirklich nicht?

– Vielleicht, sage ich.

– Gut.

Er legt mir das Geschirrtuch auf die Schulter.

– Bis später, sagt er.

– Verschissener Arschsack, sage ich.

– Ganz genau.

Ich wasche weiter ab. Das Restaurant füllt sich. Das ist mir recht. Ich habe viel zu tun. Der Geschäftsführer und einer der Köche streiten sich – das Radio ist zu laut. Eine Taube kommt in die Küche gewackelt. Ich gehe mit meinen Müllsäcken schnell zur Tonne, aber niemand wartet auf mich. Es ist eine gute Nacht, aber jetzt ist sie vorbei. Ich nehme ein Messer. Ich stecke es in die Tasche.

– Kommst du mit? fragt Kevin.

– Ja, sage ich.

Ich will nicht, dass Kevin Ärger bekommt, aber ich will nicht auf dem vorgesehenen Weg zur vorgesehenen Zeit nach Hause gehen.

– Bestens, sagt Kevin.

Draußen regnet es. Auf der Straße ist es ruhig. Ich gehe neben Kevin her. Er schiebt sein Fahrrad. Wir gehen schnell. Wir gehen in ein Pub.

– Es ist nicht geschlossen? frage ich.

– Nein, sagt Kevin. – Macht erst spät auf. Kein richtiges Pub.

Ich verstehe nicht.

– Mehr ein Klub.

Noch immer verstehe ich nicht. Ich kenne nicht viele Pubs. Die Männer an der Tür machen uns Platz, und wir treten ein. Es ist sehr heiß, die Musik ist sehr laut, James Brown. Ich schreie.

– James Brown!

Kevin lächelt.

– Du kennst ihn?

Jetzt lächle ich.

Und ich sehe sie.

6

Ich sehe sie, die Frau von der Aufsicht, aber nicht bei Kevins Freunden. Sie steht an einem anderen Tisch, mit anderen Leuten. Sie sieht mich. Sie nickt. Ich nicke.

Kevin macht mich mit seinen Freunden bekannt. Die Musik ist laut. Ich verstehe die Namen nicht. Es sind fünf Leute, drei Frauen, zwei Männer. Alle schütteln mir kräftig die Hand, alle machen Platz für mich am Tisch. Ich stehe zwischen zwei Frauen.

Ich sehe hin. Sie sieht mich nicht an. Sie sieht weg.

Kevin schreit mir ins Ohr:

– Was nimmst du?

– Wie bitte?

– Als Getränk.

– Bitte, sage ich. – Eine Halbe Guinness.

Er geht zur Bar.

Die Frau links von mir macht den Mund auf.

– Guinness?

– Ja.

– Nicht schlecht.

Ich nicke. Sie nickt. Ich lächle. Sie lächelt. Sie ist hübsch. Ihre Brüste und ihre Zähne sind bemerkenswert. Ich hoffe, dass sie noch etwas sagt. Mir fällt nichts ein.

Sie spricht. Aufregend ist das.

– Du arbeitest mit Kevin zusammen?

Sie schreit.

– Scheiß drauf, sage ich.

Schreie ich.

Sie lacht.

– Ganz genau, sagt sie.

Sie nickt. Ich verstehe nicht wirklich, was hier passiert, aber sie lächelt mir zu, und ich bin glücklich.

Ein Guinness wird vor mich hingestellt. Ein weißer Ärmel hält das Glas. Ich sehe hin. Es ist nicht Kevin. Der Mann, ein Barmann, nickt zum Nachbartisch hin. Da steht die Frau von der Aufsicht. Sie hebt ihr Glas. Sie hat mir das Guinness spendiert.

Sie lächelt.

Ich mag es nicht anrühren.

Die andere Frau spricht.

– Du hast eine Verehrerin, sagt sie.

Sie lächelt.

So viele lächelnde Frauen.

– Sie wird beleidigt sein, wenn du nicht trinkst.

Ich nehme das Guinness. Ich lächle der Frau zu. Ich trinke. Ich lächle. Ich sehe weg.

Kevins Freundin, die andere Frau, sieht mich nicht mehr an. Keine lächelnden Frauen mehr. Kevin kommt mit einem zweiten Guinness für mich. Er sieht, dass es nicht das erste ist, und wundert sich.

– Was soll denn das? fragt er.

Seine Freundin sieht uns an.

– Er hat eine Verehrerin, sagt sie. – Stimmt's?

– Scheiß drauf, sage ich.

Jetzt habe ich zwei Halbe Guinness.

– *It's good to be Irish*, sagt Kevin.

Sie lacht Kevin an, mir lächelt sie zu. Ich weiß nicht, was mehr Gewicht hat, das Lachen oder das Lächeln.

– Wie heißt du? fragt sie.

Vielleicht das Lächeln. Hoffentlich.

– Tom, sage ich.

Ich habe so viele Namen.

– So? sagt sie. – Ich hatte eigentlich was Exotischeres erwartet.

– Es tut mir leid, sage ich.

Ich lächle. Sie lächelt.

– Ist Thomas exotischer? frage ich.

Sie lacht.

– Kann man nicht sagen.

Ich mag ihre Zähne. Sehr sogar. Ihr Lächeln. Ihr Lachen.

Ich habe viele Namen.

– Und du? frage ich.

– Ailbhe, sagt sie.

– So? Ich hatte eigentlich auch was Exotischeres erwartet.

Wieder lacht sie. Ihr offener Mund ist wunderschön.

– Bitte, sage ich.

Schreie ich.

– Buchstabiere den Namen!

Ihr Mund ist jetzt nah an meinem Ohr. Sie buchstabiert den Namen ganz, ganz langsam. Hält sie mich etwa für einen Dummkopf? In diesem Fall wäre ich sehr froh darüber.

– Bitte, sage ich.

Schreie ich.

– Hat dieser Name eine Bedeutung?

– Ja, sagt sie.

Schreit sie.

– Es ist irisch und bedeutet Die-Schlampe-die-am-Wochenende-zu-viel-trinkt!

Sie sieht meine Bestürzung. Ich sehe ihre.

– Entschuldige, sagt sie. – Nur ein alter Witz unter Freunden.

Sie hebt ihr Glas.

– Ich trinke Ballygowan. Mineralwasser.

Ich verstehe.

– Und ich bin nur ab und zu eine Schlampe.

Ich glaube zu verstehen.

– Und es ist kein Wochenende, sage ich.

– Ganz genau, sagt sie.

Ich bin dankbar für das Guinness. Ich kann mich beim Trinken dahinter verstecken. Ich kann denken. Ich kann entscheiden. Ich mag diese Frau. Und ich mag ihren Humor.

Es ist etwas, was ich vergessen hatte. Dass ich auch Humor habe.

Ich lächle. Und sie lächelt.

– Ein bisschen feiern, was?

Es ist die falsche Frau, die das fragt. Die Frau von der Aufsicht.

– Danke, sage ich.

– Was soll's, sagt sie.

Schreit sie.

– Heute Vormittag, das war irgendwie komisch, nicht?

Haben wir erst heute Vormittag Kaffee bei Bewley's getrunken? Ich staune. Es war ein sehr langer Tag. Ich zucke die Schultern. Ich traue mich nicht zu sprechen, aber es muss sein.

– Es war nett, sage ich. – Danke.

– Schon gut.

Ich glaube, sie ist betrunken.

– Der Typ von heute Vormittag war ganz schön gruselig, was?

Ich mag nicht über den Mann reden. Ich mag nicht mit ihr über den Mann reden.

– Findest du nicht? sagt sie.

Ich will weg. Ich muss.

– Muss man dich retten?

Ailbhes Mund ist an meinem Ohr. Sie flüstert.

– Ja, bitte, sage ich.

7

– Donnerwetter, sagt sie. – Du bist ja ein ganz Schneller.

– Bitte, sage ich. – Du bist sehr schön.

– Du siehst auch gut aus, sagt sie. – Aber ich wollte das eigentlich richtig genießen.

– Ich …

– Brauchst dich nicht zu entschuldigen. War nur Spaß. Gehen wir ins Bett?

Ich sehe kein Bett.

– Ja, sage ich.

Sie steht auf. Ich stehe auf.

Ich greife nach meinen Schuhen. Ein Bus fährt vorbei. Seine Scheinwerfer streifen über Wand und Decke. Sie macht die Haustür zu.

– Schon besser, sagt sie.

Sie macht Licht.

Ich folge ihr.

Ihr Name fällt mir nicht mehr ein. Das ist sehr seltsam. Ich möchte weglaufen, aber ich möchte auch dieser Frau folgen. Ich mag sie. Trotzdem – ihr Name ist weg.

Das Licht im Flur geht plötzlich aus. Es ist dunkel, aber ich sehe und höre, wie sie eine Tür aufschließt.

– Du wohnst nicht in dem ganzen Haus? frage ich.

– Nein. Nur hier.

Wir haben uns in einem öffentlichen Hausflur geliebt. Wieder möchte ich weglaufen.

Die Tür geht auf. Sie macht Licht. Ich trete ein. Es ist das Zimmer einer Frau. Ich bin froh, dass ich hier bin.

Es ist kein großes Bett. Wir liegen nebeneinander.

Ich mag diese Frau. Wenn ich doch nur wüsste, wie sie heißt. Wie ich heiße, weiß sie.

– Dublin kann ganz schön hart sein, Tom, findest du nicht? sagt sie.

– Bitte, sage ich.

Und dann fällt er mir ein.

– Avril.

– Wer zum Henker ist Avril?

– Du bist nicht Avril?

– Nein, Tim, ich bin nicht Avril.

Sie richtet sich auf.

– Aber du darfst mich nennen, wie du willst.

Sie beugt sich zu mir herunter und flüstert mir ins Ohr.

– Avril.

Ich mag diese Frau.

Ich wache auf.

Ich weiß, wo ich bin, aber ich staune. Ich habe geschlafen. So hatte ich es nicht geplant. Der Mann mit dem Jeep erwartet mich heute früh. Aber ich bin hier. Ich bin nicht zu Hause. Ich gucke auf einen Vorhang. An den Rändern sehe ich helles Tageslicht. Ich bin nicht im Kaufhaus, nicht auf der Arbeit.

Sie liegt neben mir und schläft, die Frau, die so ähnlich wie Avril heißt.

Ich steige aus dem Bett.

Sie wacht auf.

– Komm wieder her.

– Bitte, sage ich. – Ich muss zur Arbeit.

– Du arbeitest nachts, sagt sie.

– Ich habe zwei Jobs, sage ich.

– Du Ärmster.

Sie merkt, dass ich zögere. Sie sieht, wie ich mit den Schnürsenkeln herumfummele.

– Kannst doch heute mal blaumachen.

Das würde ich sehr gern tun. Ich würde mich gern ausziehen und bleiben. Die warme Haut dieser Frau berühren und ihr nah sein.

Aber das geht nicht. Der Mann weiß vielleicht, wo ich bin. Er steht vielleicht draußen und wartet. Er ist kein geduldiger Mensch.

Die Schnürsenkel sind gebunden. Ich stehe auf.

– Auf Wiedersehen, sage ich. – Danke.

Ich mache die Tür auf.

– Ailbhe, sagt sie.

– So heißt du? Ailbhe?

– Ja. Sieh zu, dass du's bis heute Abend behältst.

– Ich werde es behalten, sage ich.

– Abwarten, sagt sie.

Es regnet, und heute früh finde ich das nicht gut. Es ist zu weit zum Laufen, ich muss auf einen Bus warten. Ich sehe keine Jeeps, keine geparkten Autos, keine, die auf mich zukommen. Aber ich glaube, dass ich beobachtet werde. Ich möchte mich bewegen, möchte wegrennen, aber ich warte. Der Bus lässt sich viel Zeit. Er ist voll, ich muss stehen. Man kann nicht durch die Fenster sehen, sie sind beschlagen. Aber ich weiß auch so, dass der Bus sich nicht bewegt. Ich bin spät dran. Ich bin spät dran.

Ich bin sehr spät dran.

Die Tür zum Personaleingang ist abgeschlossen.

Ich klopfe und warte. Ich lausche, ob ich Schritte höre. Ich klopfe.

Eine Hand liegt auf meiner Schulter. Eine harte, zupackende Hand, die mich gegen die Tür stößt.

– Da bist du ja.

Die Tür geht auf, sie schlägt gegen meinen Kopf. Ich falle der Frau von der Aufsicht in die Arme.

Ich komme frei und sehe ihr Gesicht. Sie guckt den Mann an, und sie ist wütend. Aber offenbar nicht überrascht.

– Zieh Leine, sagt sie.

– Ich hab mich nur mit Thomas unterhalten, sagt er. – Stimmt's, Thomas?

Er sieht mich an. Er lächelt.

– Ja, sage ich.

– Er erledigt einen kleinen Auftrag für mich, sagt er.

Und lächelt sie an.

– Sie kennen das ja. Keine Fragen, kein Visum.

Er zwinkert ihr zu.

– Ich hab's schon mal gesagt. Zieh Leine und lass ihn in Ruhe.

Sie steht zwischen mir und dem Mann. Die Tür ist schmal. Ich kann nicht an ihr vorbei. Ich versuche es gar nicht.

– Und wenn ich's nicht mache? fragt er. – Rufst du dann die Polizei?

Er lacht und zwinkert wieder.

– Nein, sagt sie. – Da weiß ich was Besseres.

Er hört auf zu lachen.

8

Sie starrt den Mann an. Er versucht sie zu verstehen. Ich sehe es ihm an: Diese Frau muss man ernst nehmen. Und ich sehe, wie er sich gegen diesen Gedanken wehrt. Er würde sie gern schlagen. Aber er hat Angst, er ist unsicher.

Ich schäme mich. Die Frau steht zwischen mir und dem Mann, er guckt sie unentwegt an. Und ich fühle mich nicht sicher. Im Augenblick kann er nicht an mich heran. Aber sie kann sich nicht ewig vor mich stellen, nicht mehr als fünf Minuten. Und ich will das auch nicht. Ich bin kein Kind. Ich bin kein Mann, der sich hinter einer Frau versteckt. Oder hinter einem anderen Mann. Ich will mich nicht verstecken.

– Bitte, sage ich. – Bitte.

Und begreife, dass ich zu oft Bitte sage. Das Wort wird in diesem Land oft nicht verstanden. Ich bin nicht schwach.

– Sie sollen mich in Ruhe lassen, sage ich.

Sie sehen mich an, der Mann und die Frau. Sie dreht sich um. Er guckt mich an. Sie wirken beide erfreut, überrascht,

unsicher. Sie überlegen: Spricht er mit mir? Sie hatten vielleicht vergessen, dass ich da bin.

Der Mann macht eine Bewegung. Sie versperrt ihm den Weg.

– Sie sollen mich in Ruhe lassen, sage ich noch mal.

Sie weiß, dass sie gemeint ist. Er weiß, dass er gemeint ist.
Sie guckt erst ratlos, dann wütend. Er tritt zurück. Er weiß,
dass er mich bald kriegen wird.

– Ich will dir ja nur helfen, sagt sie.

– Ja, sage ich. – Danke.

– Er ist gefährlich, sagt sie.

– Ja.

Er ist gefährlich, und er ist ein Dummkopf.

– Ich kenne den Typ, sagt sie.

Ich nicke. Auch ich kenne diesen Typ. Ich bin zu viele
Jahre vor seiner Sorte weggelaufen. Jetzt werde ich nicht
weglaufen. Ich werde mir selber helfen.

Er ist ein Dummkopf, weil er mich nicht gesehen hat. Er hat
sich nicht die Mühe gemacht, hinzusehen. Er sieht einen
Mann, dem er Angst machen und den er ausnutzen kann,
und er ist überzeugt davon, dass ihm das gelingt. Die Männer, die mich gezwungen haben zu kämpfen, als ich ein
Junge war, auch die haben Angst und Verletzlichkeit gesehen. Sie haben mich gezwungen zu tun, was sie wollten, sie
haben mich gezwungen zu zerstören und zu töten. Zehn
Jahre lang. Ich bin kein Junge mehr. Dieser Mann macht mir
Angst, aber auch ich bin ein Mann. Ein harter Mann – ich
weiß, was das in der Sprache dieser Leute bedeutet. Taff,
rücksichtslos, geachtet, gefürchtet. Dieser Mann guckt mich
an und sieht nichts davon. Er ist ein Dummkopf.

Die Frau zuckt die Schultern.

– Bist du sicher?

Sie ist ein guter Mensch.

– Ja, sage ich.

Sie hat ihr Mobiltelefon in der Hand. Sie hält es hoch.

– Es kostet mich nur einen Anruf.

– Nein, sage ich. – Danke.

Sie zuckt wieder die Schultern.

– Du musst es wissen.

– Ja, sage ich.

Sie tritt zur Seite. Er rührt sich nicht. Sie tritt hinter mich.
Er rührt sich nicht. Sie geht weg. Er rührt sich nicht. Er
bleibt im Durchgang stehen. Die Tür geht langsam zu. Ich
halte sie fest.

– Komm raus, damit wir reden können, sagt er.

Ich komme raus. Ich lasse die Tür los. Ich höre, wie sie hinter mir zugeht, klickt, ins Schloss fällt. Ich schaue mich
nicht um.

– Na, wie sieht's jetzt aus? fragt er.

Es ist keine Frage. Keine richtige Frage. Die Antwort interessiert ihn nicht. Rechts von mir sehe ich Männer im
Durchgang. Sie waren schon da. Zwei Männer. Ich kenne
sie. Von dem Abend her, als ich in seinen Honda-Jeep stei-
gen musste. Ich sehe die Männer nicht an, ich konzentriere
mich auf den, der wichtig ist.

– Na? sagt er noch mal.

Es regnet noch.

– Du bildest dir ganz schön was ein, sagt er.

– Nein, sage ich.

Er sieht mich an.

Zum ersten Mal sieht er mich richtig an.

Zu spät.

– Na schön, sagt er.

Es ist, als würde er sich schütteln, als würde er gerade erst
aufwachen.

Er muss die Sache in den Griff kriegen.

Aber ich werde mich nicht in den Griff kriegen lassen.

Ich gehe.

Vorbei an seinen Kollegen. Sie setzen sich in Bewegung, bereit, zuzugreifen, zu schlagen. Unsicher. Ich gehe weiter. Ich sehe mich nicht um.

Ich gehe. Es ist meine Entscheidung.

Wenn er ruft, werde ich es hören, aber ich werde nicht reagieren.

Wenn sie mich bei den Schultern packen, werde ich ihre Hände spüren, aber ich werde sie ignorieren. Ich werde ihre Schläge spüren, aber ich werde nicht stehen bleiben oder mich umsehen. Ich werde vornüberfallen und mich weigern, hinzusehen.

Wenn er mich erschießt, werde ich sterben. Dann bin ich weg, und er hat nichts gewonnen.

Das weiß er. Jetzt weiß er es.

Er versteht.

– Hey! Hey!

Ich gehe weiter.

9

Ich lasse den Durchgang hinter mir und bin auf einer schmalen Straße, die immer dunkel ist. Ich sehe mich nicht um. Ich beeile mich nicht. Ich höre niemanden hinter mir. Ich glaube nicht, dass man mir folgt.

Ich bin jetzt in der Grafton Street. Ich bin kein Dummkopf. Ich glaube nicht, dass ich in der Menge sicher bin. Wenn der Mann mir etwas tun will, wenn er glaubt, das tun zu müssen, wird er es tun.

Ich gehe weiter.

Wenn er beschließt, mich zu verletzen oder umzubringen, weil ich ihn vor seinen Kollegen gedemütigt habe, wird er warten. Er wird es nicht hier tun. Hier sind zu viele Menschen und zu viele Überwachungskameras. Wenn er mir und anderen eine Lehre erteilen will, könnte er es hier tun: Sicher bist du nirgends – *tu, was wir sagen.*

Ich glaube nicht, dass er mich hier angreifen wird. Vielleicht weiß er, dass er mich nichts mehr lehren kann.

Ich bin gesund, und ich gehe gern zu Fuß. Umso besser, wie es hier heißt. Ich werde den ganzen Tag laufen müssen. Scheiß drauf.

Ich merke, dass ich lächle. Merkwürdig, ich habe nicht gewusst, dass ich das tun würde. Es tut gut, lächeln zu können, das Lächeln zu spüren.

Ich komme an einem Mann vorbei, der auf einer Kiste steht. Er ist blau angemalt und rührt sich nicht. Wenn jemand Geld in den Eimer vor ihm wirft, bewegt er sich plötzlich. Vielleicht werde ich das tun. Mich blau anmalen. Und unsichtbar werden.

– Scheiß drauf.

Ein Mann sieht mich an und wieder weg.

Ich bin der blaue Mann, der »Scheiß drauf« sagt.

Ich muss in Bewegung bleiben. Den ganzen Tag.

Ich darf mich nicht hinsetzen, ich darf nicht stehen bleiben, ich darf nicht nach Hause gehen. Ich muss frei sein. Laufen.

Ich laufe. Durch Temple Bar. Am Fluss entlang, vorbei an Touristen und Heroinjunkies, die nebeneinandersitzen, ein merkwürdiges Bild. Vorbei an der Halfpenny Bridge und der O'Connell Bridge. Vorbei an Custom House und dem Denkmal für das hungernde irische Volk. Ich laufe zum Point Depot. Über die Brücke – der Regen hat aufgehört,

die Wolken hängen tief – laufe ich vorbei an den Maut-
stellen nach Sandymount. Kein Auto, das Gas wegnimmt,
keine Autotür, die hinter mir zuschlägt. Ich bin allein.

Ich laufe über den nassen Sand. In der Ferne sehe ich Männer, die Löcher in den Sand graben. Sie graben nach Wür-
mern, glaube ich. Sie sehen aus, als wenn sie auf dem Wasser stehen. Es ist sehr schön hier. Das Meer, die sanften
Hügel, der Wind.

Es wird dunkel, als ich an einer Station, die Sydney Parade
heißt, die Gleise überquere.

Ich werde zur Arbeit gehen. Ich werde mich nicht von ihnen
aufhalten lassen. Ich werde zur Arbeit gehen. Ich werde ein
Fahrrad kaufen. Ein Mobiltelefon. Ich werde bleiben. Ich
werde mich nicht blau anmalen, werde mich nicht unsichtbar machen.

Inzwischen ist es dunkel. Und gefährlich. Autos kommen
näher und fahren vorbei.

Ich laufe in Richtung Temple Bar, durch Menschenmengen
und streckenweise über Straßen, die leer sind. Ich komme
an einzelnen Männern und an Gruppen lachender Frauen
vorbei.

Ich bin wieder auf der Grafton Street, da, wo ich heute Morgen losgelaufen bin. Ich komme an dem blauen Mann vorbei. Es sieht aus, als hätte er sich nicht bewegt.

Ich komme nach Temple Bar. Ein Betrunkener läuft mir
über den Weg. Seine Freunde sind hinter ihm. Seine Schulter streift meine.

– 'tschuldige, Kumpel.

Ich passe auf, dass wir uns nur leicht berühren. Ich trete
nicht vom Gehsteig. Ich werde nicht schneller.

Ich erreiche das Restaurant zur selben Zeit wie Kevin. Ich
warte, während er sein Rad anschließt.

– Gut geschlafen heute Nacht? fragt er.

Ich verstehe. Verarschen nennen sie das hier.

– Ja, sage ich. – Danke.

– Schnarcht sie? fragt er.

– Das wird die Zukunft zeigen, sage ich und staune über mich.

Er lacht. Ich lache auch. Ich weiß jetzt, was ich tun, wohin ich gehen muss. Aber erst muss ich noch etwas fragen.

– Bitte, sage ich. – Kevin.

Später. Das Restaurant ist geschlossen. Ich fahre mit Kevins Rad. Für heute Nacht gehört es mir.

Ich erinnere mich an ihre Ecke. Ich erinnere mich an ihr Haus.

Ich klingle. Ich warte.

Ich sehe mich um. Kein Jeep, keine wartenden Männer.

Ich höre die Tür gehen. Sie ist da.

– Na also, sagt sie.

– Guten Abend.

– So, sagt sie. – Weißt du noch, wie ich heiße?

– Ja, sage ich.

Kevin hat mir den Namen gesagt. Ich habe ihn auf meinen Ärmel geschrieben.

– Ja, sage ich. – Du heißt Ailbhe.

– Zehn von zehn Punkten, sagt sie. – Komm rein.

– Bitte, sage ich.

Ich sehe auf die Straße. Ich sehe sie an.

– Könnte sein, dass ich in Gefahr bin, sage ich.

– Klingt gut, sagt sie. – Jetzt komm schon.

Abdrucknachweise

IF YOU'RE IRISH COME INTO THE PARLOUR
Musik und Text: Shaun Glenville/Frank Miller © 1919 by B. Feldman &
Co. Ltd. Rechte für Deutschland, Österreich, Schweiz: EMI Music Publishing Germany GmbH.

TRACKS OF MY TEARS
Musik und Text: William Robinson Jr./Warren Moore/Marvin Tarplin
© 1965 by Jobete Music Co. Inc. Rechte für Deutschland, Österreich,
Schweiz: EMI Songs Musikverlag GmbH.

INNER CITY BLUES
Musik und Text: Marvin Gaye/James Nyx © 1971 by Jobete Music Co.
Inc. Rechte für Deutschland, Österreich, Schweiz: EMI Songs Musikverlag GmbH.

SINGIN' IN THE RAIN
Musik und Text: Nacio Herb Brown/Arthur Freed © 1929 by EMI Catalog
Partnership/EMI Robbins Catalog Inc. Rechte für Deutschland, Österreich, Schweiz: EMI Partnership Musikverlag GmbH.

I'M CHECKING OUT GOODBYE
Musik und Text: Duke Ellington/Billy Strayhorn © 1939 by EMI Catalog
Partnership/EMI Robbins Catalog Inc. Rechte für Deutschland, Österreich, Schweiz: EMI Partnership Musikverlag GmbH.

VIGILANTE MAN
Musik und Text: Woody Guthrie © Ludlow Music Inc. Rechte für
Deutschland, Österreich, Schweiz, Griechenland, Türkei und Osteuropa:
ESSEX MUSIKVERTRIEB GMBH, HAMBURG.

Die von Renate Orth-Guttmann übersetzten Zitate von Langston Hughes
auf den Seiten 226, 229 und 237 entstammen »Let America Be America
Again«, »Where? When? Which?« und »Passing«.

Inhalt